W0002377

ullstein

## Das Buch

Vier junge Männer schließen sich zusammen, um Musik zu machen. Aber nicht irgendeine Musik, sondern Hair Metal. Hair Metal? Genau, hier sind hautenge Spandex-Hosen und toupierte Haare wichtiger als Fähigkeiten am Instrument. Schon bald steigen Llord Nakcor (rückwärts gelesen »Rock and Roll«) zur gefeierten Lokalband auf. Doch mit einem größenwahnsinnigen Sänger und einem unfähigen Manager an der Seite gestaltet sich der Weg zum Hardrock-Olymp schwieriger als gedacht…

## Der Autor

Hermann Bräuer, Jahrgang 1968, spielte in den achtziger Jahren in diversen Bands, die um ein Haar berühmt geworden wären. Seit 2002 arbeitet Bräuer als Drehbuch-, Gag- und Buchautor. Er schrieb u. a. für *Tramitz & Friends* (mit Christian Tramitz), *Blondes Gift* (mit Barbara Schöneberger) und *MTV Dismissed*. Er lebt in Berlin.

Hermann Bräuer

# HAARWEG ZUR HÖLLE

Ein hart gerockter Heimatroman

Ullstein

Besuchen Sie uns im Internet:
www.ullstein-taschenbuch.de

Umwelthinweis:
Dieses Buch wurde auf chlor- und säurefreiem
Papier gedruckt.

Originalausgabe im Ullstein Taschenbuch
1. Auflage Dezember 2009
© Ullstein Buchverlage GmbH, Berlin 2009
Umschlaggestaltung: HildenDesign, München
Titelabbildung: © Artwork HildenDesign unter Verwendung
eines Motivs von © klikk / iStockphoto
Satz: LVD GmbH, Berlin
Gesetzt aus der Candida
Druck und Bindearbeiten: CPI – Ebner & Spiegel, Ulm
Printed in Germany
ISBN 978-3-548-37261-7

**Hair-Metal** [heər metl]: *Eine Stilrichtung der Rockmusik mit Ursprüngen im Glamrock der siebziger Jahre, bei der Elemente des Pop und des Heavy Metal kombiniert wurden, um himmlischen Klang zu erzeugen. Bis in die frühen neunziger Jahre genoss H.-M. als bedeutender Bestandteil des musikalischen Mainstreams enorme Popularität. Der Name entstand aufgrund der langen und perfekt zurechtgemachten Haare vieler Musiker dieses Stils. Charakteristisch waren einprägsame Refrains, virtuose Gitarrensoli und die »Powerballade«, eine härtere, gitarrengetriebene Variante des klassischen Liebesliedes.* → Schlüpferstürmer

## ZUNÄCHST

Der Samen, der mich zeugte, war Feuer; der Leib, der mich empfing, war der Wind.

Zugegeben, einer genaueren Untersuchung würde diese Behauptung nicht lange standhalten, aber sie ist einfach schöner als die Wahrheit: »Hallo, ich bin der Holzinger Andi, das einzige Kind eines mittleren Beamten und einer Zahntechnikerin aus der Münchner Maxvorstadt.« Wie das schon klingt!

Jedenfalls definitiv nicht wie ein Satz, auf dem sich eine Glaubensrichtung aufbauen lässt. Doch genau das war Hair-Metal für mich. Weit mehr als nur Musik, denn da gab es ja nur Musiker. Ich dagegen hatte Götter. Durch Jugendmagazine sprachen sie zu mir und erklärten, was ich zu tun hatte: Ich sollte meine Haare arschlang tragen, aber nicht wie ein Hippie, sondern toupiert und möglichst gefärbt. Schließlich wurde die komplette Musikrichtung genau danach benannt. Enorm wichtig war es, von weitem gut auszusehen, damit man auch bei den Frauen in der hintersten Reihe einen bleibenden Eindruck hinterließ. Zu diesem Zweck trug man hautenge Hosen aus Spandex und verwendete tonnenweise Make-up.

Um besser zu klingen, als man eigentlich war, musste man sämtliche Mittel der Tontechnik nutzen. Denn die Zeit, in der andere Musiker übten, brauchte man für Frauen und Freibier, den eigentlichen Grund, aus dem man Musik machte.

Wie unzählige Gläubige in den achtziger Jahren hielt ich mich eisern an diese Regeln. Wir waren wie exotische Vögel mit prächtigem Gefieder. Sogar besser, denn wir hatten zusätzlich verdammt laute Verstärker, um mit unseren Balzgesängen die Welt zu beschallen – und davon will ich hier erzählen. Meine Geschichte, die Geschichte einer Band, die Geschichte einer Musikrichtung, die Geschichte einer Generation.

Im Radio lief neulich ein Werbespot für eine lieblos zusammengestellte CD, die »The Best of Music« oder so ähnlich hieß. Darin wurde verkündet: »Jeder von uns hat eine präzise datierbare Kerbe in der Zeitleiste, seine individuelle Mondlandung, ein persönliches Wunder von Bern, einen Zeitpunkt, von dem er noch Jahrzehnte später weiß, was er damals getan, getragen und gesagt hat. Als ES passiert ist! Als er der Musik verfiel, die ihn sein Leben lang begleiten sollte!« Der Sprecher wusste überhaupt nicht, wohin mit seiner Begeisterung.

Darauf ließe sich natürlich erwidern: Was für ein Schwachsinn! Das genaue Gegenteil ist der Fall! Die wenigsten hatten jemals ein so einschneidendes Erlebnis, sonst gäbe es wohl kaum diese Übermacht an Formatradiosendern, deren Gedudel sich an eine Zielgruppe richtet, die Musik ganz offensichtlich hasst.

Andererseits ist ja keineswegs erwiesen, dass die Hörer dieser widerlichen Müllprogramme Ignoranten sind. Vielleicht hat sich jeder Einzelne von ihnen irgendwann in seinem Leben einmal gesagt: Scheiß drauf! Ich habe mich halt für Nickelback, Simply Red und Meat Loaf entschieden!

Weil mich deren einschmeichelnde Akkordfolgen im Auto sicher und ohne Ablenkung zum Ziel begleiten, und weil ich dadurch nicht bei meiner Arbeit gestört werde, mich aber trotzdem wohl und geborgen fühle. Denn vertraute Stimmen und Melodienfolgen vermitteln mir den Eindruck, in guter Gesellschaft zu sein. Wer hätte nicht gerne einen abartig schwitzenden Drei-Zentner-Mann im Büro stehen, der von Fledermäusen singt, die direkt aus der Hölle kommen?

Als ich zehn war, hatte ich weder ein Auto noch einen Schreibtisch in irgendeinem Amt und wünschte mir deshalb guten Gewissens zu Weihnachten »Double Platinum« von Kiss. Hauptsächlich, weil ich die Kiss-Fotos in der *BRAVO* so beeindruckend fand. Glitzernde Plateaustiefel! Instrumente in Form von schweren, tödliche Gefahr ausstrahlenden Werkzeugen! Superheldenmaskierung! Okay, ein Kater ist kein wirklicher Superheld, aber Peter Criss hätte auch als Hulk, Magneto oder Grüne Laterne scheiße ausgesehen. Und kaum hielt ich das silberne Cover mit dem doppelten Bandschriftzug in der Hand, erging es mir exakt so wie in dem erwähnten Radiospot beschrieben: Die ersten Töne von »Do you love me?« bescherten mir mein persönliches Erweckungserlebnis. »Andi«, sagte ich zu mir, denn sonst war mal wieder niemand da, »du musst sofort an die auf dem Cover abgedruckte Adresse schreiben, um herauszufinden, ob die ›Kiss-Army‹ auch zehnjährige Rekruten aufnimmt!«

Diese Armee lockte mit einem glitzernden Mitgliedsausweis, einem Fanclub-Shirt und einem Wimpel, bedruckt mit dem Cover der LP »Rock And Roll Over«, den man an seinem Bonanzarad vorne am hochgezogenen, chromglänzenden Lenker oder hinten an der höchsten Stelle des Bananensattels befestigen konnte – wenn man denn ein

Bonanzarad besaß und nicht nur eine Schüler-Monatskarte für den Münchner Verkehrsverbund.

Kurz darauf kamen mit der Post nicht nur Ausweis, Shirt und Fähnchen, sondern zusätzlich auch noch ein Aufkleber und ein Rubbeltattoo mit dem Schriftzug der Band vor einer Flammenwand. Das mit Abstand Beste an diesem Paket aber war die beiliegende Ankündigung, dass schon in wenigen Wochen der Film »Kiss meets the Phantom of the Park« in den Kinos anlaufen würde. Wobei der Plural im Falle Münchens arg optimistisch formuliert war. Der Film lief in genau einem Kino, dem Cinema in der Nymphenburger Straße, einem Programmkino, in das man direkt nach der Schule gehen konnte. Man bezahlte zwei Mark fünfzig Eintritt und blieb zwischen den Vorstellungen einfach sitzen, denn bei der Kontrolle des Saals wurde dort ähnlich nachlässig operiert wie bei der Altersüberprüfung am Einlass.

Kiss haben in diesem Film den Auftrag, einen verrückten Wissenschaftler zu stoppen, der nicht etwa die Welt bedroht, sondern einen nordamerikanischen Vergnügungspark. Selbstverständlich hat er sich zu diesem Zweck vier Roboter gebaut, die Kiss zum Verwechseln ähnlich sehen. Kein Wunder, dass die echten Rocker deshalb ziemlich sauer werden und ihre Superkräfte – Laserblick, Feuerspucken und Extremsprungkraft – einsetzen, um dem unguten Ingenieur und den Robo-Doppelgängern das Handwerk zu legen. Nach einigem Handgemenge wird der Erzschurke gestoppt, und Kiss können endlich das tun, was sie schon den ganzen Film über vorhatten: bedingungslos rocken.

Zu sagen, ich hätte den Film so oft gesehen, bis ich ihn mitsprechen konnte, wäre gelogen, denn ich bin nicht sehr begabt im Auswendiglernen. Dafür passierte etwas anderes: Ich wurde dick! Nicht richtig fett wie der Steininger aus meiner Klasse mit seinen ungesund dunkelrot gefleckten Wangen und dem Röcheln, das nach einer defekten Toilettenspülung klang und sich schon einstellte, wenn er sich vor dem Sportunterricht bückte, um die Schnürsenkel seiner Turnschuhe zuzubinden. Bei mir war es nur ein feistes Bäuchlein, geschuldet der Kinoeintrittskarte, die gleichzeitig ein Cheeseburger-Gutschein war. Ich brachte es einfach nicht übers Herz, den Gratisburger abzulehnen, und ohne ein bis zwei Milchshakes und eine Apfeltasche zum Nachtisch war das Menü irgendwie nicht vollständig.

Zu Hause konnte ich natürlich nicht zugeben, dass ich mein Taschengeld komplett für den immer gleichen Film und anschließende burgerbegleitende Maßnahmen ausgab. Also ging es von McDonald's direkt an den Abendbrottisch, auf dem Schweinebraten mit Semmelknödeln, Gulasch mit Semmelknödeln oder, wenn Reste verwertet wurden, gebratene Semmelknödel standen, und ich zwang mir Mamas Essen unter Schweißausbrüchen so unauffällig wie möglich in den bereits mit amerikanischem Bauschaum ausgefüllten Magen.

Erst als der Film nach Wochen abgesetzt worden war, wurde ich die Wampe wieder los. Doch meine Begeisterung für alles, was mit Kiss zu tun hatte, blieb. Zu Fasching ging ich als Gene Simmons verkleidet, kaufte sämtliche bis dahin erschienenen Alben nach und sammelte den Kiss-Starschnitt aus der *BRAVO*, bis er komplett war und ich als Kollateralbenefiz wirklich alles über den Tripper und die Stoffbärensammlung von Leif Garrett gelernt hatte.

Ich schwor mir, meine Haare nie wieder zu schneiden und irgendwann einmal ein Rockgott wie Paul Stanley zu werden, auch wenn ich noch keine Ahnung hatte, was man dafür tun musste, außer seinen Doppelgänger-Roboter zu besiegen.

Ich war von der Hauptstraße in meinen persönlichen Lebensweg abgebogen. Nur wusste ich als Zehnjähriger noch nicht, wohin er mich führen würde.

## NASTIBUNIS, FACKA!

Wenn man das Gefühl hat, nirgendwo richtig dazuzuge-
hören, nicht in das vorgegebene Schema hineinzupassen,
dann kann man an einer Grundschule keine Hilfe erwarten,
um Hilfe zu erwarten. Hier wurde uns nur eingetrichtert,
dass mindestens etliche Schornsteinfeger und ein verrückt-
spielendes Glücksschwein die Finger im Spiel hatten, als die
Ortswahl unserer Eltern auf genau diesen Stadtteil gefallen
war. Zu diesem Zweck hatte man Frau Graweda auf uns an-
gesetzt, einen mit Loden tapezierten Aufklärungspanzer
aus dem Pleistozän.

Sie erzählte uns mehrmals pro Woche im Heimat- und
Sachkundeunterricht: »Die Gegend hier ist heilig, Kinder-
chen, heilig!«, und kippte dabei kurz ins Freundliche, als
würde sie wirklich glauben, was sie da sagte. Einmal ins
Schwärmen geraten, erklärte sie, dass in der unmittelbaren
Nachbarschaft der Schule zu Anfang des 20. Jahrhunderts
Kandinsky, Paul Klee und Thomas Mann eine Art Stammtisch mit Rilke und Lenin am Laufen hatten und der Maxvorstadt seitdem ihr Ruf als mondänes Bohemienviertel an-
haftete. Für uns gab es keinen Grund, daran zu zweifeln,
schließlich hingen wirklich an vielen der Häuser »Hier-
wohnte-einst«-Tafeln, und die Graweda war so alt, dass sie
einige unserer Eltern unterrichtet hatte und vermutlich auch
schon deren Eltern. Genau genommen war es nicht unwahr-

scheinlich, dass sie selber als kecker Backfisch mit Lenin eine Runde Billard im Schellingsalon gespielt hatte.

Tatsache aber war: In diesem saturierten Stadtteil, eingezwängt zwischen Universität, Kunstareal und dem monolithischen Staatsfunkgebäude, lagen Rebellion und Rock schon seit langem nicht mehr auf der Straße. Am alten Nördlichen Friedhof führten Kriegerwitwen ihre letzten verbliebenen Freunde an der Leine Gassi, während sich vier Blocks weiter südlich Zahnarzttöchter aus der Provinz Wohnungen in Gründerzeithäusern vom Papa bezahlen ließen, um darin »wildes Studentenleben« zu üben. Alle paar Wochen trug der Westwind eine ekelhaft süßliche Malzfahne aus der nahegelegenen Großbrauerei durch das Viertel und hüllte seine Bewohner in eine Schicht Dumpfes. Selbst wenn es nicht Fakt wäre, dass Franz Joseph Strauß hier aufwuchs, man könnte sich keinen geeigneteren Ort dafür vorstellen.

Für mich hatte der letzte Schultag vor den Sommerferien jedes Mal etwas Erlösendes, doch gleichzeitig leitete er eine Phase enormer Langeweile ein. Während sämtliche Klassenkameraden von ihren Eltern bereits mit laufenden Motoren vor der Schule erwartet wurden, um auch ja keine Zeit auf dem Weg in den Süden zu verlieren, ging ich alleine zu Fuß nach Hause. Denn mein Vater behauptete steif und fest, dass man erst nach dem ersten Ferienwochenende losfahren dürfe, sonst stünde man angeblich Stunden im Stau, bis man überhaupt mal an der österreichischen Grenze angekommen sei. Und wenn mein Vater sich im Recht wähnte, ließ er sich auch von der Realität nicht überzeugen. Daher standen wir seit Jahren im Stau derer, die schlauerweise erst nach dem ersten Ferienwochenende losfuhren.

»Aber Papa, was soll ich denn so lange machen? Der Fredi, der Michi und der Thomas sind heute schon weggefahren.«

»Dann lies was oder spiel mit deinem Telespiel. Du wirst dich doch mal ein Wochenende ohne deine Freunde beschäftigen können.«

Die drei waren nicht meine Freunde, nur Jungs, die zufällig zur selben Zeit am selben Ort waren wie ich und mit denen ich in Ermangelung besserer Alternativen meine Freizeit verbrachte. Trotzdem hätte ich mir gewünscht, sie wären in diesem Moment da gewesen, denn alleine vor dem Telespiel zu sitzen war das Deprimierendste, was es gab.

Ich entschied mich deshalb, den Schulweg zum Gymnasium in seinen verschiedenen Varianten abzulaufen, um herauszufinden, welche die kürzeste war. Das untermalte immerhin meine Vorfreude auf den bevorstehenden Schulwechsel. Am Ende der Ferien wartete das Gymnasium, die Tür zu einem neuen, verbesserten Umfeld: andere Leute und richtiger Unterricht. Nie mehr Wachsmalkreide, logische Plättchen und Buchstabenkästchen, die verhasste Dreifaltigkeit der Grundschulpädagogik.

Noch war das Josef-Müller-Gymnasium eine reine Jungenschule, doch bei der Anmeldung hatte der Rektor meinen Eltern versichert, die sogenannte Koedukation in »exakt zwei Jahren« einzuführen. Zugegeben, die Mädchen in der Grundschule waren ausnahmslos Nervensägen oder Streberinnen gewesen, und für gewöhnlich nimmt das präpubertäre Dasein eines Fünftklässlers ohne Gummitwist und stoffbespannte Poesiealben keinen nennenswerten Schaden. Aber länger als die angekündigte Zeitspanne sollte es auch wieder nicht dauern, so viel war klar, denn in mir schwelte bereits eine diffuse Ahnung davon, dass Mädchen durchaus ihren Reiz haben konnten. Genauer gesagt schwelte es recht intensiv, seit wir vor einiger Zeit wieder einmal Quartett gespielt hatten. Michis Aston Martin Vantage war gegen Fredis Lamborghini Silhouette komplett chancenlos, woraufhin Michi beide Karten nahm, zerriss und aufaß.

»Was soll das denn jetzt?«, fragte ich ihn.

»Weil's blöd ist. Total unfair. Scheiß-Facka-Spiel.« Sein älterer Bruder versorgte ihn konstant mit den jeweils aktuellen Hauptschulschimpfwörtern. Zu Anfang des Schuljahres war es einige Wochen lang »Zabel« gewesen, manchmal auch zu einem »Vollzabel« gesteigert, in Anspielung auf den Nachnamen der Familie in der Fernsehserie »Unser Walter«, die von einem Jungen mit Down-Syndrom handelte und Jahre zuvor im ZDF gelaufen war. Gab es bei Michi keine aktuellen Fernsehsender? Danach beschimpfte man sich abwechselnd als »Prallo« und »Homoschwuchtel«. Außerdem lernten wir von ihm, dass man Dinge, die man gut fand, nicht mehr »stark« nennen durfte, das hieß ab sofort »cool«. Jetzt war das Neueste eben »Facka«. Mir war das normalerweise egal, solange niemand meine Sachen fraß.

»Und wie sollen wir denn jetzt weiterspielen, du Arsch?«

»Ich habe eh ein Besseres«, behauptete er und zog ein nagelneues, noch eingeschweißtes Kartenspiel aus seiner Gesäßtasche. Dabei versuchte er sich an einem Grinsen, das diabolisch wirken sollte, aber eher nach starken Zahnschmerzen aussah.

»Habe ich gestern gekauft. Der Verkäufer hat nicht einmal gefragt, wie alt ich bin, der dumme Facka.«

Triumphierend wedelte er mit seiner Errungenschaft

durch die Luft. »Da, schaut her! Das ist das Nastibunis-Quartett.«

»Hä?«

»Nastibunis!«

Er betonte das Wort unsicher auf der zweiten Silbe, als übe er eine neugelernte griechische Vokabel. Wir hatten keine Ahnung, was er meinen könnte. Ich nahm ihm das Päckchen aus der Hand, riss die Folie auf und breitete mit einem Handstrich das komplette Set auf dem Teppich aus. Es war überwältigend. Ein ganzes Kartenspiel VOLLER NACKTER FRAUEN! Der Fachausdruck dafür lautete offenbar »Nasty Bunnies«, zumindest stand es so auf der Packung. Die Frauen auf den Fotos waren nicht annähernd so schön wie Nastassja Kinski oder Bo Derek, die gerade abwechselnd in jeder Ausgabe der *BRAVO* mehrere Seiten füllten, aber dafür waren sie, ich erwähnte es bereits, KOMPLETT NACKT! Und man konnte mit den angegebenen Daten wie Oberweite, Taillenumfang, Alter beim »Ersten Mal« und IQ ganz passabel Quartett spielen.

Michi machte zwar kein konkretes Angebot, mich dafür zu entschädigen, den Aston Martin und den Lamborghini gefressen zu haben, genau genommen machte er überhaupt keine Anstalten, wenigstens um Entschuldigung zu bitten. Doch als er ging, tat er es ohne Nastibunis.

In den darauffolgenden Tagen machte ich beim Studieren der Karten eine erstaunliche Feststellung. Wenn man dem Hersteller vertrauen konnte – und weshalb nicht, denn wer würde sich besser mit Frauen auskennen als jemand, der mehr als dreißig von ihnen kannte, die sich nackt auf Spielkarten drucken ließen? – und die auf den Karten genannten Zahlen der Wahrheit entsprachen, dann ließ sich daraus ein

Schema ableiten. Zwischen den Werten bestand ein direkter Zusammenhang, man musste nur die Gabe besitzen, ihn zu erkennen: Die Frauen mit dem niedrigsten IQ wurden früher entjungfert als der Rest, und sie hatten wesentlich größere Brüste. In zwei Jahren sollte es auf dem Gymnasium vor Mädchen nur so wimmeln. Wenn ich also mit dreizehn oder spätestens vierzehn eine nicht ganz so schlaue Gleichaltrige ins Bett bekäme, standen die Chancen, dass sie später einmal enorm bestückt sein würde, bei annähernd hundert Prozent.

Diese Aussicht half mir, die vielen Veränderungen zu bewältigen, mit denen man auf dem Gymnasium konfrontiert wurde. Wir bekamen Prüfungsaufgaben nicht mehr diktiert, sondern auf hektographierten Matrizen ausgehändigt. Der schwierigste Teil eines Tests war deshalb auch fast nie die Lösung der Aufgaben, denn die waren ja auf Fünftklässlerniveau. Man musste es aber irgendwie schaffen, die unglaublich gut nach Ethanol riechenden, blasslila beschriebenen Blätter nicht abzulecken oder so lange zu beschnüffeln, bis man ohnmächtig wurde. *Warum nur haben wir ihm immer wieder geraten, so viel Wissen wie möglich in sich aufzusaugen?*, hätte auf meinem Grabstein gestanden, doch zum Glück schaffte sich die Schule gerade noch rechtzeitig einen Kopierer an.

Im Sportunterricht spielten wir in den folgenden zwei Jahren nicht mehr Fußball wie noch in der Grundschule. Stattdessen gab es vier Wochenstunden Geräteturnen oder Sitzfußball. Dabei bewegte man sich auf allen vieren, so ähnlich wie die besessene Linda Blair im Film »Der Exorzist« beim Spider Walk, und wischte mit dem Hosenboden und seinen Händen den Hallenboden sauber. Selbst wenn unser Sportlehrer uns versicherte, wir würden uns später einmal für die »Monstermuckis« bedanken, die uns sein Unterricht bescherte – so konnte es nicht weitergehen. Wir beteten das Ende des Schuljahres herbei, in der Hoffnung, dass durch die bald hinzukommenden Mädchen alles besser werden würde.

Am Ende der unglaublich langen zwei Jahre standen meine Lenden nämlich in Flammen, wie Lenden bis dahin nur in den Lyrics des Albums »Love Gun« von Kiss in Flammen gestanden hatten, und es gab nur sehr wenige Möglichkeiten, diesen elementaren Missstand angemessen zu verarbeiten. In meinem konkreten Fall sogar noch eine weniger, denn meine Eltern besaßen gar keinen Waffenschrank, geschweige denn einen schlecht gesicherten.

Deshalb lag ich meistens einfach nur auf meinem Bett herum, zwirbelte mir mit dem Finger strähnchenweise Locken, rannte danach ins Bad, um mir die Frisur mit Pflegeprodukten meiner Mutter zu richten, die Hände zu waschen, zurück in mein Zimmer zu gehen, die LP umzudrehen und kurz vor dem Spiegel zu posen: Haarspray, Rundbürste, Hände waschen – ein ewiger Kreislauf. Ich muss zu diesem Zeitpunkt der am zweitbesten gewaschene Mensch in ganz München gewesen sein. Übertroffen nur von dem Jugendtrainer eines lokalen Basketball-Teams. Der absolvierte die Trainingseinheiten seiner Jungs im Anzug, bediente im Sitzen die Trillerpfeife und bewegte sich nur, um nach dem Training um 16 Uhr mit der C-Jugend, um 18 Uhr mit der B-Jugend und um 20 Uhr mit der A-Jugend unter die Dusche zu gehen.

Das Rumhängen untermalte ich mit Nonstop-Hören der vier Platten einer Band, auf die ich gerade erst gestoßen war: Van Halen. Sie trugen keine Masken wie Kiss, waren aber von Gene Simmons entdeckt und gefördert worden, was sie wiederum zu Alliierten der »Kiss-Army« machte. Ihr Sänger David Lee Roth sprang im Spagat über alles, was ihm in die Quere kam, einschließlich des Schlagzeugs, einfach nur, weil er darauf Bock hatte und um zu zeigen, dass ihm Konventionen und seine Sprunggelenke scheißegal waren. Über ihn hieß es: »Echte Pfauen gehen auf eine Party und stehen sofort in der Mitte des Raumes, direkt unter dem Kronleuchter. Dave ist der Kronleuchter.«

Sein Gegenpol in der Band war Eddie van Halen. Er sprang nirgendwo drüber und war im Vergleich zu Roth eher stoisch und introvertiert, was man aber guten Gewissens auch vom gesamten Rest der Menschheit behaupten konnte. Doch Eddie war schlicht und einfach der beste Gitarrist, den ich je gehört hatte. Er klang so viel besser als alle anderen, weil er völlig neue Tricks und Techniken erfand, sein Instrument zu bedienen. Zugleich war er ein fieser Drecksack, der bei Konzerten seine Solopassagen mit dem Rücken zum Publikum spielte, als hätte es das Zweite Vatikanische Konzil nie gegeben. Damit wollte er verhindern, dass ihm jemand etwas abschaute. Das machte ihn mir sehr sympathisch. Seine Bandkollegen und alle, die bei Plattenaufnahmen sonst noch im Studio waren, faszinierte seine Virtuosität manchmal derart, dass sie in spontanen Applaus ausbrachen. Auf »Van Halen II« hört man im Song »Somebody Get Me A Doctor« direkt nach Eddies Solo lautes Klatschen. Ovationen für den eigenen Gitarristen! Auf einem Studioalbum! Und niemand kommt auf die Idee, das zu löschen! Es war so unfassbar megalomanisch, dass es der einzig richtige Weg zu sein schien.

Wenn ich mir haarzwirbelnd »Light Up The Sky« anhörte,

den Song, mit dem Van Halen ihre Konzerte eröffneten, sah ich meine Zukunft vor mir wie ein grelles Riesenposter: Ich schwebte an Drahtseilen hängend zehn Meter über einer riesigen Bühne und gab dem begeisterten Publikum weit mehr, als es erhoffte. Aus meinem Instrument, das ich gerade mit meiner Zunge bediente, schoss ein fünf Meter langer infernalischer Feuerstrahl, während die gigantisch große Menge meinen Namen rief. Dann befahl ich: »Ladies, take your shirts off!«, und die Ladys taten selbstverständlich wie geheißen.

»Andi, weißt du, wo … – Spinnst du? Stell sofort die Vase wieder ins Wohnzimmer! Sag mal, weißt du, wie teuer die ist?«

Man musste meiner Mutter dringend abgewöhnen, ohne Vorankündigung in mein Zimmer gestürmt zu kommen. Derart erschreckt zu werden konnte auf Dauer nicht gesund sein. Die etwa ein Meter hohe Porzellanhässlichkeit hatte Glück, dass sie weich fiel, weil ich kurz zuvor auf mein Bett gesprungen war, um dort auf ihr das Solo von »Ice Cream Man« mitzuspielen.

»Was soll ich denn machen, Mama? Kauft mir halt endlich eine Gitarre.«

»Du sollst vor allem die Vase zurück ins Wohnzimmer stellen!«

»Nicht einmal einen Teppichklopfer haben wir.«

»Gut, wenn du mir versprichst, dass ich in Zukunft nie mehr staubsaugen muss, kaufe ich dir deinen eigenen Teppichklopfer. Nichts lieber als das.«

Ich hatte bestimmt nicht vor, als Haushaltssklave meiner Mutter zu enden, es musste einen besseren Weg geben, an ein Instrument zu kommen. Lange Stunden der Überlegung ließen mich einen raffinierten Plan entwickeln. Er bestand im Wesentlichen darin, bis Weihnachten ausgesucht freundlich zu meinen Eltern zu sein, in der Hoffnung, dass sie allein darauf kamen, dass ein supernetter Junge auch ein Supergeschenk verdient.

Ich sollte mich nicht täuschen. Bei der heiligabendlichen Bescherung lag unter dem Baum ein längliches Paket, fast gänzlich versteckt unter einer Menge kleinerer, meist weicher Präsente. Nicht jeder hätte hier über meine Geduld verfügt, aber ich wollte die Vorfreude so lange wie möglich konservieren und öffnete mich langsam von klein zu groß voran. Nach der Skiunterwäsche in Snoopypapier von meiner Oma mütterlicherseits ging es zum Geschenk von meiner anderen Großmutter. Es war Skiunterwäsche. Allerdings war diese in das goldglänzende Papier gehüllt, in das meine Eltern im Jahr zuvor ein Großgebinde Franzbranntwein eingepackt hatten. Oma hatte es, wie sie es immer tat, sehr behutsam geöffnet und anschließend in einer mehrere Stunden dauernden Aktion sämtliche Geschenkpapierbögen in ihren Originalzustand zurückgebügelt. Dabei war sie weder arm noch dement, und auch wenn sie vieles auf die Vertreibung aus dem Sudetenland schieben konnte, von einem Trauma durch marodierende, geschenkpapierstehlende Tschechenbanden hatte ja wohl noch nie jemand gehört.

Ich heuchelte beständig Freude, während ich mich durch Buntstifte, Pullover, noch mehr Unterwäsche und einige Bücher zum letzten Paket vorarbeitete. Schließlich war es so weit. Mir wurde ganz feierlich zumute, meine Eltern setzten beide ihre erwartungsfrohsten Gesichter auf, als ich langsam und vorsichtig die Tesastreifen abknibbelte und die rote Schleife löste. Nur noch Sekunden trennten mich von

Frauen, schnellen Autos und vermutlich einem frühen Tod durch Ersticken – an eigenem oder fremdem Erbrochenen, da konnte man sich nie sicher sein. Ich öffnete die neutrale rechteckige Schachtel, und da lag sie: Meine erste … Tennisausrüstung? Ein Tennisschläger, eine Dose mit Bällen, eine lächerlich kurze, weiße Hose und Tennisschuhe!

»Damit du nicht immer die Vase nehmen musst«, lachte meine Mutter. So viel intakte Geberfreude wollte ich nicht durch meine zerstörte Nehmererwartung ruinieren, also versuchte ich mich krampfhaft an verschiedene TV-Weihnachtsschmonzetten der vergangenen Tage zu erinnern. Darin trotzten asthmatische Bälger ihrer misslichen Lage und empfanden tiefste Dankbarkeit, wenn sie von einem wohlmeinenden Fremden einen Viertelpenny oder einen Teller Haferschleim in die Hand gedrückt bekamen: »Wow, so etwas Schönes habe ich in meinem ganzen Leben noch nicht besessen, Mister! Da werden die anderen Kinder im Waisenhaus aber mächtig Augen machen.« Gut, vielleicht ginge es auch einen Hauch weniger pathetisch. »Merci Mama, merci Papa, jetzt muss Marielle nie mehr alleine in der Orangerie vollieren!« Schließlich kam etwas Halbgares wie »Super! Tennisschläger! Danke!« aus mir heraus, und ab dem nächsten Morgen wurde vorerst nicht mehr darüber gesprochen.

Gitarrensimulation auf einem Tennisschläger mag im ersten Moment nach grenzenlosem Spaß klingen, wird aber doch schneller öde als gedacht. Nach wenigen Tagen ging ich dazu über, den Tennisschläger gemäß seiner eigentlichen Bestimmung zu verwenden. Immer noch stinksauer darüber, keine Gitarre bekommen zu haben, und getrieben von Van Halen in der größtmöglichen Lautstärke, römerte ich den Ball wie ein Besessener gegen meine Kinderzimmerwand. Stundenlang. Tagelang. Mehr als eine Woche lang. Plopp! – Plopp! – Plopp! Wenn ich gegen die Rückwand meines Bücherregals spielte, das als Raumteiler in der Mitte stand, war es vollkommen egal, ob ich die Bälle hart oder als weichen Lob schlug, es schepperte so oder so gewaltig. Dieses Phänomen kannte ich vom Haus meiner Großeltern. Wenn ich mich dort nachts zum Kühlschrank schlich, versuchte ich anfangs, die quietschende Küchentür möglichst langsam zu öffnen, um niemanden zu wecken. Das Geräusch wurde dadurch aber nicht leiser, sondern einfach nur länger.

Mit meiner ausdauernd betriebenen Scheppertaktik trieb ich meine Mutter wie erhofft langsam in einen diffusen Zustand aus Gereiztheit und Sechsämtertropfen. Noch vor dem Ende der Weihnachtsferien fragte sie endlich: »Na, willst du immer noch eine Gitarre haben?«

Das war mein Stichwort.

»Weiß nicht, Tennis macht auch Spaß!«

»Ja, aber richtiges Tennis spielt man im Freien und vor allem: nicht alleine!«

»Ich find's aber ganz gut so.«

Ich musste vorsichtig sein. Diesen Bogen konnte man schnell überspannen. Dann wären fast die kompletten Ferien für sinnloses Rachetennis verschwendet gewesen. Deshalb lenkte ich allmählich ein: »Wieso habt ihr mir eigentlich eine Tennisausrüstung geschenkt?«

»Weil du so blass bist und damit du mal rauskommst.«

»Wenn ich eine Gitarre hätte, könnte ich in einer Band spielen und käme dauernd raus! Versprochen!«

Das war selbst für meine Verhältnisse erbärmlich herbeiphantasiert. Meine Mutter sah mich an, als wüchse mir in diesem Moment ein Pinguin aus der Stirn, aber es wirkte.

»Gut, wenn du mir versprichst, sofort mit dem Zimmertennis aufzuhören, bekommst du zu deinem Geburtstag eine Gitarre«, versprach sie mir. Mein Geburtstag war am 26. April, einen Tag vor Ace Frehley von Kiss. Ich überschlug kurz. Das waren ja noch mehr als hundert Tage! Eine Ewigkeit. Doch alles Betteln war vergebens. Meine Mutter ließ sich nicht dazu überreden, mich schon früher zu beschenken. Mir blieb keine andere Wahl, als zu warten und mich so gut wie möglich vorzubereiten. Dafür kaufte ich mir ein kleines Lehrbuch für Anfänger, übte die darin abgebildeten Griffe auf meinem Tennisschläger und nutzte die Zeit dazu, mir auszumalen, welche Gitarre mich zu einem unwiderstehlichen Nastibuni-Magneten machen würde. Eine Flying V vielleicht, die mit ihrer Pfeilform eindeutige Signale an die Damenwelt sendet und zugleich klarstellt, dass es hier jemand verdammt ernst meint. Oder Paul Stanleys Sterngitarre, die zu sagen schien: »Hey, hier ist ein Star am Werk. Ja, er trägt Lippenstift und Weißclownschminke, aber ihr werdet ihm nicht entkommen, obwohl er auf seinen Plateaustiefeln nicht gerade der Schnellste ist, Ladys!« Nach reiflicher Überlegung hatte ich mich auf eine klassische Stratocaster-Form festgelegt, mit Streifen verziert wie die von Eddie van Halen. Der hatte sie allerdings aus Einzelteilen verschiedener Hersteller zusammengebastelt und nannte sie deshalb liebevoll »Frankenstrat«, wie in der *BRAVO* zu lesen war.

In diesen Monaten stand die Zeit komplett still. Selbst der Februar schien mehr als dreißig Tage zu haben, und auch die Osterferien vergingen viel zu langsam. Am 1. April begann ich damit, die Stunden rückwärts zu zählen: 600, 599, 598 … Dann war es endlich so weit: Als ich am 26. aufwachte, war ich nicht nur dreizehn Jahre alt und damit ein echter Teenager, ich würde auch ein Gitarrist sein. Nach der Schule rannte ich wie besessen nach Hause, völlig sinnlos, denn es sollte noch Stunden dauern, bis meine Mutter von der Arbeit kam. Und essen wollte sie auch noch. Danach gingen wir endlich zu Zitrone-Musik, einem Instrumentengeschäft in der Nähe des Hauptbahnhofs.

Entgegen meinen bisherigen Vermutungen stellte sich dort heraus, dass meine Mutter keineswegs in der Lage war, meine Gedanken zu lesen. Wie selbstverständlich zog sie mich in die Ecke, in der die Wandergitarren hingen. Sie wollte mir erst einmal eine von denen kaufen, um herauszufinden, ob »das mit der Gitarre überhaupt was für dich ist, sonst ist das doch rausgeschmissenes Geld«. Einen Moment lang war ich so entgeistert, dass es mir die Sprache verschlug. Ich wollte eine E-Gitarre, keine Kirchentagsklampfe, das war doch wohl logisch. Kannte meine Mutter denn nicht den Unterschied zwischen cool und dem genauen Gegenteil von cool? War ihr nicht klar, dass jede einzelne Mark, die sie für ein Instrument ausgab, dessen Bestimmung der Einsatz in der freien Natur ist, »rausgeschmissenes Geld« wäre? Ich hatte nicht vor, irgendwohin zu wandern, erst recht nicht mit einem Volkslied auf den Lippen. Da aber mittlerweile ein Verkäufer auf uns aufmerksam geworden war, versuchte ich, nicht loszuheulen, und beschränkte mich auf Atemnot. Er erkannte sofort die Situation und wirkte in seinen morschen Sandalen und dem Led-Zeppelin-Shirt sehr vertrauenerweckend. Ohne einleitendes Geplänkel kam er sofort auf den Punkt: »Na, Chef, schon was gefunden, was dir gefällt?« Ich wollte ihn in den Nebenraum führen, wo die richtigen Instrumente hingen, doch meine Mutter war schneller. »Er hat ja noch nie gespielt. Haben Sie denn was für einen Anfänger?«

»Freilich, aber in welche Richtung soll's denn gehen, instrumententechnisch? Eher klassisch? Ich bin übrigens der Jimmy.« Ich wusste, dass ich nicht mehr viele Chancen hatte, die Situation zu retten, also grätschte ich in die beginnende Unterhaltung.

»Ich hätte gern eine E-Gitarre, Herr Jimmy!«

»Nein! Nein, nein, nein«, platzte meine Mutter in meinen vollendeten Gedankengang. »Du sollst doch erst einmal schauen, ob das überhaupt was für dich ist.« Meine Mutter wendete sich an Jimmy. »Er soll erst einmal schauen, ob das überhaupt was für ihn ist. Sonst ist es wieder das Gleiche wie bei den Skiern, der Dampfmaschine und den Play-Big-Figuren. Musste er alles unbedingt haben. Und jetzt liegt es im Keller.«

Wie konnte sie eine absolut lebensnotwendige Angelegenheit, etwas so überwältigend Einschneidendes wie den Kauf einer Eddie-van-Halen-Frankenstrat-Kopie mit lächerlichen Spielzeugmännchen vergleichen, die nicht einmal das Original waren? Schließlich hatte ich mir Playmobil gewünscht und war von Oma falsch verstanden worden.

»Erst mal probieren ist sicher nicht verkehrt«, fiel mir Jimmy in den Rücken. So ein blödes Vollarschloch! Er deutete auf die säuberlich aufgereihten Wandergitarren. »Die hier sind eher fürs Lagerfeuer«, erklärte er.

Ja, die brennen bestimmt gut, dachte ich und schaute gequält. Er schien meine Zeichen richtig zu deuten, denn er ging weg von den Heilsarmeegeräten in Richtung der

Westerngitarren, wo er meine Mutter wieder schmierig an-
kumpelte.

»Auf was steht er denn so, bandtechnisch?«

Sie machte ein Keine-Ahnung-Gesicht und knuffte mich
ermunternd in die Flanke. »Jetzt, Andi, sag halt was!«

Obwohl ich schon längst komplett keine Lust mehr hatte,
weder auf meine Mutter noch auf Jimmy oder den doofen
Gitarrenladen, presste ich mir eine Antwort heraus: »Kiss.
Van Halen. So Zeug halt.«

»Soso. Hmm, Kiss, na ja, okay, in deinem Alter hätten die
mir wahrscheinlich auch gefallen. Heftig irgendwie. So
monstertechnisch irgendwie.« Er brabbelte daher, als wäre
er nicht ganz frisch. »Aber van Halen, der kann wirklich
was. Nicht so gut wie Jimi oder Jimmy, aber trotzdem super.«

»SIE sind besser als Eddie van Halen?«

Er lachte kurz auf und rückte dann mit der Erklärung
raus: »Nein, nicht ich. Hendrix und Page meine ich.«

Bei »Page« deutete er auf sein verwaschenes Shirt.

»Ist nicht so meins.«

»Led Zep sind die Größten, Alter! Gott! Und Hendrix, den
muss man kennen. Der hat in Woodstock seine Gitarre angezündet. Total heftig!«

Es wurde immer toller. Jetzt erzählte er mir auch noch von
einem Typen, der offenbar so viele E-Gitarren hatte, dass er
sie aus Daffke verheizen konnte. Und ich stand hier und
musste mit einem irrlichternden Narren und meiner überfor-
derten Mutter darum kämpfen, wenigstens *eine* zu ergattern.

»Auf der ›Women and Children First‹ spielt der van Halen
übrigens ganz viel Akustikgitarre. Aber das weißt du sicher,
so know-how-technisch?«

Ich wusste es zwar, schließlich hatte ich das Album wie alle anderen rauf und runter gehört, aber tatsächlich sickerte es erst jetzt zu mir durch. Natürlich, van Halen spielte auch Akustikgitarre. Und van Halen war cool. Sogar die Stücke, bei denen er Akustikgitarre spielte, waren cool, »Could This Be Magic?« war sogar eine Zeitlang mein Lieblingslied gewesen.

»Okay, ich will eine Van-Halen-Akustikgitarre, Herr Jimmy!«

»Das wäre vielleicht für den Anfang ein bisschen teuer, aber die hier klingt fast genauso«, schmunzelte er und nahm eine holzfarbene Yamaha FG 110 vom Haken.

»Darf ich die mal ausprobieren?«, fragte ich meine Mutter, doch Jimmy antwortete für sie: »Klar, mach das! Mach das!« Er unterstrich seine Aufforderung, indem er noch einige Dutzend Male »Mach das!« sagte, während ich Gitarrenspiel simulierte. Natürlich hatte ich keine Ahnung, ob die Yamaha gut war oder nur so mittel klang und was Jimmy mit dem »unglaublichen Sustain« meinte, das er uns anpries, trotzdem machte sie das Rennen, bevor es überhaupt ernsthafte Konkurrentinnen gab. Letztendlich lag der Preis wohl im Rahmen dessen, was meine Mutter als angemessen dafür erachtete, dass eine Akustikgitarre leiser ist als ein Tennisball, solange man sie nicht gegen die Regalrückwand schlug. Es war natürlich kein Sieg auf ganzer Linie, doch wahrscheinlich hatte ich ein Alter erreicht, in dem man lernen musste, dass ein Kompromiss in der Hand manchmal besser ist als eine Frankenstrat auf dem Dach. Auch wenn sich dieser Kompromiss relativ leichtgewichtig anfühlte, so balsaholztechnisch.

## Die sprechende Konzert-gitarre

»Von deutschem Boden darf nie wieder ein Liedermacher-abend ausgehen!«, machte sich mein Vater über mich lustig, als ich ihm zu Hause stolz die Yamaha präsentierte. Auch er dachte vermutlich, in spätestens zwei Monaten würde sie zwischen den restlichen verschmähten Geschenken wertvollen Stauraum im Keller belegen. Doch als ich auf dem Bett saß, meine Gitarre zum ersten Mal auf dem Schoß, fühlte ich, dass dies ein historischer Moment in meinem Leben war. Manche Dinge weiß man eben einfach. Und das hier war meine Stunde null. Wirklich. Ganz echt. Wenn ich auch nicht die leiseste Ahnung hatte, wie es von nun an weitergehen sollte. Eine Möglichkeit war, der erste Luftgitarrist mit Gitarre zu sein. Eine bessere, das Instrument wirklich zu erlernen und binnen weniger Wochen ein Rockstar zu werden. Je länger ich darüber nachdachte, desto plausibler erschien mir Lösung zwei.

Ich versuchte mich ein paar Monate an den Akkorden aus dem Buch, doch der Gitarrenhals war wesentlich breiter als der Tennisschlägergriff, es funktionierte hinten und vorne nicht.

»Du solltest vielleicht Unterricht nehmen«, schlug meine Mutter vor, der klar war, dass sie die Angelegenheit in geregelte Bahnen lenken musste. Wie sie ja auch schon Jimmy auf die Nase gebunden hatte: Zu oft hatte sie miterleben

müssen, dass meine überschwängliche Anfangsbegeiste-
rung für alles Neue ohne fördernde Anleitung einen desas-
trösen Verlauf nahm. Der Chemiekasten. Die Idee einer
zweistöckigen Märklin-Eisenbahn. Oder Nicki, der Hams-
ter.

Kurz nach dem Ende der Sommerferien fand der traditionelle Elternabend statt, bei dem die Lehrerschaft die Pläne
für das anstehende Schuljahr verriet. Meine Eltern kehrten
mit interessanten Neuigkeiten davon zurück: »Dein Musiklehrer, der Herr Fischer, netter Mann übrigens, hat gesagt,
dass er nach der Schule verschiedene Instrumente unterrichtet. Kostenlos. Frag den doch mal!«

Vielleicht waren diese Elternabende tatsächlich einmal
zu etwas nütze. Normalerweise zogen meine Mutter und
mein Vater hinterher jedes Mal schamlos über die Eltern
meiner Klassenkameraden oder meine Lehrer her.

»Diese Hartmann, die alte Krawallschachtel, immer nur
fordern, fordern, fordern. Aber ein Barbour-Jäckchen tragen
und dabei aus dem Maul stinken wie ein totes Lama«, stieg
meine Mutter für gewöhnlich ein, noch während sie die
Wohnungstür von innen zuzog.

»Ich glaube, die hat auch mehr als ein Problem, oder?«
Mein Vater führte seinen Daumen zum Mund und machte
mit abgespreiztem kleinem Finger die international aner-
kannte Geste für Leberzirrhose, während er sich und meiner Mutter Cognac in die großen Schwenker schenkte.

Es lief immer nach demselben Muster ab und nervte gewaltig. Nun also erfuhr ich, dass Herr Fischer Gitarre unter-
richtete. Eigentlich konnte ich ihn ganz gut leiden. Anders
als bei seinem Vorgänger, der uns Dur, Terz und Quinten-
zirkel beibringen wollte, sich also an den Lehrplan hielt, war

31

seine Vorstellung von Musikpädagogik, eine LP aufzulegen – für gewöhnlich etwas ausufernd Experimentelles von Gentle Giant oder Pink Floyd –, und sie mindestens eine Viertelstunde lang laufen zu lassen. Danach setzte er sich ans Klavier und versuchte zu erklären, warum das gerade Gehörte das Beste war, was jemals komponiert wurde. Wir verstanden nicht viel, durften aber am Schluss der Stunde selbst mitgebrachte Platten auflegen, Garant für eine eiterauslösende Melange aus Adam Ant, Shakin' Stevens und Men at Work.

Fischer wurde auch nur im äußersten Notfall laut, also wenn man beispielsweise infolge eines kleinen Gerangels seinen Plattenspieler rammte und die Nadel dadurch von »Gone Hollywood« ohne Umweg über den »Logical Song« direkt bei dem widerlichen E-Piano von »Breakfast In America« landete, aber selbst dann wirkte er nicht unsympathisch. Ein Sprachfehler, bei dem jedes S klang wie ein seitlich im Rachenraum gebildetes, gefauchtes CH, das Ergebnis einer nur mäßig gelungenen LKG-Spalten-Korrektur, nahm ihm jede Bedrohlichkeit. Es hörte sich an, als würde man von einem Hochleistungs-Crème-Brûlée-Brenner angeschrien.

Als ich zum ersten Mal den kleinen Raum neben dem Musiksaal betrat, in dem der Privatunterricht stattfinden sollte, wurde ich von einer Konzertgitarre mit Nylonsaiten in Empfang genommen. »Willst'n du? Hier ist gleich Gitarre beim Fischer!«, herrschte sie mich an. Ich stutzte kurz und fragte mich, warum meine Yamaha nicht sprechen konnte. Erst beim zweiten Hinsehen bemerkte ich den winzigen Fünftklässler, der hinter seinem Instrument darum kämpfte, nicht erdrückt zu werden. »Ja, genau deshalb bin ich doch hier. Sind wir die Einzigen?«

»Nein, normalerweise sind noch zwei so Spastis da. Können beide nix. Aus der Siebten oder Achten oder so.« Während er mit mir sprach, zupfte er ganz nebenbei an seiner Gitarre herum.

»Was spielst'n da?«, wollte ich wissen.

»Sarabande. Bach. Das kennt man doch.«

»Das ist Klassik, oder?«

Er schüttelte mitleidig den Kopf und beachtete mich nicht weiter, als die Tür wieder aufging. Ich kannte den, der hereinkam, vom Sehen. Er hieß Maurice oder Pierre und ging in die Parallelklasse. Schien ein ganz netter Typ zu sein, nicht weiter auffällig, etwas blass, ganz gut bei den Bundesjugendspielen.

»Servus, ich bin der Klaus. Du bist in der 8b, oder?«, stellte er sich vor. Klaus! Genau. Ich begrüßte ihn und erklärte, dass ich zum ersten Mal da war.

»Super, Einstein, erzähl was Neues! Sonst hätten wir dich ja wohl schon mal hier gesehen«, meinte Konzertgitarre, immer noch vertieft in seine Klassik und erstaunlich nassforsch für jemanden, der gerade einmal so hoch wie ein Hydrant war. Während Klaus und ich uns weiter unterhielten, versuchte ich, meine Gitarre zu stimmen. Das war mir schon zu Hause nie gelungen. Ich hatte beim Kauf der Gitarre Jimmy genau dabei beobachtet, es schien ganz einfach. Hier den Zeigefinger der linken Hand leicht auflegen, aber nicht fest drücken, dort mit der Rechten ein wenig an der Mechanik schrauben, noch mal zupfen, ein angestrengtes Gesicht machen, schrauben, zupfen, passt. Mit meiner Gitarre funktionierte das aber nicht. Es scheppperte und klirrte, und wenn ich oben drehte, kam unten Disharmonie raus.

»Meine stimmt immer der Fischer«, antwortete Klaus auf meinen hilflosen Blick.

»Gib halt her, Spasti!«, sagte der Fünftklässler genervt. Er rollte mittlerweile so stark mit den Augen, als wollte er in seinem Gehirn nachsehen, ob da noch ein paar Beleidigungen versteckt waren, die er in den ersten fünf Minuten unseres Kennenlernens versehentlich ausgelassen hatte. Er nahm meine Yamaha und stimmte sie noch schneller als Jimmy, hatte dabei aber auch die Hilfe seiner Zungenspitze, die jede seiner Handbewegungen aus dem Mundwinkel fernsteuerte.

Mit einem fröhlichen »Die hast du wahrscheinlich gestimmt gekauft und gedacht, dass sie jetzt kaputt ist, oder, Depp?« gab er sie mir zurück.

Wir bemerkten nicht, dass die Tür wieder geöffnet wurde und jemand den Raum betrat, denn mein Gespräch mit Klaus wurde übertönt von dem Winzling, der mittlerweile vor meinem Stuhl kniete und wie ein Ferkel auf Helium schrie. Ich fand, es war für ihn an der Zeit, einmal über seine grundsätzliche Außenwirkung nachzudenken. Zu diesem Zweck hatte ich sein Ohr einmal komplett umgedreht und hielt es ein bisschen fest. »Auauauauau! Du Sack, das sag ich dem Fischer! Auauauauau! Und ich sag's meiner Mutter, die zeigt dich dann an, du Null!«

»Lass doch den Kleinen los, du bist doch viel größer, das ist weniger cool!« Um feststellen zu können, wer sich da einmischte, musste ich meinen Oberkörper ziemlich verdrehen, dabei war es schwierig, nicht den Grip am Zwergenohr zu verlieren, der Terrorgnom hatte nämlich ungemein fettige Haut.

Bei dem Anblick, der sich mir bot, hätte ich das Ohr fast abgerissen: College-Slipper mit Bommeln, ein pastellrosa-gelb gemusterter Pullunder von Benetton und eine Karottenhose vom Zirkusbedarf. In seinem Gesicht sah man wegen der Frisur nur ein Auge. So lächerlich, wie dieser Typ aussah, hätte er besser ein Banjo, eine Gummiente oder ein Kilo grobes Mett in der Hand getragen statt eines Instrumentenkoffers.

»Klaus, steht da ein Popper mit Akustikgitarre?«, fragte ich, während sich der Fünftklässler aus meinem Griff befreite.

Klaus lachte. »Das ist der Clemens.«

Typen wie Clemens vermehrten sich in letzter Zeit an unserer Schule wie verrückt. Gerade trugen sie noch Cordhose und Nickipullover, dann wuchs ihnen wie durch Zauberhand ein Seitenscheitel aus dem Kopf und ein hellgrünes Polohemd am Leib, und schon waren sie Teil einer Jugendbewegung. Noch wenige Monate zuvor war der Pausenhof ein Stück Land mit exakt abgesteckten Claims gewesen: Auf der Treppe vor dem Eingang zur Turnhalle lungerten die Handballer herum, ausgesprochene Unsympathen, im Sommer in ihren ärmellosen Shirts fast gänzlich ohne Funktion, im Winter damit beschäftigt, so viele Schneebälle mit zweihundert Stundenkilometern an wehrlose Schläfen zu donnern, wie die Fünfzehn-Minuten-Pausen erlaubten. In der gegenüberliegenden Ecke hielten die Kastraten aus der Computer-AG ihr tägliches Ritual ab, bei dem Musikkassetten getauscht wurden, auf denen überhaupt keine Musik war, sondern Computerspiele. Diese Typen verbrauchten zehn C90-Maxell-Ferrochrom, um darauf eine selbst programmierte Kopie von Ms. Pac-Man zu speichern. Zehn Kassetten, auf denen man problemlos alles hätte aufnehmen können, was jemals von Kiss bei Casablanca-Records erschienen ist. Einschließlich der vier Soloalben. Statt zu erfahren, warum Gene Simmons »Radioactive« und der »God Of Thunder« ist, ließen sie eine gelbe Scheibe mit roter Schleife kleine Punkte fressen.

In der dritten Ecke standen die Existentialisten und bewiesen, dass der Mensch zwar das einzige Wesen ist, das verneinen kann, aber nicht, wenn es um schwarze Rollkragenpullover im Schlussverkauf geht.

Seit die Popper grassierten, war die alte Raumaufteilung komplett durcheinandergebracht. Zyklopen sämtlicher Altersstufen trafen sich jetzt in der Mitte des Hofes und übten sich darin, im Abstand von wenigen Sekunden den Pony, der das eine Auge verdeckte, aus dem Gesicht zu werfen, dabei durfte die Unterhaltung keinesfalls unterbrochen werden, ein beständiges Schleudern und Labern, Schleudern und Labern. Seitliches Headbanging für eine Peergroup, die keine Ahnung hatte, was Headbanging bedeutet. Oder Peergroup.

Sogar fast alle Handballer waren dabei, wenn auch deren Frisuren anfangs noch eher nach den Männern vom Sherwood Forest aussahen. Der Wille zählte. Das Schlimmste an diesen Gestalten waren aber nicht die Frisuren, die Farben oder die Lederkrawatten, sondern die Tatsache, dass sie allesamt Freundinnen hatten. Richtige, lebende, gutaussehende Mädchen, obwohl es an unserer Schule noch immer keine gab. Sie lernten sie auf den Partys kennen, die ständig bei irgendeinem von ihnen zu Hause ohne mich stattfanden und zu denen ihre Popperschwestern deren Popperfreundinnen einluden. Irgendetwas lief grundlegend falsch. In ganz München gab es niemanden, der sich besser vorstellen konnte als ich, wie es wäre, eine Freundin zu haben. Und diese Arschgeigen hatten tatsächlich welche.

»Was machst du denn mit einer Gitarre? Ihr Popper hört doch nur so Synthesizer-Kram«, wollte ich von Clemens wissen.

»Ja, schon. Aber ich stehe mehr auf Spandau Ballet. Gary Kemp ist der coolste Gitarrist, den es gibt.«

Eine Band, die das Wort Ballett im Namen trägt, empfohlen von einem, dessen Hose zwei viktorianische Engel zierten, war eine Steilvorlage, der man nur schwer widerstehen konnte. »Spandau Ballet. Da klingt ja schon der Name ultraschwul. Ist das Schwuchtelmusik?«, wollte ich von ihm wissen.

Clemens warf seinen Pony zur Seite und packte seine Gitarre aus. »Wieso? Was hörst du denn so?«

»Kiss. Van Halen. Twisted Sister. So Zeug.«

Er grinste mich unverschämt an. »Du hörst Musik von Bands, die aussehen wie Mädchen, sich schminken wie Mädchen, lange Haare haben wie Mädchen, und fragst mich, ob ich Schwuchtelmusik höre? Schwuler als du geht doch gar nicht.«

»Spinnst du? Kiss sind dermaßen unschwul, die nageln jeden Abend Hunderte von Groupies! DU bist schwul. Vollschwul.« Ich hätte meinen Vortrag gerne noch weiter ausgeführt, da packte er mich schon am Revers meiner Jeansjacke. Ich griff seinen Pullunder, aber noch bevor ich ein paar linke Haken setzen konnte, die aus dem riesigen toten Winkel vollkommen überraschend in seinem verdeckten Auge eingeschlagen hätten, kam Herr Fischer durch die Tür.

»Jung*ch*, wa*ch* macht ihr denn da? Pa*ch*t doch auf die teuren In*ch*trumente auf!«

»Die zwei Homos streiten, wer die größere Schwuchtel

ist«, petzte der Streberzwerg, dessen Ohr noch immer ampelrot leuchtete. Wir ließen gleichzeitig los und setzten uns, wobei ich Clemens und dem Zwerg noch einen Du-bist-nachher-fällig-Blick mitgab. Herr Fischer schüttelte verständnislos den Kopf und teilte uns vier in drei Gruppen ein. Der Fünftklässler bekam ein irrsinnig schwieriges Stück von Al Di Meola zum Üben, das Herr Fischer eigenhändig ausnotiert hatte. Klaus und Clemens setzten sich mit Pink-Floyd-Songbooks in die andere Ecke des Zimmers und schrammelten den Anfang von »Another Brick In The Wall«. Und ich lernte mit Herrn Fischer den Satz »Eine Alte Dame Geht Heringe Echen« auswendig, eine Eselsbrücke für Zurückgebliebene, die sich anhand der Anfangsbuchstaben merken sollen, nach welchen Noten eine Gitarre gestimmt wird. Um mir einen Lernerfolg zu gestatten, verstimmte Fischer meine gerade eben vom Zwerg perfekt justierte Yamaha und ließ mich mal machen. Nach knapp einer Stunde klang sie beinahe schon wieder so wie vorher. Clemens und Klaus kämpften derweil immer noch mit den Akkordwechseln direkt nach der *education*, die laut Pink Floyd nicht gebraucht wurde, und der Gnom fegte durch die Partitur von Di Meola, als hätte er sie selbst komponiert. Am Schluss des Unterrichts bekam ich eine Tabulatur mit auf den Heimweg, einfache Akkorde, die ich bis zur darauffolgenden Woche üben sollte. Es waren die gleichen, die auch in meinem Buch standen, aber nachdem mir Herr Fischer die korrekte Arm- und Handhaltung gezeigt hatte, konnte ich sie tatsächlich spielen. Es dauerte ein paar Tage, bis die Schmerzen in meinen Fingerkuppen nachließen. Von der vielen Überei hatte ich Blasen, unter denen langsam eine Hornhaut wuchs. Doch die Qualen waren nicht umsonst, denn nachdem ich dieselben Akkorde immer und immer wieder gespielt hatte, bemerkte ich, dass Herr Fischer mir eine sehr sinnvolle Hausaufgabe gestellt hatte: Tatsächlich war ich mit E-Dur, A-Dur, D-Dur, G-Dur und F-Dur in der Lage, etwas zu spielen, was ungefähr wie »Rock And Roll All Night« von Kiss klang. Zwar erst einmal nur mit halber Geschwindigkeit, weil mein Ringfinger sich noch an die neue Umgebung gewöhnen musste, aber im Grunde genommen konnte mich nichts mehr aufhalten.

Sechs Wochen später war ich laut Herrn Fischer bereit für den nächsten Schritt. Er löste meine Ein-Mann-Gruppe auf und ließ mich zusammen mit Klaus spielen. Denn der saß inzwischen allein in seiner Ecke, seit Clemens donnerstags zu Herrn Fischer in den Klavierunterricht ging. Seine Eltern hatten ihm einen Synthesizer gekauft.

Woche für Woche misshandelten wir Lieder von den Beatles, Queen oder Deep Purple, ohne dabei in irgendeiner Art schneller, präziser oder ausdrucksvoller zu werden. Währenddessen trat auf dem jährlichen Schulfest die von Herrn Fischer zusammengestellte Schulcombo auf. Sie bestand aus einem Elftklässler am Schlagzeug, einem Bassisten aus der Kollegstufe, Fischer am Klavier und dem Wichtigtuer aus der Fünften. Die anwesenden Mütter waren allesamt damit beschäftigt, an ihren Augen herumzuwischen, so schön spielte der kleine Streber die Akustik- und E-Gitarre, und so niedlich sah er dabei aus. Eine Stadtteilzeitung ging sogar so weit, einen »neuen Stern am Münchener Gitarristenhimmel« aufgehen zu sehen.

Verglichen mit diesem Elfjährigen war es lächerlich zu glauben, es bestünde auch nur ein Funken Hoffnung, dass aus mir ein halbwegs guter Gitarrist werden würde. Ich

musste mir eingestehen, dass mein Talent bestenfalls aus-
reichte, in einigen Jahren irgendwelche Bierzelte im Um-
land mit exzentrisch langsamen Versionen von »Let It Be«
zu bespielen. Im Duo mit Klaus, der auch nicht schneller
greifen konnte als ich, aber trotzdem immer einen halben
Takt mit mir auseinanderlag. Vielleicht konnte ich auch
Jimmys Nachfolger im Instrumentenladen werden, zum
Rockgitarristen taugte ich jedenfalls nicht.

Noch in der Woche nach diesem Konzert verkaufte ich
meine Yamaha und legte mir für das Geld einen gebrauchten E-Bass und einen kleinen Verstärker zu. Ich verabschiedete mich vom Gedanken, Eddie van Halen zu werden, und
beschloss stattdessen, Gene Simmons zu sein. Durch den Gi-
tarrenunterricht wusste ich ja bereits, wo die Töne auf dem
Griffbrett lagen, wie sie hießen und wie man das Instrument
stimmte: »Eine Alte Dame Geht«. Zeitpunkt und Zweck des
Ausfluges konnte man als Bassist getrost vergessen, denn
das Instrument hatte ja nur vier Saiten. Unschätzbar war auch
der Vorteil, am Bass auf knifflige, ringfingerüberfordernde
Akkordkombinationen verzichten zu können und trotzdem
eine wertvolle Komponente der Band zu sein. Warum war
ich nicht schon früher darauf gekommen?

Die Pausenhofkonstellation hatte in der Zwischenzeit einige
Veränderungen erfahren. Mittlerweile waren wir zu viert
und übernahmen die verwaiste Handballertreppe: Außer
mir waren da Christian Döbel, seit der fünften Klasse mein
Banknachbar, Dirk Weishaupt aus der Parallelklasse und
sein Freund Hubert Schaller, den alle »Wadl« nannten, weil
seine Waden für Cowboystiefel zu dick waren. Während die
Informatiker langsam von Chrome-Kassetten auf Floppy

Disks umstiegen, schlossen sich die Jungs in Schwarz den Poppern an und bildeten dort eine Art intellektuelle Unterabteilung. Zwar ignorierte man die jeweils anderen Grüppchen so auffällig wie möglich, trotzdem wurde ich den Verdacht nicht los, dass alle anderen uns für Freaks hielten statt sich selbst, was viel logischer gewesen wäre, denn im Gegensatz zu ihnen waren unsere Haare richtig lang, wir tauschten Kiss-Poster, unterhielten uns über Bands und Frauen und wussten in der Theorie ziemlich gut darüber Bescheid, wie man sich als Rockstar verhalten musste.

Christian war nicht nur mein mit Abstand bester Freund, er war auch der erste Mensch, mit dem ich mehr gemeinsam hatte als nur Oberflächlichkeiten. Seit ich ihn kannte, bewunderte ich seine klaren Grundsätze. Er hasste Streber, Blasinstrumente, Volleyball und Wim Thoelke. Vor Spaghetti hatte er Angst, weil sie so glitschig sind. Und er mochte rothaarige Mädchen, obwohl er keines persönlich kannte.

Er hatte eine drei Jahre ältere Schwester, Silvia, die mehr gute Platten besaß als alle Jungs aus unserer Klasse. Sie machte nämlich eine Ausbildung bei der Ariola und nahm von dort alle Promotion-Exemplare mit, die ihr in die Hände fielen. Von ihr hatten wir unter anderem erfahren, dass es Mädchen gar nicht darauf ankommt, wie brillant das Solo ist, das der Gitarrist gerade spielt, sondern welche Hose er dabei trägt und dass diese im Idealfall vorne richtig gut befüllt ist.

Sie brachte uns bei, den Lidstrich mit einem Pinsel so aufzutragen, dass man danach nicht aussah wie ein verheulter Panda, sondern wie Mike Monroe, der Sänger der finnischen Glam-Rock-Band Hanoi Rocks. Und sie gab uns den

Tipp mit den lila Wildleder-Cowboystiefeln, die man über der weißen Stretchjeans tragen musste.

Wenn ich bei Christian war, endeten unsere Nachmittage oft in ihrem Zimmer, weil sie dort rauchen durfte und uns ab und zu Zigaretten zusteckte. Wir hörten mit ihr die aktuellen Ariola-Veröffentlichungen, zogen dabei angestrengt an den John Player Specials und fühlten uns sehr erwachsen.

Im Nachhinein besehen waren wir für Silvia wohl eine Art soziologische Langzeitstudie, mit der sie empirisch klären wollte, inwieweit sie kleine Jungs nach ihrem Geschmack formen konnte. Nicht ohne Eigennutz wollte sie uns zu kleinen Rock-Übermenschen heranzüchten – wie eine Sechsjährige, die ihre Puppensammlung mit allerlei Accessoires ausstaffiert und damit Teestunde spielt. Ihr Zimmer war mit Postern von Tommy Lee zugepflastert, dem Schlagzeuger von Mötley Crüe, der im Übrigen auch schuld war, dass Christian mit dem Schlagzeugspielen angefangen hatte. Vor Tommy Lee waren Schlagzeuger entweder farblose Typen gewesen, die nur der Vollständigkeit halber mit aufs Poster kamen, oder Clowns, die in Filmen wegen eines seltsamen Ringes in Schwulitäten gerieten. Mit Tommy Lee wurde der Drummer zum Rockstar, und genau das wollte auch Christian werden.

Den Dritten im Bunde, Dirk, kannten wir lange Zeit nur vom Sehen. Er war groß, athletisch, hatte glatte schwarze Haare, die fast bis zu seinem Gürtel reichten, und redete nicht besonders viel. Man konnte ihn gut für jemanden halten, der zu vertuschen versucht, dass er kein Deutsch kann, indem er einfach gar nicht spricht. Wir nickten uns schon seit langem zu, wenn wir uns in der Schule über den Weg liefen, so wie sich 2CV-Fahrer gegenseitig mit der Lichthupe begrüßten, um ihre Mitgliedschaft in demselben Individualisten-Club zu demonstrieren. Aber erst seit Christian und ich ihn einmal im WOM getroffen hatten, wo er sich über Kopfhörer die gleichen Neuerscheinungen angehört hatte wie wir, waren wir miteinander befreundet.

Er war es auch, der Wadl mit in unsere Runde brachte. Gutes Aussehen war nicht gerade dessen Stärke, aber Figur, Ausstrahlung und Humor auch nicht. Normalerweise hätten wir ihn mit seiner ausgekämmten schmutzig beigen Dauerwelle, die jeden Ostblockfußballer mit Stolz erfüllt hätte, und den fünfzehn Kilo Übergewicht nicht einmal wahrgenommen, doch Dirk versicherte uns, dass er in Ordnung war. »Er hat halt nicht so tolle Gene, der Heinzi sieht genauso aus, nur hat der noch einen Schnauzer«, erzählte er uns, als Wadl einmal nicht in der Nähe war. Heinzi war Wadls älterer Bruder und Gitarrist in einer Band, die laut Dirk »ein fürchterlich beschissener Asozialenhaufen« war, aber Wadl lernte schon seit Jahren bei ihm, E-Gitarre zu spielen, und hatte eine eigene Gibson SG, wie Angus Young von AC/DC, mitsamt Marshall-Turm.

Auch außerhalb der Schule hingen wir jetzt immer öfter zu viert rum. Oft trafen wir uns bei Dirk, der alleine mit seiner Mutter wohnte. Sie hatte bei ihrer Scheidung von einem Videothekenmogul offenbar das längere Streichholz gezogen und das Sorgerecht für eine absurd große Villa am Englischen Garten, für einen Mercedes 500 und für Dirk zugesprochen bekommen.

»Eins müsst ihr euch gut merken, Jungs«, schärfte sie uns von Prosecco befeuert ein, »wenn ihr mal verheiratet seid und ihn irgendwo anders reinstecken wollt, dann muss das so gut sein, dass es euch ein Haus wert ist!«

43

Das leuchtete uns ein, wir würden unter keinen Umständen jemals heiraten, selbst wenn uns jemand mit vorgehaltenem Ring dazu zwingen wollte. Aber wer sollte das denn auch tun? Wir kannten ja noch immer kein einziges Mädchen außer Silvia, und die zählte nicht. Deshalb verlagerten sich die Themen unserer nachmittäglichen Konferenzen immer mehr von Mötley Crües Plattencover zu existentielleren Fragen wie: Mistmistmist, wo bleiben die Weiber?

Wir verzweifelten darüber immer mehr, fast hätte Wadl geweint, weil auch Heinzi, obwohl viel älter als er, noch kein Mädchen mit nach Hause gebracht hatte, bis Christian nach Tagen die geniale Lösung einfiel.

»Mimikry«, sagte er, »wir brauchen Mimikry!«

# ROCK AND ROLL RÜCKWÄRTS

Ob sich wohl jemals in der Geschichte der Welt ein Mensch entspannt hat, wenn man ihm zurief: »Jetzt entspann dich doch mal!«?

Christian, Dirk und ich waren in diesem Moment dabei, es herauszufinden, weil Wadl sich gar nicht mehr beruhigen wollte, nachdem Christian uns über sein Vorhaben aufgeklärt hatte. Er sprang jubelnd durchs Zimmer, rannte zu Dirks Plattenspieler, legte »I Wanna Rock« von Twisted Sister auf und schrie: »Hammer! Hammer! Des is so der Hammer! Eine eigene Band!« Während Dirk ihn an der Schulter zu fassen bekam und leicht durchschüttelte, brüllte ich ihm diverse Beruhigungsmantras ins Gesicht.

Auch Christian sah ihn zweifelnd an. »Aber du weißt schon, was ich meine, oder? Nicht so was, wie dein Bruder hat. Sondern eine gescheite Band.« Man musste ins Detail gehen, um von vornherein mögliche Missverständnisse auszuschließen. Es gab nämlich zwei verschiedene Arten von Hardrockbands: die bösen, harten Jungs, mit Stiefeln, Leder und fettigen Haaren, und die guten, nicht ganz so harten, mit Stiefeln, Leder und toupierten Haaren. Diese Unterscheidung war nicht nur wichtig, sie war absolut essentiell. Die bösen Jungs kamen meist aus rauen, unwirtlichen Industriegegenden im Norden Englands oder dem Ruhrgebiet, wo Männer noch echte Hengste waren, die barfuß in eisige Stollen einfuhren, um dort mit ihren blanken supermaskulinen Händen der kargen Erde lebenswichtige Rohstoffe zu entreißen. Andere standen bei zweitausend Grad an einem fahrlässig schlecht gewarteten Hochofen und droschen mit ihren Fäusten glühenden Stahl zu tödlichen Waffen. Exakt so sahen diese Bands aus, und exakt so klangen sie auch. Die Physiognomie ebenso von der harschen Umgebung geprägt wie die Musik und die Texte, in denen es ständig um Kämpfe gegen irgendwelche Fabelwesen oder um den Widerstand gegen schreiende soziale Ungerechtigkeiten ging. »Wir schaffen das, Metal People, denn together sind wir strong! YEEEEAAHH!«

Damit wollten wir nichts, aber auch wirklich nichts zu tun haben. Die Industrie in unserer Gegend baute windschnittige bunte Sportwagen, bei denen man das Dach wegklappen konnte, um das Vogelzwitschern und die gute Luft zu genießen, wenn man am Wochenende um den Starnberger See kurvte. Unsere Bands kamen aus Kalifornien, und ihre Anliegen konnten wir nachvollziehen: »It's saturday night, and it's time for a party!«

Wir hatten Haare im Überfluss, Schminktipps von Silvia, verdammt enge Hosen, und außer Wadl trugen wir alle lilafarbene Stiefel. Seit einigen Wochen hatten wir auch die Ohren voller Ringe. Genau hier kam Christians Plan ins Spiel: Wir sollten die Macht der Mimikry nutzen, um endlich an Mädchen ranzukommen. Das versuchte er mit sorgsam gewählten Worten all denen von uns zu erklären, die nicht schon bei dem Wort »Band« aufgesprungen waren, als hätte jemand »Hitzefrei!« gerufen. Mimikry war zwar erst vor kurzem Stoff im Biologieunterricht gewesen, aber wie uns die listige Schwebfliege zu Mädchen verhelfen würde, war Dirk und mir immer noch nicht ganz klar.

»Also noch mal. Ich bin Schlagzeuger. Andi, du bist Bassist, und Wadl, du bist Gitarrist. Dirk, so wie du aussiehst, bist du der geborene Leadsänger. Wir gründen eine Band! Wir machen es wie Mötley Crüe oder Ratt: Wir sehen aus wie Mädchen, können uns nahezu unbemerkt an sie anpirschen und im geeigneten Moment zuschlagen. Mimikry halt – Tarnung durch gefälschtes Signal. Zuerst auf der Bühne gnadenlos abräumen und anschließend backstage die Girls mit unseren Looks killen. Eine Hair-Metal-Band! Die sicherste Fahrkarte ins Frauenland!«

»Jetzt versteh ich, was du meinst, aber wie stellst du dir das vor? Ich hab noch nie gesungen und weiß gar nicht, ob ich das überhaupt kann«, gab Dirk zu bedenken. Seine Probleme, offen auf fremde Menschen zuzugehen, prädestinierten ihn nicht gerade zum Sieger im David-Lee-Roth-Ähnlichkeitswettbewerb.

»Du hast es aber auch noch nie probiert, oder?«, meinte Wadl, weiterhin völlig elektrisiert von Christians Plan. Eine Band, Frauen, Ruhm – endlich würde er nicht mehr hinter seinem großen Bruder zurückstehen müssen. Dirk überlegte einige Sekunden – und lachte dann. »Nein, hab ich nicht. Aber, was soll der Scheiß, wär schon geil, irgendwie.«

Nachdem er noch einige Tage mit sich und seinem plötzlichen Mutanfall gehadert hatte, entschloss er sich letztlich, bei seiner Mutter zweitausend Mark für eine Gesangsanlage klarzumachen. Dazu benötigte er genauso viel Überredungskunst wie ich einige Monate zuvor, als ich meine Mutter um fünf Mark bat, weil sie durch einen kleinen Fehlgriff an der Waschmaschine aus meinem Lieblingssockenpaar kugelsichere Füßlinge gemacht hatte und ich Ersatz brauchte.

Christians Geistesblitz schaffte neben dem ewigen Dilemma mit den Mädels auch gleichzeitig das andere Problem aus der Welt: dass wir zwar so aussahen wie die kleinen Brüder von Rockstars, aber in Wirklichkeit nichts dahintersteckte. Wir hatten schlicht und ergreifend keine Band. Und es war in der Tat kein Wunder, dass uns in der Schule alle für Freaks hielten, selbst die Klischeeinformatiker mit den Kugelschreiberflecken an ihren Acrylhemden. Doch das würde in Zukunft ein Ende haben. Von nun an waren wir Freaks *mit* einer Band!

Ein zusätzlicher Anreiz bestand für uns darin, dass diese amerikanischen Musiker, da gab es nichts zu beschönigen, allesamt wesentlich schneidiger hießen als wir. Unser Bekanntenkreis setzte sich aus Menschen mit Spitznamen wie »Mongo« Eberlein und Georg »Binomische Formel« Lederer zusammen. Unsere Idole dagegen hießen Nasty Suicide, Blackie Lawless oder Nikki Sixx. Auch wir würden bald mit zu vielen Doppelkonsonanten die Welt schocken. Allerdings war das gar nicht so leicht. Unsere Nachnamen waren so weit davon entfernt, nach Rockstar zu klingen, dass selbst Anglisierung nichts half. Chris Doble, Andy Woodman, Whitey Whitehead, so wollten wir ganz bestimmt nicht heißen. Die Variante, den zweiten Vornamen zum Nachnamen zu machen, verbot sich ebenso. Wir waren schließlich keine Schlagersänger aus den siebziger Jahren. Gewissenhaft, aber erfolglos gingen wir auf der Jagd nach geeigneten Künstlernamen Plattencover um Plattencover durch. »Ganz schön kompliziert«, sagte Dirk. »Seht ihr da so was wie ein Schema? Ein Muster, nach dem die Namen aufgebaut sind?«

»Ich glaub, es gibt nur zwei Regeln«, gab ich zurück. »Wenn man ein k oder ein x im Namen hat, muss man es doppelt nehmen, weil es dann geschrieben viel cooler aussieht. Wie Stacheldraht. Und wenn am Schluss ein s steht, muss man ein z draus machen. Warum, weiß ich auch nicht, aber das machen alle so.«

Das brachte Christian auf die rettende Idee. »Stikki Lipz!«, rief er. »Doppel-k und Schluss-z! Wegen Lippenstift und Drumsticks! Und weil es total stark klingt.«

Er hatte recht. Es klang großartig und vor allem nach einem Namen, den sich ein Schlagzeuger in Los Angeles geben würde. Dirk, Wadl und ich waren extrem neidisch, denn während Christian schon vor einem Block saß und seine neue Unterschrift übte, bei der beide k von einem Paar Schlagzeugstöcken gebildet wurden, zermarterten wir uns weiter erfolglos das Gehirn. Schließlich vertagten wir unsere Bemühungen auf zu Hause.

Am nächsten Tag kam Dirk glücklich in die Schule und wollte ab sofort nur noch »Kirk Kobra« genannt werden. Kirk wegen Dirk und Kobra natürlich deswegen, weil – ich ahnte, was jetzt kam – »es total stark klingt«. Auch Wadl schien ein Alias gefunden zu haben, wenn man sein Grinsen richtig deuten durfte. »Männer, ich hab lange überlegt und mich dann entschlossen«, verkündete er. »Ich möcht ›Wadl‹ heißen.«

»Ja, okay, aber so heißt du doch schon«, wandte Dirk ein.

»Ja, also nein, richtig heiß ich ja Hubert. Und ich mein ›Wadl‹ auch eher so wie ›Cher‹ oder ›Pele‹. *Ein* Wort, mit dem dann alles klar ist.«

Mit diesem Wort wurde wirklich eine ganze Menge klar, aber bestimmt nicht das, was wir beabsichtigt hatten. Als ich

Kirk Kobra ansah, schüttelte der nur stumm den Kopf. Wir schlugen mehrere tolle Alternativen vor, »Rokk Rokker« oder »Nasty McSexx«, doch Wadl lehnte alles ab. »Lucifer Starchild« wäre ein toller Name für ihn gewesen – aber Wadl, das war einfach nur krank.

Für mich selber wollte mir partout kein guter Name einfallen, bis ich ein paar Tage später auf dem Heimweg von der Schule an einem Plakat vorbeilief, auf dem ein Zirkus für seine poesievolle Show warb. Das war es: Roncalli. Was passte dazu? Reiner? Robert? Roy? Nein, dazu passte Rex! Rex Roncalli, das hatte den richtigen Klang. Jetzt noch ein paar Doppelkonsonanten: Rrexx Rroncalli. Perfekt.

Ich stellte mir vor, wie eine Gruppe von Jungs im Plattenladen unser Album aus dem Regal ziehen würde. Einer von ihnen, der Anführer, ein drahtiger Blondschopf mit pfiffigen Sommersprossen, würde es umdrehen und die auf der Rückseite abgedruckten Namen der Bandmitglieder studieren. »Affengeil«, würde er zu seinen Freunden sagen, »welche Eltern sind denn so heftig drauf, ihren Sohn Rrexx zu nennen?«

»Ich kann dir sagen, welche Eltern so heftig drauf sind, ihren Sohn Rrexx zu nennen, Martin«, würde einer seiner Freunde antworten, »die Rroncallis, die sind so heftig drauf!«

Nachdem dieses Thema beinahe zur vollen Zufriedenheit abgehakt war, fehlte uns nur noch das Wichtigste: der Bandname. Viel zu oft können es Musiker nicht erwarten, endlich loszulegen, und investieren deshalb zu wenig Energie in die Frage, mit welchem Etikett sie sich in den folgenden Jahren oder gar Jahrzehnten der Menschheit präsentieren wollen. Unglaublich kreative Menschen, die ohne Probleme ausge-

klügelte Konzeptalben aus dem Ärmel schütteln und Welt-
hits am Fließband komponieren oder ganz nebenbei neu-
artige tragbare Gitarrenverstärker austüfteln, versagen
kläglich bei der Taufe ihrer Band. »Wie die Band heißen soll?
Och, keine Ahnung. Wo sind wir denn gerade? In Kansas?
Okay, wir heißen Kansas. Was? Die gibt's schon? Na gut,
dann halt Boston oder Chicago. Mir egal. Oder, wow: Haltet
mich für verrückt, aber ich glaub, ich hab's – wir nennen uns
Europe oder Asia.«

Tagelang redeten, grübelten und verwarfen wir wieder.
Die Entscheidung musste wohlüberlegt sein, es gab genü-
gend schlechte Vorbilder in der unmittelbaren Umgebung:
Pink Rocket, Evil Fairy, Flesh Torpedo – allesamt Münchner
Projekte, die unter unguten Vorzeichen gestartet waren.
Kein Wunder also, dass sie sich entweder nach wenigen Mo-
naten umbenannten oder die Bandmitglieder sich gezwun-
genermaßen sexuell völlig neu orientierten.

Hilfe kam von unerwarteter Seite: Wir quälten uns wieder
einmal durch den Englischunterricht im Sprachlabor, dem
größten Stolz der Schule. Statt die fremde Sprache zu lesen
und zu schreiben, musste man sie hier wie ein Papagei nach-
sprechen oder dämliche Fragen beantworten. An jedem
Platz gab es eine Menge Regler und Knöpfe, die Lehrerin
legte ein Tonband ein, der ganze Raum wirkte wie der be-
hinderte Bruder eines Tonstudios aus der Adenauerzeit.
Christian und ich saßen nebeneinander, die klobigen Kopfhörer, an denen ein Mikrofon befestigt war, professionell
aufgesetzt. Diesmal ging es um den Unterschied zwischen
*big*, *tall*, *great* und *large*. Vom Band hörte man einen Mann,
ganz offensichtlich Deutscher, der mit übertrieben affek-
tierter Artikulation etwas sprach, was uns als »Oxford-Eng-

lisch« verkauft wurde. Dabei klang es eher, als wollte er der Queen mitteilen, dass in seinem Hintern eine große Menge glühender Esskastanien steckte.

»The-ar is ej nice ha-ouwse with ej garden. Thö garden is …?« An dieser Stelle brach der Maronimann ab, und unsere Lehrerin, Frau Kienzle, schaltete sich ein.

»Andi?«

»Ähm, the garden is big, Mrs Kienzle?«

»No, Andi, the garden is large. Large. Please repeat!«

»The garden is large, Mrs Kienzle.«

»That is correct, Andi. The garden is large.«

Da die Kienzle immer bestrebt war, jeden in der Klasse mindestens einmal dranzunehmen, konnte ich mich ab diesem Moment entspannen und mit Christian weiter schwuler Fluglotse und Pilot mit schlimmem Stottern spielen. Ich rückte mein Headset zurecht und machte Christian, der sich mitten im Landeanflug befand, gerade auf meinen riesigen Tower aufmerksam: »Hello, pilot, my tower is …? Yes, pilot, you are right. My tower is enormous«, als es unvermittelt eine stattliche Rückkopplung gab. Gleichzeitig begann die Kienzle hektisch an verschiedenen Reglern zu fummeln, woraufhin das Tonband plötzlich rückwärts lief. Und genau das brachte mich auf die zündende Idee.

»Was, wenn wir den Bandnamen rückwärtsschreiben?« fragte ich aufgeregt.

»W-w-wie s-s-s-soll d-d-dass de-de-de-de-denn … … f-funktioni-nieren?«

Christian konnte nicht so schnell umschalten. Doch ich fand den Gedanken immer großartiger. »Überleg doch mal!« Ich war völlig aus dem Häuschen. »So haben schon alle möglichen Bands Nachrichten vom Teufel auf den Platten versteckt. Einfach rückwärts aufgenommen. Und die zweite Mötley Crüe hat doch ein Pentagramm auf dem Cover und heißt auch noch ›Shout At The Devil‹.«

»Du hast recht, ist der Wahnsinn«, stimmte er zu.

Ich kritzelte den Rest der Stunde auf dem Pult herum, bis ich den perfekten Namen gefunden hatte: »Llord Nakcor«. Christian war ebenfalls begeistert. Rock and Roll rückwärts, einfach genial. Entsprechend schnell waren wir uns einig. Im Nachhinein besehen war diese Entscheidung bestenfalls zweifelhaft, denn zum einen wusste niemand, wie man das c nach dem k aussprechen sollte, zum anderen sahen das L und das I am Anfang schwer nach Flamencotruppe aus. Doch in diesem Moment, hier in diesem traurigen Sprachlabor waren wir fest davon überzeugt, nicht nur das Richtige, sondern etwas Phänomenales zu tun.

Auch sonst machte die Band große Fortschritte. Wir hatten zwar noch kein einziges Mal geübt, aber wir stellten fest, dass Dirk höher, lauter und länger shouten konnte als alle anderen Jungs auf der Schule. Zumindest nach der Qualität der verschiedenen Schmerzensschreie zu urteilen, die von den zahlreichen Opfern der Brennnesselreibe oder des Brustwarzentornados ausgestoßen wurden, den beiden Folterspezialitäten von Werner Prektaris, Deutschlands wahrscheinlich ältestem und größtem Neuntklässler.

Mir machte das Bass-Spielen immer größeren Spaß, zumal ich anhand von Musikvideos festgestellt hatte, dass man als Bassist mit einem Arm wild im Publikum umherdeuten oder mit indianerartig an der Stirn angewinkelter Hand ein In-die-Ferne-Blicken imitieren konnte, während man mit der anderen Hand einfach weiterspielte. Außerdem umgab diese Späherpose den Basser mit einer männlich herben, dominanten Aura und wirkte dabei trotzdem aufregend und sexy. Andernfalls wäre sie ja wohl nicht seit Generationen von Legionen von Bassisten praktiziert worden.

Darüber hinaus waren Bassisten generell rarer gesät als Gitarristen, was mir vielleicht in Zukunft einmal gut zupasskommen würde. Ich fühlte mich wohl, war mir meiner Sache sicher und stockte mein Equipment deshalb langsam professionell auf. Seit einiger Zeit hatte ich den Großteil meines Taschengelds sowie die Zehner, die meine Oma mir jedes Mal zusteckte, wenn ich sie besuchte, im Kabelfach meines Basskoffers gespart. Statt mir selbst Platten zu kaufen, nahm ich die von Christian oder Silvia auf. So war schließlich genug Bares zusammengekommen, dass ich mir endlich einen richtig großen gebrauchten Ampeg Bassverstärker mit Box kaufen und damit das kleine Übungsteil ersetzen konnte, das voll aufgedreht kaum lauter war als mein Plattenspieler auf Zimmerlautstärke.

Wadl hatte die erste Ekstase darüber, endlich in einer Band zu sein, trotz wiederholter Jubelausbrüche verletzungsfrei überstanden. Wenn er auch ganz und gar nicht unsere Idealbesetzung darstellte, musste man ihm doch zugutehalten, dass er sein Instrument zumindest halbwegs beherrschte. Und ehrlich gesagt war er auch der Einzige, der mit drei dilettantischen Volltrotteln wie uns Musik machen wollte. Was Outfit und Aussehen anging, blieb er leider noch immer stark von seinem Bruder Heinzi und dessen schnauzbärtiger Heavy-Metal-Band beeinflusst. Es war wirklich schwer zu fassen, dass sich fünf Typen gefunden hatten, die durch die Bank aussahen, wie man sich Kfz-Mechaniker vorstellt, und dann auch noch tatsächlich welche waren.

Von Heinzi erfuhren wir, dass sich die Suche nach einem Übungsraum eher schwierig gestalten würde: »Entweder arschteuer, oder ihr seids in einem städtischen Drecksloch, ehemaliger Bunker oder so, feucht und versifft, zusammen mit vier anderen Bands, so zugekiffte Reggae-Arschlöcher, die euch dauernd eure Kabel und Stimmgeräte klauen. Woaßt, was i moan? Und verteidigen könnts ihr euch da ja wohl schlecht, oder? Ihr schauts ja aus wie Weiber. Woaßt, was i moan?«

In den darauffolgenden Wochen löcherten wir jeden, den wir oder unsere Eltern auch nur entfernt kannten, nach einem Keller, einer Garage oder einer vergessenen Scheune, egal, irgendeinem Raum, in dem wir so laut spielen konnten, wie wir wollten, und dabei niemand stören würden. In Dirks Villa wäre natürlich genug Platz gewesen, allein der Keller hatte mehr Räume als unsere Wohnung, doch seine Mutter fürchtete den Zorn der benachbarten Anwaltskanzleien: »Tut mir leid, Jungs, aber ich bin mir sicher, dass ich die noch mal gut brauchen kann.«

Es war und blieb eine demütigende, fruchtlose Herumfragerei – bis Christian eines Tages am Schwarzen Brett unserer Schule einen Zettel entdeckte, auf dem eine neue »Musikerübungsgelegenheit« im Keller beworben wurde. Einerseits wirkte der Gedanke wenig verlockend, sich auch noch in seiner Freizeit in der Schule herumzutreiben. Andererseits traf hier ohne Zweifel zu, was mein Opa zu sagen pflegte: »Früher haben wir uns Schimmelpilze auf unseren Unterhosen gezüchtet, damit wir wenigstens etwas zu essen bekamen.« Worauf meine Oma stets antwortete: »Ihr hattet wenigstens Unterhosen.« Man brauchte den beiden nicht alles zu glauben, aber die Botschaft dahinter galt umso mehr:

In der Not hieß es, Unannehmlichkeiten in Kauf zu nehmen, es musste ja irgendwie weitergehen.

Wie wir erfuhren, hatte sich offenbar der Elternbeirat dafür starkgemacht, einen seit Jahren leerstehenden Raum neben dem Heizungskeller mit Eierkartons zu tapezieren, damit Stefan Gröschl, der unfassbar akneübersäte Sohn der Elternbeiratsvorsitzenden, dort in Ruhe üben konnte. Als Christian mir den Aushang zeigen wollte, stand der auch schon dort, den Füller im Anschlag, um sich in den jungfräulichen Belegungsplan einzutragen. »Hallo, Gröschl, ich wusste gar nicht, dass du eine Band hast«, versuchte ich, nett zu plaudern.

»Hab ich auch nicht. Ich spiele Cello. Aber zu Hause kann ich nicht üben.« Er wohnte mit seiner Mutter und vier oder fünf Geschwistern am Hasenbergl in einem Plattenbau mit Wänden aus Knäckebrot. Dort klopfte die versammelte sozial benachteiligte Nachbarschaft bereits mit dem Besen an Decke oder Fußboden, wenn er seinen Cellokasten nur aufklappte.

»Wie oft übst du denn so?«, fragte ich ihn. »Wir möchten nämlich auch gerne in den Raum.«

»Immer von 13 bis 15 Uhr, jeden Tag. Dann komme ich gleichzeitig mit der Mama heim, wenn sie mit der Arbeit fertig ist.«

Er trug seinen Namen in Schönschrift in den Plan ein und bemühte sich dabei, mit dem Unterarm die restlichen Felder zu verdecken, als wollten wir ihm seine Wunschtermine in letzter Sekunde vor der pickligen Nase wegschnappen. Er konnte ja nicht wissen, dass wir mit seiner Wahl mehr als zufrieden waren, denn nach 15 Uhr war die Schule nicht mehr besonders stark frequentiert, was bedeutete: mehr Lautstärke, weniger Beschwerden und keine Popper, die mit blöden Sprüchen in den Raum platzten.

Herr Fischer schien uns als Musiklehrer ein geeigneter Ansprechpartner in Proberaumfragen zu sein, deshalb wollten wir von ihm wissen, ob der Raum eventuell auch für eine elektrische Band geeignet wäre. Dabei verschwiegen wir allerdings, dass unser Plan vorsah, »Louder Than Hell« zu sein, ganz so, wie es Mötley Crüe auf ihrem Album »Theatre Of Pain« vorschrieben. Er verwies uns zur Klärung dieser Frage an Herrn Hanke. Hier fing die Geschichte an, problematisch zu werden. Hanke, der Hausmeister, war genau genommen nur dann zu sehen, wenn er an seinem Stand massiv überteuertes Gebäck an die wehrlosen Schüler verkaufte. Ansonsten war er grundsätzlich verschwunden. Er wirkte auch überhaupt nicht wie die Hausmeister anderer Schulen, trug weder einen durchgeschwitzten Arbeitskittel, noch hatte er ein schlechtes Bein oder war ein kinderhassender Altnazi. Kurzum: Der Mann war durch und durch suspekt.

Zudem war auf dem Pausenhof durchgesickert, dass Hanke Jahre zuvor als Zeuge im Oetker-Prozess ausgesagt hatte. Von diesem Moment an schien alles klar zu sein: Das verschwundene Lösegeld lag aller Wahrscheinlichkeit nach in einem toten Briefkasten im schuleigenen Fahrradkeller, wir würden es aufstöbern und uns davon einen Übungsraum kaufen, das musste mit 21 Millionen Mark doch wohl machbar sein. Oder wir würden es zurückgeben und bekämen zur Belohnung einen Superraum von Dr. Oetker spendiert, vielleicht sogar ein Tonstudio in der Puddingfabrik. So oder so, wir waren, was den Proberaum anbelangte, aus dem Schneider.

Zwei Nachmittage lang durchsuchten wir jeden Winkel des Fahrradkellers. In der hintersten Ecke stießen wir auf einen massiven Kabinettschrank voller uralter Akten, Zeugnisse und anderem Papierkram. Das alles war irgendwann in grauer Vorzeit eingelagert und im Laufe der Jahrzehnte augenscheinlich vergessen worden. Als ich einen Stapel in Sütterlin beschriebener Dokumente anhob, passierte es – durch den plötzlichen Lichteinfall und das Geraschel aufgeschreckt, rannte eine riesige Killerspinne auf mich zu. Ich geriet ins Taumeln und quietschte wie eine ungeölte Kreissäge, während vor meinen Augen angesichts der Bedrohung alles noch schwärzer wurde und mein Herz so raste, dass ich schon mit dem Leben abschloss.

Nachdem er damit fertig war, mich auszulachen, schätzte Christian ihren Durchmesser auf »vielleicht einen Zentimeter, vielleicht auch nur einen halben, jedenfalls winzig«. Zugegeben, ich war arachnophob, und dabei war es nicht sehr hilfreich, dass die anderen jetzt pausenlos mit den Fingern an meinem Kopf herumnestelten und »Uaaah! Riiiesentarantel!« riefen. Die Furcht vor Spinnen ist eine ernste Angelegenheit, nicht zu vergleichen mit den anderen, kleineren Ängsten, die mich plagten, wie zum Beispiel die, mehr Orangen auszupressen, als für ein Glas nötig sind, oder die Kontrolle über die Lautstärkeregelung meiner Stimme zu verlieren, während ich mit Christian im Unterricht darüber sprach, was es bei uns am Vorabend zum Essen gab. Jedenfalls musste ich hier raus, Minispinnen hin oder her. Weil auch im Heizungskeller, der Bücherei oder dem Geräteraum neben der Turnhalle nichts zu finden war, gaben wir auf. Offenbar war Hanke ausgebuffter, als wir dachten. In der großen Pause ging ich zu seinem Verkaufsstand.

»Äh, Herr Hanke, wegen dem Übungsraum im Keller, kann man da auch, also, wissen Sie, mit Verstärkern –«

»Was willst du denn?«

»Hm, also, eine Zimtschnecke, und wegen dem Proberaum –«

»Macht drei fünfzig, und geh zum Kummerlos wegen dem Raum, der kennt sich da aus.«

Es wurde immer furchtbarer. Der Kummerlos! Er hauste im Schulkeller in einem Kabuff, das aus einer Werkbank, Batterien leerer Augustiner-Edelstoff-Flaschen und dem fröhlichen Melodienpotpourri von Bayern 1 bestand. Er war Hankes Adlatus, der Mann fürs Grobe, einer, der seinen vormittäglichen Alkoholkonsum als Frühstück bezeichnete und damit ein Quantum beschrieb, das für viele die extremste Party des ganzen Lebens gewesen wäre. Doch es half alles nichts, dieses Opfer war nötig.

Man musste leidensfähig sein, wenn man es in der Musikindustrie zu etwas bringen wollte. Das wusste ich, seit ich im *Metal Hammer* gelesen hatte, dass Ratt in einer öffentlichen Toilette auf dem Sunset Strip geprobt hatten, bevor sie gottverdammte Rock-Millionäre wurden. Vielleicht ging es in der Geschichte auch um Def Leppard und einen rattenverseuchten Schlachthof oder um Twisted Sister und vermintes Gelände, egal, die Message war eindeutig, und sie lautete: »Schnick Schnack Schnuck« spielen und auf diese Weise klären, wer den Kummerlos fragen geht. Dirk, der nicht mit meinem Brunnen gerechnet hatte, musste dran glauben.

Mit schreckerfüllter Miene schlich er nach unten in die dämonische Welt des Hausmeistergehilfen – und kehrte schon nach wenigen Sekunden zurück. Kummerlos hatte ihn mit Achselzucken und einem »Meinetwegen. Solangsdmanixkaputtmachst!« verabschiedet.

Noch am gleichen Tag transportierten wir mit Heinzis tiefergelegtem VW Derby nacheinander unsere Instrumente, Verstärker und Dirks neugekaufte Gesangsanlage in den Proberaum. Anders als im restlichen Schulgebäude, in dem der Putztrupp allnachmittäglich einen nicht einmal unangenehmen Reinigungsmittelduft verbreitete, der an endlos lange Klinikflure erinnerte oder an mondäne Sanatorien in abgeschiedenen Schweizer Kurorten, stank es hier widerlich nach Lösungsmitteln und Farbe.

Dieses Projekt schien Elternbeirat und Schulleitung wirklich am Herzen zu liegen, denn man hatte nicht nur die Wände und die davor verlaufenden dicken Heizungsrohre frisch gestrichen, sondern auch einen nagelneuen Teppich verlegt. Allerdings war es einer von der billigsten Sorte, aus hellblauem dünnem Polyamid, verziert mit postgelben und hellgrünen geometrischen Formen. Er erfüllte keinen der Zwecke, für die man Teppiche gemeinhin verwendet. Weder spendete er Behaglichkeit oder Ästhetik noch eine flauschige Unterlage, wenn man sich zwischendurch einmal auf den Boden setzen musste – aber er konnte etwas, wozu wesentlich teurere Modelle nicht in der Lage waren. Er identifizierte sofort und eindeutig die Träger plastikbesohlter Schuhe. Wadl in seinen Billigturnschuhen bekam jedenfalls nach Betreten des Raumes bei jeder Berührung der Türklinke erst mal ordentlich eine gewischt. Wir hatten ziemlich viel zu tragen, dementsprechend oft mussten wir auch vom Übungsraum zum Auto und zurück laufen, doch jedes Mal, wenn Wadl einen Verstärker oder eine schwere Kabelkiste nach unten geschleppt hatte, stellte sich sein Gehirn durch die Anstrengung auf null, und er fiel erneut auf den tückischen Türknauf herein, den Scherzartikel für Discount-schuhkäufer.

Da der Raum verhältnismäßig geräumig war, mussten wir uns nicht allzu sehr anstrengen, um unsere komplette Ausrüstung bequem unterzubringen. Wir hatten sogar noch genügend Platz, um zwischen Schlagzeug und Mischpult eine Lücke für einen Stuhl zu lassen, damit der Cello-Gröschl beim Üben gut saß und keinen Grund hatte, weinend zu seiner Elternbeiratsmutter zu laufen. Als die letzte Fuhre ausgeladen war, Wadl seine Turnschuhe unter lauten Flüchen in die Ecke gedonnert hatte und wir zum ersten Mal in der Geschichte von Llord Nakcor proben wollten, kam Herr Kummerlos in den Raum, deutete auf unser Equipment, sagte, ohne eine Antwort abzuwarten: »Mei Liaba, woit's ihr mit dem ganzen Zeug zum Mond fliagn?«, zeigte grußlos auf seine nicht vorhandene Armbanduhr und warf uns mit einem »So, Männer, i muass jetzt ins Bett, morgen is a no a Tag. Schlüssel her, wenn i bitten darf« pünktlich um 17 Uhr aus der Schule.

## MELODIEN FÜR DUTZENDE

Sonntagabends saßen meine Eltern wie gewöhnlich nach dem Essen im Wohnzimmer und warteten auf den *Tatort*, während ich mich auf mein Zimmer verzog, um Musik zu hören und dazu Bass zu spielen oder in aller Ruhe gepflegt an mir herumzuonanieren beziehungsweise, wie Christian es nannte, »die Anakonda zu häuten«. Obwohl alle Anzeichen darauf hindeuteten, dass ich gerade mitten in der Pubertät steckte, hatte ich es verhältnismäßig gut erwischt, jedenfalls blieben ihre Ausprägungen deutlich hinter dem zurück, worunter die meisten meiner Mitschüler litten. Meine Haut war, von vereinzelten winzigen Mitessern abgesehen, für einen Fünfzehnjährigen makellos, seit meinem letzten Wachstumsschub war ich um die eins achtzig groß, was mir völlig genügte, und meine Stimme wurde in einem relativ fließenden Übergang tiefer, ohne diese lächerlichen Kiekser, die man von einem anständigen Stimmbruch erwartete. Selbst meine Libido hielt sich im Rahmen. Gut, manchmal ging es nicht anders und man musste sich einfach in die Hose greifen, zum Beispiel nach dem Kunstunterricht bei Frau Jükel. Auch wenn das Wetter wechselte, an Wochentagen mit t oder bevor man einschlief, aber nie stellte ich dabei Rekorde auf wie Wadl, der stets unaufgefordert Bericht erstattete: »Gestern Nachmittag hab ich mir dreizehnmal einen runtergezogen, die letzten vier Male kam aber nur noch Dampf raus, und meine Eier waren klein und hart wie Murmeln.«

Als das Wetter Anfang November langsam winterlich wurde, man sich morgens im Halbdunkel durch Nebel oder Sprühregen in Richtung Schule tasten musste und sich die allgemeine Stimmungslage wie in jedem Jahr zu dieser Zeit ganz von selbst verschlechterte, hatten wir eine Routine entwickelt, die uns weitgehend von der Außenwelt abschottete. Aufstehen, Schule, schnell heim zum Mittagessen, bei Dirk, Christian oder mir treffen, um zehn vor drei zur Probe gehen, danach wieder gemeinsam dorthin, wo wir uns getroffen hatten, Musik hören, große Bandbesprechung, anschließend ging jeder nach Hause zum Abendessen.

Nach vier Proben waren wir in der Lage, »Red Hot« von Mötley Crüe fehlerfrei zu interpretieren. Allerdings nur, wenn man davon absah, dass Christian weder zwei Bassdrums hatte noch koordinativ überhaupt dazu befähigt war, Doublebass zu spielen. So konnte es nicht weitergehen. Wir mussten eigene Stücke schreiben. Powervolle Rockhymnen, die explosiv genug waren, um Jahre später auf einer Time-Life-Collection verewigt zu werden. Melodische Meisterwerke, in denen wir durch kompositorisches Geschick unsere musikalischen Defizite in Vorteile umwandelten. Außerdem durften weder knifflige Läufe noch zu komplizierte Akkorde darin vorkommen, denn ein lasziv zur Schau gestellter Schmollmund verträgt sich nicht mit einer vor Anstrengung rausgestreckten Zunge.

Nur eine Woche später hatten wir drei Songs komplett fertig: »Be My Slave«, »Cum And Cum Again« und »Ride You Like A Madman«. Man läge nicht komplett daneben, würde man behaupten, dass sie thematisch eher begrenzt waren.

Außerdem ahnten wir auch nur, wovon Dirk da sang. Unser Instinkt sagte uns aber, dass wir verdammt richtig lagen.

»Geil, drei Lieder im Kasten, jetzt haben wir es geschafft!« Christian war regelrecht aus dem Häuschen. Ich verstand nicht ganz, was ihn so euphorisierte.

»Was geschafft?«

»Na ja, jetzt haben wir ausgesorgt. W. A. S. P. haben in ihrer ganzen Laufbahn nur drei Songs geschrieben und damit jede Menge Platten vollbekommen.«

Er war nicht davon abzubringen, dass das Gesamtwerk einer unserer Lieblingsbands nur aus drei Stücken bestand – einem schnellen, einem im Midtempo und einer Ballade. Sogar die Themen seien immer die gleichen, Frauen und Motorradfahren, unterscheiden würden sich nur die Songtitel. Ich überlegte kurz, summte den Anfang von »Shoot From The Hip« und von »Harder Faster«. Sie klangen tatsächlich vollkommen identisch. »Sex Drive« auch. Er hatte recht.

Und so vertrieben wir uns die Zeit in den folgenden Wochen damit, unsere drei Lieder leicht zu variieren, bis wir sie auf zehn verschiedene Titel verteilt hatten, denn damit würde man schon irgendwo auftreten können.

Dadurch, dass wir ständig miteinander herumhingen, lernten sich zwangsläufig auch unsere Eltern näher kennen. Die Döbels und meine freundeten sich sogar richtig an, weshalb es nicht lange dauerte, bis Christians Mutter sie zu einem gemeinsamen langen Wochenende in ihrem Ferienhaus am verschneiten Chiemsee einlud. Diese Veranstaltung war allerdings nur für die Erwachsenen. Dafür stellten sie uns frei, ob Christian bei mir oder ich bei ihm übernachtete. Doppelsturmfrei – ein Traum. Unser Nachtleben bestand sowieso nur darin, entweder bei irgendeinem von uns einzufallen oder bei einem derjenigen Typen aus der Schule, die keine Popper waren und uns deshalb auch Bescheid gaben, wenn sie eine Party veranstalteten. Party bedeutete natürlich nicht, dass in irgendeiner Weise Mädchen im Spiel gewesen wären. Wir blieben notgedrungen unter uns Jungs.

Beinahe wöchentlich fand sich auf diese Weise jemand, dessen Eltern dumm genug waren, die Wohnung übers Wochenende unbeaufsichtigt dem nichtsnutzigen Nachwuchs zu überlassen. Ich weiß nicht, ob diese Leute '68 gelernt hatten, dass man niemals zu wenig ausgehen kann, und deshalb dauernd weg waren oder ob der stark wehende Zeitgeist der antiautoritären Erziehung sie glauben ließ, ihr pubertierender Sohn könne ohne weiteres selbst einschätzen, was gut für ihn ist. Konnte er nämlich nicht. Genauer gesagt: *Wir* konnten es nicht. Nicht im Geringsten.

Jedes dieser sturmfreien Wochenenden begann mit diversen Trinkspielen wie Pyramidensaufen, Mäxchen oder Kronkorkenwerfen. Getränk der Wahl war immer Apfelkorn, der König der Spirituosen, preiswert und effektiv. Damit habe ich auch gleich verraten, wie die Abende endeten. Bis dahin drehten wir die Stereoanlage stets bis zum Anschlag auf und suchten im Telefonbuch nach vermeintlich lustigen Namen, damit wir die dazugehörigen Menschen mit »witzigen« Anrufen nerven konnten. Manchmal klopften wir auch Kellerverschläge nach losen Streben ab, um die dahinterliegenden Weinvorräte zu plündern, oder schockten arglose Haustiere mit dem Massagestrahl der Handbrause.

»Glaubst du, wir schaffen das?«, brüllte mich Dirk an, um den Krawall zu übertönen, der sich aus Ratt und Christians begleitendem Getrommel zusammensetzte. Wenn er nicht an seinem Schlagzeug saß, bearbeitete er mit seinen Drumsticks alles Mögliche: Tische, Flaschen, Wadl, ganz egal, Hauptsache, es machte ein Geräusch.

»Schaffen was?«, fragte ich zurück und musste dabei auch noch gegen die Türglocke anschreien, die gerade von einer Gruppe Klassenkameraden geläutet wurde.

»Na, dass die Band richtig groß wird«, ließ er mich von seinen Lippen lesen.

»Ist mir jetzt zu laut, um darüber nachzudenken. Nimm mal!«, rief ich ihm zu und drückte ihm eine ausgehöhlte Wassermelone in die Hand, die ich gerade randvoll mit einer Mischung aus Apfelkorn und Schinkenhäger gefüllt hatte. Er sah sie an, seufzte und beschloss, an diesem Abend nicht mehr darüber zu sinnieren, wie es wäre, in ferner Zukunft einmal ein Rockstar zu sein. Stattdessen betrank er sich, als wäre er schon einer.

Zwei Monate später kam Wadl eines Morgens völlig aufgelöst in der Schule auf mich zu. »Es ist so brutal der Hammer, du glaubst es nicht.«

»Was 'n los?«

»Wir haben einen Gig! Einen echten Gig!«

»Wie jetzt? Wo denn? Wann? Und woher überhaupt?«

»Mein Bruder, also Beastnumber, die spielen am übernächsten Wochenende im Jugendzentrum am Harthof, und die brauchen noch eine Vorband, da habe ich ihn gefragt, ob wir vielleicht …«

Unter den vielen Fragen, die sich mir in diesem Moment gleichzeitig aufdrängten, war eine der brennendsten, welche Idioten sich freiwillig »Beastnumber« nannten. Ich stellte sie aber nicht, denn ich kannte Heinzis Debilenbande ja vom Sehen, zudem ahnte ich, dass sich Wadls Antwort aus den Bestandteilen 666 und Iron Maiden zusammensetzen würde.

Dringender war das Outfit-Problem. Wir hatten uns noch gar nicht darum gekümmert, was wir auf der Bühne anziehen würden. Wadl sah die Sache ganz gelassen: »Der Christian ist egal, den sieht man am Schlagzeug eh nicht so, der soll einfach mit freiem Oberkörper spielen. Ich hab gedacht, ich zieh ein AC/DC-Shirt an und meine schwarze Lederhose und eine Bomberjacke vom Heinzi.« Ich versuchte ihm vorsichtig klarzumachen, worin der Unterschied zwischen einer Hair-Metal-Band und der Besatzung eines Kampfjets bestand, nämlich in der vollkommenen Abwesenheit von wärmender oder generell funktioneller Kleidung bei Ersterer. Es bestand kein Zweifel, wir mussten nach der Schule einkaufen gehen.

Die erste Rockbedarfsboutique, in der wir unser Glück versuchten, hatte zwar jede Menge Glattleder und Glitzergürtel im Sortiment, aber mit den Preisschildern schien etwas nicht zu stimmen: Wenn diese Rebellionskleidung wirklich teurer war als die Sachen, mit denen sich die Tennisvereinsmuttis in den Vorstädten gegenseitig ihren Wohlstand präsentierten, warum trugen die dann nicht Nieten statt Loden? Wir zogen zerknirscht weiter zum Bavarian Gay Shop in der Theresienstraße, dessen Schaufenster neben allerhand Videos und Werkzeugen ebenfalls mit Lack und Leder lockte. Doch noch bevor wir uns dort richtig umsehen konnten, warf uns der Ladeninhaber wieder hinaus, offenbar, weil ihm ein reaktionäres Gesetz den Verkauf von Bekleidung an Minderjährige verbot. Nachdem wir auch in der Fußgängerzone nichts Passendes gefunden hatten, waren wir uns am späten Nachmittag fast einig, dass wir den Gig absagen mussten. Llord Nakcor konnte nicht in Jeans und Bomberjacke auftreten, Llord Nakcor konnte sich aber auch keine Geschäfte leisten, in denen ein einfacher Gürtel sechzig Mark kostete.

»Und wenn wir uns nur Stoffe kaufen und selber was nähen?«, schlug Christian vor.

»Kannst du vielleicht nähen?«, fragte ich leicht gereizt nach.

»Hab's noch nie probiert, aber bevor wir den Auftritt schmeißen ... Oder ich frage die Mama.«

»Was willst du der denn sagen? Mama, ich brauche das David-Lee-Roth-Outfit von der Diver-Down-Tour mit den arschfreien Chaps?« Doch Christian reagierte nicht mehr auf meine Einwände. Stattdessen zeigte er auf den Eingang eines Geschäfts. »Wartet mal! Gehen wir doch da rein!«

Der Laden, in den er uns lotste, löste all unsere Probleme auf einen Schlag. Es war phantastisch, nein, mehr als das: Es war überwältigend. So etwas Großartiges hatten wir nie vorher gesehen! Paillettenshirts in allen Farben! Glitzernde Spandexhosen mit Fellmustern bedruckt: Tiger, Leopard, Zebra und etwas, das nach Forelle aussah! Modeschmuck! Neondinge! Es war der helle Wahnsinn: Die Damenabteilung bei Woolworth war ein wahres Hair-Metal-Dorado. Wir shoppten ohne Unterlass, Dirk balgte sich an einem Wühltisch mit einer etwa fünfzigjährigen Türkin um ein pinkfarbenes Trägershirt, auf dem mit Strass geschrieben »Boy Toy« stand. Es war ein Fest. Nach wenigen Stunden hatte jeder von uns nicht nur zwei vollständige Bühnenoutfits samt Accessoires, sondern auch noch genug Geld übrig, um eine Schneise in die Kosmetikabteilung im Erdgeschoss zu kaufen.

Anschließend fuhren wir sofort in den Proberaum, um Kleidung und Make-up unter Realbedingungen zu testen. Der riesige Jugendstilspiegel, den wir wenige Tage zuvor von Dirks Mutter geholt hatten, diente uns gleichzeitig als Schminkspiegel und zur Performancekontrolle. Nachdem wir alle fertig umgezogen und geschminkt waren, beschlichen selbst Christian, dem in Sachen Posing keiner von uns das Wasser reichen konnte, leise Zweifel.

»Sagt mal, ist das nicht vielleicht ein bisschen zu viel?«, fragte er.

Wir sahen ihn ratlos an, während er auf den Spiegel deutete. »Schaut mal: Wenn wir eng beieinanderstehen, sehen wir aus wie eine radioaktive Diskokugel.«

»Also, ich find's ganz okay«, meinte Wadl, dessen Dauerwelle durch den Einsatz einer ganzen Flasche Haarlack senkrecht nach oben beziehungsweise an den Schläfen dreißig Zentimeter waagerecht vom Kopf abstand. Außerdem hatte er vergessen, Rouge zu kaufen, und deswegen seine Wangen mit Lippenstift betont.

»Ganz okay, wenn du aussehen willst wie ein Pantomime mit Scharlach«, gab Christian zu bedenken.

»Der von einem Plakafarben-Laster überfahren wurde«, ergänzte Dirk lachend.

»Selber Plakafarbe«, äffte Wadl ihn nach, bespuckte aber trotzdem ein Taschentuch und rieb sich damit hilflos im Gesicht herum.

Wir reduzierten die allgemeine Farbsituation so weit, bis wir nur noch eine sehr bunte Version von Twisted Sister waren und tatsächlich beinahe bühnenreif aussahen. Als wir dann zum ersten Mal in kompletter Montur unser Programm durchspielten, lief es mir kalt den Rücken hinunter. Ich

spürte plötzlich, dass sich hier etwas Phantastisches an-
bahnte. In diesem Moment war mir klar, dass wir die Beastnumber-Fans im Sturm erobern würden und uns danach
etwas wesentlich Größeres erwartete.

Der Problemstadtteil, aus dem Akne-Gröschl stammte, hatte
ihn in ein geldgieriges Cellistenwiesel verwandelt, was uns
in den folgenden Tagen dazu zwang, Geld zusammenzule-
gen, damit wir ihm seine Probentermine abkaufen konnten.
Das war nicht billig, aber er hatte uns in der Hand: Elternbeiratsmutter, Hanke, Kummerlos, servus Proberaum, hallo
Reggae-Arschlöcher, woaßt, was i moan? Wir brauchten die
zusätzlichen Termine vor allem, um unsere Performance zu
verbessern, denn während die Songs schon einigermaßen
saßen, hatten wir die Bühnenshow noch gar nicht geprobt.
    Eine Woche später waren wir perfekt aufeinander abge-
stimmt. Christian konnte mit der rechten Hand den Drum-
stick bereits mehrere Sekunden lang drehen, ohne sich
dabei ein Auge auszustechen. Bei *Headbanger's Ball* auf
MTV – das wir immer bei Dirk anschauten, denn seine Mutter hatte natürlich schon Kabel – sahen wir ein Video von
Quiet Riot, in dem der Bassist Rudy Sarzo und der Gitarrist
Carlos Cavazo synchron mit ihren Instrumenten das Maschinengewehr machten. Dabei hielten sie die Klampfen als
Penisverlängerung vor den Hosenschlitz und schwenkten
den Instrumentenhals in Richtung Publikum, als wollten sie
daraus eine nicht endende Salve aus Heavyrock-Sperma ab-
feuern. Wadl und ich beherrschten die Pose kurz darauf
auch. Dirk versuchte unterdessen sämtliche Tricks mit dem
Mikroständer zu kopieren, die er jemals in Videos gesehen
hatte, und mehr Tücher daran zu befestigen als irgendein

Sänger vor ihm. Wir waren unfassbar bereit! Und das Allerbeste war, dass wir bei dem Konzert mit den Verstärkern und dem Schlagzeug von Beastnumber spielen durften, hauptsächlich deshalb, weil auf der Minibühne im Jugendzentrum sowieso kein Platz für unsere Anlage war und ein Umbau zwischen den Auftritten der Bands zu lange gedauert hätte.

Am Abend vor dem Konzert zog ich zunächst die Saiten von meinem Bass ab und polierte Hals und Korpus. Ich wienerte so hart, dass sie fast im Dunkeln leuchteten. Danach stimmte ich die neu aufgezogenen Saiten mindestens eine halbe Stunde lang, bis der Zeiger auf dem Stimmgerät keinen Nanometer von seiner vorgesehenen Position abwich. Niemand hatte mir erklärt, dass diese Fleißarbeit völlig wertlos war, wenn man plante, das Instrument vor dem Auftritt durch die Kälte zu tragen und dann knappe zehn Zentimeter von einem eingeschalteten Scheinwerfer entfernt auf der Bühne zu postieren. Elementare physikalische Kenntnisse kamen in meinem Kopf nicht vor.

Im Bett ging ich die Reihenfolge unserer Songs im Geiste wieder und wieder durch. Als meine Mutter zum Frühstück rief, hatte ich keine Sekunde geschlafen, aber dafür war jede einzelne meiner Bewegungen exakt choreographiert, ich wusste, wann ich wo zu stehen hatte und wie ich dabei aussehen würde. Als wir uns am frühen Nachmittag vor dem Jugendzentrum trafen, bemerkte ich sofort, dass Christian und Dirk die Nacht auch nicht angenehmer verbracht hatten. Ihre Gesichter sahen aus, als hätten sie darin geschlafen. Da standen wir im Schneematsch: drei dürre Jungs, früh vergreist, fröstelnd und kettenrauchend. Wir fühlten uns beschissen. Hätte uns in diesem Moment ein Heilsarmist oder ein Sanitäter entdeckt, wir wären wohl auf der Stelle zum Aufpäppeln mitgenommen worden. Dirk war vor Aufregung so schlecht, dass er sich mehrmals in seinen Mund erbrach und es sofort wieder schluckte, weil er sich zu sehr schämte, vor aller Augen in die vernachlässigten Rabatten neben dem Gebäude zu kotzen. »Ich glaub, ich geh wieder heim …«, jammerte er, »mir geht's nicht so gut.«

»Das ist dann wohl Lampenfieber«, lachte Christian, obwohl er selbst sich auch keinen Deut besser fühlte.

»Achtung, da kommen sie«, rief er, »lasst euch bloß nichts anmerken!«

Als Wadl gut gelaunt und mit rosigen Wangen aus Heinzis Wagen stieg, sah er seine restlichen Bandmitglieder, wie sie sich High Fives gaben, »Rock and Roll!« rufend auf die Schultern klopften und sich gegenseitig in der Bezeugung ihrer Vorfreude überboten. Hätte er genauer hingesehen, wäre ihm vermutlich der kleine Blutfaden nicht entgangen, der aus meiner Nase lief – wie immer, wenn mein Körper ein Ventil suchte, um ein Zuviel an Aufregung oder Angst zu verarbeiten. So aber war er nur glücklich, weil er etwas in die Wege geleitet hatte, an dem wir augenscheinlich Spaß hatten, und wir gönnten ihm seine Freude.

Es war bereits später Nachmittag, als endlich alles für den Soundcheck von Beastnumber bereit war. Sie spielten geschätzte zwanzig Mal dasselbe Lied an, eine furchtbar schlechte Nummer, die »Heavy Metal Superman« hieß und von vorne bis hinten amateurhaft von Accept geklaut war. Wir nutzten die Wartezeit, um uns in dem Raum mit dem Kicker und dem Billardtisch schon mal umzuziehen. Kurz nachdem ich mit dem Rouge meine Wangenknochen stark genug hervorgehoben hatte, war endlich Schluss mit dem

Proletengeschrammel. Beastnumber betraten den Raum. Vier Typen in schwarzen Stretchjeans, schwarzen Lederjacken und Adidas Allround, dazu der Sänger in schwarzer Lederhose, Bomberjacke und Adidas Allround. Diese Band war ganz eindeutig hart. Vermutlich trugen sie statt Hasenpfoten Pferdehufe im Schritt.

»Schaut's euch die Prinzessinnen an!«, rief der Beastnumber-Sänger hämisch. »Welche von denen ist denn deine Schwester, Heinzi?«

Als Heinzi antworten wollte, fiel ihm Christian ins Wort.

»Das fragst ausgerechnet du? Ihr seht doch alle fünf aus wie der Biker von den Village People.«

»Obacht, du Schwuchtel, ich hab schon kleineren Frauen eine aufgelegt!«

»Ist ja gut jetzt«, versuchte ich zu beschwichtigen. »Kommt, wir machen den Soundcheck.«

»Soundcheck? Sonst noch was? Die Leute kommen schon rein. Da geht jetzt nichts mehr. Aber schon gar nix mehr. Hört's euch den Deppen an! Keine Eier in der Tigerhose, aber einen Soundcheck wollen!«

Es war sinnlos, mit solchen Leuten zu streiten. Man verliert immer, weil sie dich schon allein dadurch, dass du dich mit ihnen streitest, auf ihre Ebene gezogen haben, und dort kennen sie sich einfach besser aus. Außerdem hatte ich sehr wohl Eier in der Leopardenhose, sogar ziemlich stattliche, aber ich fand, dass gerade kein geeigneter Moment war, sie ihm zu zeigen.

Gut, dann eben ohne Soundcheck! Sicher gab es bessere Voraussetzungen für den ersten Auftritt, aber schließlich waren wir perfekt vorbereitet, was sollte also passieren? Heinzi nahm Wadl noch einmal ins Gebet: »Wenn oaner von euch kloane Pisser auch nur irgendeine Winzigkeit an unseren Amps verstellt, dann gnade dir Gott, Hubert! Dann spui i dir die Fünf-Finger-Polka, woaßt, was i moan?«

Wir stürmten die Bühne, steckten unsere Kabel in die Verstärker, Christian zählte ein, und – es klang vollkommen okay. Nach zwei Strophen begannen wir, uns langsam wohl zu fühlen. Wadl und ich postierten uns vor Dirk, um im Refrain unseres Openers »We Are Llord Nakcor!« das Maschinengewehr auszupacken, als völlig unvermittelt ein voller Bierbecher auf meinen Bass klatschte. Ich spielte irritiert weiter und schaute zum ersten Mal bewusst ins Publikum. Vorher hatten mich Lampenfieber und Adrenalin zu einem autistischen Bassroboter werden lassen, der alles um sich herum abschaltet und den Fokus stur auf das anvisierte Ziel richtet. Was in meinem Fall darin bestand, den Fans einen gepflegten Rockgasmus zu verschaffen.

Geschätzte vierzig Typen standen da, die alle aussahen, als hätte man sie von Beastnumber geklont. Keine einzige Frau, nur lauter Schnauzbärte, die Gesichter zu Fäusten geballt und offenbar bereit, einen Kleinmob zu bilden, der uns mit Fackeln aus der Stadt treiben würde.

Platsch! Der zweite Becher traf Wadls hellblaue Paillettenweste. Rufe wie »Ausziehen!« und »Zeigt mal eure Titten!« waren zu vernehmen. Dirk nutzte die Pause nach dem ersten Song dazu, das Publikum als »brunzdummes Asipack« zu bezeichnen, das »aber gleich mal sauber gerockt wird, denn jetzt kommt ›Bedroom Rodeo‹« – was unmittelbar zur Folge hatte, dass aus den hinteren Reihen eine noch ungeöffnete Bierdose in seine Richtung gepfeffert wurde. Der Werfer hatte jedoch nicht mit Dirks katzenhafter Gewandtheit gerechnet, die ihn behände nach links springen ließ, wo er sich duckte, wieder aufsprang und seine rechte Hand zum Metalgruß reckte. Doch in der Zwischenzeit raste das Geschoss ungebremst in ein Hängetom des Beastnumber-Schlagzeugs, wo es beim Aufprall nicht nur den Metallic-Lack zerstörte, sondern ein stattliches Loch hinterließ, das zwar nur zwanzigmarkscheingroß, aber mehrere Hundert Mark teuer war.

Außerdem hatte sich Dirk bei seinem blitzschnellen Ausweichmanöver mit dem rechten Schlangenleder-Cowboystiefel in Wadls Gitarrenkabel eingefädelt, was normalerweise dazu führt, dass entweder an der Gitarre oder am Verstärker der Stecker herausgezogen wird. Normalerweise. Doch Wadl hatte an beiden Enden eine Schlaufe gelegt, mit der er genau dieses unbeabsichtigte Unpluggen verhindern wollte. Also blieben die Stecker in ihrer angestammten Position, während der Verstärker den Gesetzen der Schwerkraft gehorchte und einen Meter achtzig tief vom Marshall-Turm in Richtung Boden stürzte.

Nachdem Christian schon längst zu spielen aufgehört hatte und mit einer Mischung aus Entsetzen und Faszination den Schaden am Schlagzeug begutachtete, dauerte es einige Takte, bis ich begriff, was gerade passierte. Es war unser erstes Konzert, und wir kamen gerade mal dazu, die Hälfte unserer Stücke zu spielen. Wäre ich allein gewesen, hätte ich vor Wut einfach losgeheult, aber hier auf der Bühne und vor Publikum brüllte ich den Jungs zu: »Kommt jetzt, weiter geht's!«, und prügelte mit der Faust auf meinen Bass ein, wie ich es bei Juan Croucier von Ratt gesehen hatte. Doch keiner stieg ein. Sie ließen mich hängen wie einen traurigen Drehorgelspieler, dem das Äffchen weggelaufen ist. Christian deutete nur schulterzuckend auf das zerstörte

Schlagzeug und brüllte zurück: »Lass gut sein, wir sind zu cool für die Prolos hier!«

Mittlerweile waren Beastnumber wegen des Aufruhrs neben die Bühne gekommen. Das Publikum schwieg gespannt. Nur die Verstärker surrten leise. Der Schlagzeuger starrte ungläubig auf seine durchlöcherte Trommel.

»Alter!«, sagte er und schüttelte den Kopf. »Brutal, Alter!«

»Freunde, ihr seid's so was von im Arsch, echt jetzt«, zischte Heinzi.

Wadl deutete hektisch in die Menge. »Was denn? Wieso denn? Die da haben doch …« Seine geballte Eloquenz nützte ihm wenig, denn schon hatte er die erste Watsche sitzen. Weitere Ohrfeigen wurden nur dadurch vermieden, dass der Beastnumber-Sänger fragte, was sie jetzt machen sollten. Ihnen war klar, dass sie die drei Mark Eintritt zurückzahlen mussten, wenn sie nicht spielten, denn da kannte der Pöbel kein Vertun. Mal vierzig waren das dann ja auch immerhin einhundertzwanzig Mark, dafür spielt man schon mal mit einem Tom weniger. Es wurde vereinbart, dass wir das »nachher klären«, aber nachher würden wir längst nicht mehr da sein.

Schon wenige Tage später war Heinzis Ärger auch komplett verraucht, denn erstens war Wadl für die kommenden sechs Monate sein Haushaltssklave geworden und als solcher verantwortlich für die korrekte Reinigung von Heinzis Zimmer und seinem Gitarrenarsenal, zweitens hatte der Beastnumber-Schlagzeuger eine alte Versicherungspolice gefunden. Mit Hilfe einer Expertise von Jimmy bekam er wesentlich mehr Geld für das kaputte Hängetom, das angeblich ein »wertvolles Sammlerstück« darstellte, als ein neues kostete. Daraufhin schloss die gesamte Band irrwitzig hochdotierte Instrumentenversicherungen ab. Ihr großzügiges Angebot, in Zukunft bei jedem ihrer Konzerte als Vorband aufzutreten, lehnten wir trotzdem dankbar, aber bestimmt ab.

# PFIRSICHHAUTBOY

Das Debakel im Freizeitheim hing mir noch tagelang in den Knochen. Wenn ich nicht antriebslos auf meinem Bett oder lethargisch in der Schule saß, las ich Berichte von Konzerten, die Mötley Crüe und Ratt in den USA gegeben hatten. Abgesehen davon, dass sie in Gebäuden spielten, die »Coliseum« oder »Palladium« hießen statt »Jugendtreff Harthof« – was hatten sie, was wir nicht hatten? Wie bei Mötley Crüe sahen drei Viertel von uns verdammt gut aus, unsere Songs deckten das gängige Spektrum ab, wir hatten sie sogar sauber gespielt, auch wenn Fehler dem räudigen Publikum wahrscheinlich sowieso nicht aufgefallen wären. Wo also lag das Problem?

Christian ging die Angelegenheit pragmatischer an und ließ sich einen von Drumsticks umrahmten Totenkopf mit Zylinder auf den rechten Oberarm tätowieren. »Tommy Lee hat auch so einen«, erklärte er und kramte in einem Stapel amerikanischer Musikzeitschriften nach Beweisfotos. Weil er im Vorfeld keine lange Diskussion mit seinen Eltern über den Sinn von Kopfbedeckungen auf knochigen Schädeln führen wollte, hatte er das Geburtsdatum in seinem Schülerausweis um einige Monate auf sechzehn Jahre frisiert und Silvia gebeten, die vom Tätowierer geforderte Einverständniserklärung zu unterschreiben. Als er mit dick bandagiertem Oberarm und dem Wundsalbe-Töpfchen in der

Hand von der Tattoo-Bude nach Hause kam, war ihm aber doch ein wenig angst vor der Reaktion seiner Mutter. Doch die zuckte nur mit den Schultern und meinte, dass er in Zukunft nicht zu viel mit den Hanteln trainieren dürfte, denn ein breitgesichtiger Totenkopf mit einer Melone sähe ja wohl total lächerlich aus. Richtigen Ärger bekam Christian mit seiner Tommy-Lee-Mission erst ein paar Tage später, als er beim Färben seiner Haare mit der pechschwarzen Coloration das Bad in eine Teergrube verwandelte und seine besorgte Mutter für einen kurzen Moment dachte, jemand in der Familie hätte ein gravierendes gesundheitliches Problem.

Rechtzeitig vor unserer nächsten Probe legte ich meine Depression zumindest so weit ab, dass mir einige kleinere Verbesserungsvorschläge hinsichtlich unserer Bühnenshow einfielen. In der Hauptsache ging es dabei um Stripperinnen und in Westeuropa verbotene Pyrotechnik. Kaum hatte ich den anderen meine Ideen geschildert, steckte ich schon mitten in einer Diskussion mit Christian, der die gesamte Band in Frage stellte. »Du träumst viel zu viel rum«, warf er mir vor. »Die Wahrheit ist, wir sind einfach schlecht. Glaubst du vielleicht, Mötley Crüe haben von Anfang an Schlampen und Feuer auf der Bühne gehabt?«

»Ja klar!«

»Eben nicht. Im *Kerrang* waren Fotos von damals. Das hat auch nicht anders ausgesehen als bei uns. Die sind einfach insgesamt viel besser.«

Dirk saß mit dem Rücken an die Bassdrum gelehnt stumm auf dem Teppich, drehte an seinen Ohrringen, und wann immer seine Meinung gefragt war, zog er die Schultern hoch und fixierte das angsteinflößende Teppichmuster. Es bestand kein Zweifel daran, dass sich der Bühnendirk mit dem Proberaumdirk nur den Körper teilte. Der Typ, der es als Kirk Kobra mit einem ganzen Saal voller Proleten gleichzeitig aufnahm, bekam als Dirk Weishaupt in Konfliktsituationen nicht einmal das Maul auf, wenn man ihn direkt ansprach. Wadl klimperte auf seiner nicht angeschlossenen Gitarre und grinste dumm. Er verstand in keiner Weise, worum es eigentlich ging.

»Also ich glaube trotzdem, mit ein paar Bühnenblitzen hätte das Ganze mehr hergemacht. Das hätte die Idioten schon beeindruckt. So was haben die doch noch nie gesehen. Grundsätzlich war es ja nicht schlecht.« Mit meiner letzten Bemerkung erwischte ich Christian genau auf dem falschen Fuß.

»Jetzt pass mal auf, ich sag dir, was es war«, schrie er. »Ein totaler Scheißdreck war das. Ein Desaster.« Er war gar nicht mehr zu bremsen. »Beastnumber. Was soll denn das überhaupt? Die spielen in einem beschissenen Jugendzentrum vor vierzig Leuten, und dann ist noch nicht mal eine einzige Frau dabei. Da stimmt doch was nicht. Wenn ich so alt bin wie die, spiele ich in der Olympiahalle, und von mir aus braucht da kein einziger Typ im Publikum zu sein. Nur Weiber. Ich glaub, es geht los!«, schimpfte er.

»Hast ja recht«, lenkte ich ein, damit er nicht heiß lief, »aber trotzdem habt ihr mich da auf der Bühne stehenlassen wie einen Volltrottel. Warum habt ihr denn nicht weitergespielt?«

»Hast du dir das Publikum vielleicht mal angeschaut? Die wollten uns umbringen.« Christian wandte sich den beiden anderen zu. »Ihr wart doch auch froh, als wir da weg waren, oder? Weil es ein totaler Reinfall war, oder?«

Dirk nestelte am Reißverschluss seiner Lederjacke herum, Wadl starrte meinungsfrei Löcher in die Decke. Also brachte Christian das Gespräch wieder auf das Wesentliche. »Ich will nie wieder vor solchen Bauern spielen, die nicht kapieren, was wir machen. Die haben uns doch gar nicht verdient. Wir müssen als Band viel besser werden, und wir brauchen eigene Fans.«

»Aber wie macht man das, so ganz ohne Stripperinnen und Pyros?« Meine Frage war völlig ernst gemeint. Ich hatte nicht die leiseste Ahnung.

»Na ja, die Songs müssen besser werden, wir machen Flyer, und dann nehmen wir ein Demotape auf, gleich hier im Proberaum, das können wir dann verkaufen.« Während er uns seinen Plan unterbreitete, kratzte er am Schorf auf seiner frischen Tätowierung herum.

Wir beschlossen, in den folgenden Tagen an drei Songs so lange zu feilen, bis sie perfekt waren und wir sie ein paar Wochen später aufnehmen konnten. Weil an diesem Nachmittag keiner mehr rechte Lust aufs Proben hatte, packten wir unsere Sachen. Christian und ich hingen mit Dirk noch eine Weile vor dem Haupteingang herum, während sich Wadl beeilen musste, um die Trambahn zu erwischen, die ihn nach Hause brachte. Ich fragte vorsichtig in die verbliebene Runde, ob wir Bandfotos machen lassen sollten. »Fotos, klar!«, sagte Dirk, der plötzlich wieder sprechen konnte, als nicht mehr von ihm verlangt wurde, Partei zu ergreifen. Ihm fiel auch sofort ein Cousin ein, der eine Ausbildung in einem Fotostudio machte und bei dem sicher etwas gehe, wenn man ihm irgendeinen Gefallen tue.

»Das wäre super, aber es gibt ein Problem«, sagte Christian. Ich wusste, worauf er hinauswollte, und deutete mit meinem Kinn in Richtung Wadl, der am Horizont epileptisch mit den Armen rudernd und »HOIT! HOIT!« kreischend versuchte, den bereits abfahrbereiten Straßenbahnfahrer auf sich aufmerksam zu machen.

»Schaut ihn euch an! Obenrum sieht er aus wie eine Putzfrau mit Damenbart und untenrum wie zwei Weißwürste. Mit dem zusammen auf einem Foto nimmt uns doch keiner ernst«, formulierte ich Christians Bedenken aus.

Dirk nickte. »Stimmt schon. Er ist nett und alles, aber rein optisch bringt er's nicht so. Auf der anderen Seite können wir auch nicht zu dritt zum Fotografen. Dann fehlt ja einer.«

Doch ich hatte eine Idee. Natürlich mussten wir zu viert aufs Bild, aber nicht notwendigerweise mit Wadl. Wir brauchten einen Stuntman.

»Der Ruben!«, riefen beide gleichzeitig. Ich nickte. Ruben Zapf war der mit Abstand bestaussehende Typ, den wir kannten. Er war eine Klasse über uns, hatte braune Haare, die noch länger waren als Dirks, und ständig holte ihn ein anderes Mädchen von der Schule ab. Mit dem Auto. Er hatte ausschließlich Freundinnen, die drei oder vier Jahre älter waren als er. Vermutlich, weil er so verdammt heiß war. Wenn er nicht auf einem Beifahrersitz saß, dann zeichnete Ruben. Man sah ihn eigentlich nie ohne seinen Block und ein ganzes Arsenal von Bleistiften. Das Erstaunlichste an ihm war aber, dass er sich die Matte wachsen ließ, obwohl er mit Musik nichts am Hut hatte. Er fand einfach, dass er mit langen Haaren super aussah. Das dachten wir zwar auch von uns, aber wären wir Fans von Exploited statt von Mötley Crüe gewesen, hätten unsere Köpfe eben ausgesehen, als würden darauf seltene Blumen oder Vögel wohnen, und wir wären von Arschgeigen wie den Beastnumber-Fans nicht als Mädchen oder Schwule bezeichnet worden, sondern als arbeitsscheue Asoziale.

Am nächsten Tag weihten wir Ruben in unsere Pläne ein. Wir mussten ihn nicht lange überzeugen, die Aussicht auf ein kostenloses Porträt im Großformat, das er als Geschenk für eine seiner Freundinnen verwenden konnte, war Argument genug. Schon zwei Tage später standen wir am frühen Abend im Fotostudio. Dirk musste seinem Cousin eine Menge versprochen haben, denn der nahm sich nicht nur drei Stunden Zeit für uns, er hatte auch eine professionelle Visagistin besorgt. Edi, sein Chef, kam kurz vorbei, um sich zu verabschieden, doch als er sah, was da in seinem Studio passierte – blutjunge, perfekt geschminkte Minderjährige in Pailletten, Lack und Strass –, entschloss er sich, zu bleiben und die Aufnahmen selbst zu machen. Wie uns erst später klar wurde, boten wir ihm eine willkommene Gelegenheit, legal in den Besitz von Fotos zu gelangen, die in Milieus geschätzt wurden, in denen sich dauerduschende Jugend-Basketballtrainer gegenseitig »Papa Bär« nannten. Er machte gefühlte fünftausend Fotos von uns in allen Konstellationen. Einzelaufnahmen, Gruppenshots, Zweier- und Dreierbilder, vor wechselnden Kulissen, mit und ohne Requisiten.

Ruben hatte riesigen Spaß an der ganzen Aktion und versprach uns, eines der Gruppenbilder als Grundlage für ein »richtig geiles Gemälde« zu verwenden. Wir bekamen an diesem Tag nur die Polaroids zu sehen, die Edi zur Kontrolle der Ausleuchtung machte, bevor er mit den eigentlichen Aufnahmen begann. Doch schon die machten uns so glücklich, dass keiner von uns auch nur einen Gedanken daran verschwendete, wie wir Wadl klarmachen sollten, dass es

Fotos gab, auf denen an seiner Stelle der – so ehrlich musste man sein – schönste Mann der Welt zu sehen war.

Als wir am nächsten Tag voller Enthusiasmus in den Proberaum kamen, fiel es uns ziemlich schwer, so weit die Fassung zu bewahren, dass wir uns nicht verplapperten. Die Lieder, die wir probten, klangen immer besser, schließlich spielten wir sie seit Tagen ununterbrochen rauf und runter. Vielleicht war es aber auch das Adrenalin, das wir durch diese neue, ungewohnte Situation produzierten. Die Bilder, der Fotograf, Ruben, das wirkte alles so professionell, dass wir uns schon auf dem Sprung nach ganz oben wähnten, weit vor Bands wie Beastnumber. Wir waren auf der Überholspur, bald würde man Llord Nakcor in einem Atemzug mit Van Halen nennen – oder zumindest auszusprechen versuchen.

Unglücklicherweise wurde das Proben plötzlich dadurch behindert, dass es im Übungsraum anfing zu stinken. Erst nur latent, so dass niemand etwas dazu sagte, aber nach ein paar Tagen wurde es so heftig, dass man es nicht mehr ignorieren konnte.

»Sagt mal, hat der Gröschl, der Asi, hier irgendwo hingeschissen?«, fragte Christian.

»Andi, schau mal hinter deinem Amp nach, wo kommt das denn her? So ein Grattler, das gibt's doch überhaupt nicht. Glaubst, dass des ein Depp ist! Scheißt uns einfach in unseren Proberaum rein!«, schimpfte Wadl.

Da sich die Ursache für den Gestank nicht auffinden ließ, kamen wir am nächsten Tag schon vor drei, um Gröschl auf frischer Tat zu ertappen, wie er, in einer Hand den Cellobogen, in der Ecke kauerte, einen enormen Haufen absonderte und abschließend perfide tarnte. Wir sprangen wie

Schimanski mit der Tür in den Raum, dort saß der Gröschl auf seinem Stühlchen, das Cello vor sich. Der Bogen, der ihm schreckbedingt aus der Hand geglitten war, flog noch ein paar Meter, ehe er sanft klappernd vor meiner Bassanlage landete. Gröschl sah uns erschrocken an, seine Wangen wirkten dabei seltsam geschminkt, weil der Farbton der hautfarbenen Aknecreme um zwei Töne dunkler war als der unbehandelte Teil seines Gesichts.

»Seid ihr noch ganz sauber? Was ist das denn für eine Drecksaktion?«, regte er sich auf.

»Wir wollten nur mal nachsehen, wie du es schaffst, dass der Raum so stinkt«, fuhr Christian ihn an.

Doch Gröschl verstand überhaupt nicht, was wir von ihm wollten.

»Wie, stinkt?«, fragte er.

»Ja, riechst du das denn nicht?«

»Nein, was denn?«

Zugegeben, es stank tatsächlich nicht mehr besonders heftig. Zuerst. Doch dann wurde es wieder stärker, was auch Gröschl auffiel.

»Jetzt riech ich es auch. Aber das war vorher nicht. Habt ihr den Gestank von draußen mitgebracht?«

Er witterte nach allen Seiten und sah dabei fast aus, als würde er flehmen wie ein Pferd. Der Hengst mit dem Cello. Fury vom Hasenbergl. Plötzlich wurde er fündig.

»Das gibt's doch gar nicht. Du stinkst ja wie ein Komposthaufen!« Gröschl deutete auf Dirk. Der wollte spontan das Thema wechseln.

»Und, übst du schön mit deiner Bratsche?«, fragte er.

»Cello, Idiot. Jetzt sagt doch mal selbst, der stinkt doch wie irgendwas, das im Zoo wohnt. So eine Drecksau!«

Jetzt, wo er es sagte, merkten wir es auch. Der Gestank kam von Dirk, das hatten wir im Freien gar nicht bemerkt. Christian hakte feixend nach. »Wie kommt's, Meister? Wäscht die Mama nicht mehr? Das Wasser in der Villa abgestellt? Wo liegt der Hund begraben? Was ist des Pudels Kernseife?«

Zögernd setzte Dirk zu einer Erklärung an. Er hatte ein Buch gelesen, »so über Gesundheit und wie man besser aussieht«. Der Körpergeruch war nur eine kleine anfängliche Nebenwirkung. »Nebenwirkung wovon genau?«, wollte ich wissen. »Pfirsich«, sagte er. Das Buch, erzählte Dirk, beschrieb eine dreimonatige Kur, bei der man nichts anderes essen durfte als Pfirsiche und nichts trinken sollte außer hundertprozentigem Pfirsichsaft. Der Pfirsich reinige einen langsam von innen, hieß es, und man müsse sich nie wieder waschen, weil man nach einiger Zeit angenehm nach Pfirsich rieche und eine weiche Pfirsichhaut bekomme.

»Was für ein Schwachsinn. Glaubst du vielleicht auch, wenn du jeden Tag einen Schweinebraten isst, wachsen dir irgendwann Borsten?«, fragte Christian.

»Nein, das wäre ja totaler Blödsinn, aber das mit dem Pfirsich stimmt«, gab Dirk zurück.

»Wenn du es sagst. Momentan riechst du eher wie ein zwei Monate überfälliger Pfirsich. Nächste Woche kommst du geduscht zum Proben, sonst kannst du gleich wieder abhauen.«

Schon am Samstag hielten es Christian und ich nicht mehr aus. Wir mussten zu Dirk, um der Sache auf den Grund zu gehen. Als die Tür geöffnet wurde, stand ein Mann vor uns, den wir noch nie gesehen hatten. Seine langen, mit grauen Strähnen durchzogenen Haare fielen auf das Oberteil eines wallenden Ensembles aus leuchtend weißer Baumwolle. »Grüß euch«, sagte er. Es entstand eine längere Pause, in der wir ihn freundlich annickten. »Ihr seid sicher Freunde von Dirk.« Wir nickten erneut gegen die aufkommende Stille an und traten von einem Fuß auf den anderen. »Ach so …«, fiel es ihm plötzlich ein, »der ist hinten, kommt doch rein.« Er rief durch das Haus, dass Besuch da sei. Als wir uns dem Zimmer näherten, sahen wir gerade noch, wie Dirk hektisch seine Hausaufgaben verschwinden ließ und sich mit einem *Metal Hammer* auf das Bett warf. »Heavy and Loud!«, rief er uns zu, machte den Metalgruß und roch nach teurem Duschgel. »Ich hab den Gestank selber nicht mehr ausgehalten«, grinste er.

»Sehr gut. Aber sag mal, was ist das denn für einer?«, fragte Christian und deutete mit dem Kopf in Richtung Haustür.

»Das ist der neue Freund meiner Mutter. Nennt sich Klaatu, das ist aber nur ein Künstlername. In Wirklichkeit heißt er Klaus. Er hat das Buch über die Pfirsichdiät geschrieben.«

»Ist das so ein Sektenguru?«, wollte ich wissen. Sekten sind böse, das hatten mir meine Eltern und Großeltern oft genug erzählt. Zuerst sind sie unheimlich freundlich, locken einen mit Hanutas oder Comics in ihre Autos, und ehe man sich's versieht, sitzt man mit kahlgeschorenem Kopf auf einer Farm im mittleren Westen der USA und bastelt an einer Strahlenkanone, die weltweit sämtliche Postämter vernichten soll.

»Ich weiß auch nicht so genau, was der macht. Meine Mutter hat ihn vor ein paar Wochen angeschleppt, seitdem wohnt er hier. Fragt ihn halt selber.« Das ließen wir uns nicht zweimal sagen. Den Pfirsichblödsinn wollten wir aus erster Hand hören. Vielleicht war es ja eigentlich auch eine ganz vernünftige Sache und Dirk hatte nur etwas durcheinandergebracht. Wir taten so, als wären wir vollkommen ausgezehrt und brauchten unbedingt eine Flasche Cola, denn der Weg zur Küche führte durch das Wohnzimmer, wo sich Klaatu auf der Couch herumfläzte und zwei Chi-Gong-Kugeln in seiner Hand kreisen ließ. Unterwegs stammelten wir was von Durst und Getränken im Kühlschrank. »Das ist gut«, sagte er, ohne uns dabei anzusehen. Wieder vergingen Sekunden unseres Lebens komplett ohne Handlung. Was wollte er uns mitteilen? Was war gut? Mit diesem Typen zu reden war, als würde man ein Formel-1-Rennen ansehen, bei dem alle Autos von total bekifften Fahrern gesteuert werden.

»Der Dirk sagt, Sie haben da so ein Buch geschrieben, über Pfirsiche«, wagte ich einen Vorstoß.

»Ihr macht mit dem Dirk Musik, oder?«, konterte er. Ich dachte eigentlich, meine Frage klar formuliert zu haben, auch wenn sie als Aussage daherkam, aber offenbar kommunizierte Klaatu nach anderen Regeln.

»Ja, wir haben eine Band.«

»Gut, gut.«

Gut? Was war jetzt schon wieder gut? Warum diese Pausen?

»Dann wären die Kugeln gut für euch. Machen die Hände geschmeidig und schnell. Gut für Musiker.«

»Aha.« Ich überlegte noch, wie ich am unauffälligsten wieder zu der Pfirsich-Sache kommen könnte, denn das interessierte mich mehr als seine dämlichen Kugeln. Doch Christian war schneller.

»Und was machen *Sie* so? Dirk sagt, Sie schreiben Bücher.«

»Ich war in Poona. Zwei Jahre«, sagte Klaatu und bemerkte unsere fragenden Blicke.

»In Indien«, ergänzte er gnädig und blickte immer noch in unwissende Augen. »In einer Kommune«, wollte er uns auf die Sprünge helfen, hatte aber wieder kein Glück. »Bhagwan?«

Jetzt war der Groschen gefallen. Warum hatte er das nicht gleich gesagt? »Das ist der mit den vielen Rolls-Royce, der aussieht, als wäre er bei ZZ Top, oder?«, sagte ich, wurde aber ignoriert.

»Aber dort wurde mir klar, dass das irgendwie nichts für mich ist. Dann bin ich wieder nach Deutschland zurück und habe fast ein Jahr lang UL gemacht.« Noch bevor wir erneut fragend dreinschauen konnten, fuhr er fort. »Universelles Leben, das sind so Powerchristen. Aber das war irgendwie auch nichts für mich.« Der Mann war eindeutig nicht ganz sauber, andererseits aber sehr nett. Jedenfalls sprach er mit uns auf Augenhöhe und behandelte uns nicht wie Kinder. Langsam verstand ich, wie man auf die Hanuta-Banden hereinfallen konnte. Christian war aber noch nicht zufrieden und wiederholte seine Frage nach dem Broterwerb mit etwas mehr Nachdruck. »Ja, aber was *machen* Sie denn jetzt so? Sie müssen doch irgendetwas *machen*«, insistierte er.

»Du musst lernen, deine Aggressionen zu beherrschen, du hast ja eine ganz schlechte Atmo«, bekam er zur Antwort. Christian hielt verschämt seine hohle Hand vor den Mund, hauchte hinein und flüsterte mir zu: »Ich weiß gar nicht, was der meint.«

Klaatu wechselte ohne Unterbrechung die Richtung seines Gedankenstroms. »Ich bin jetzt irgendwie an einem Punkt, an dem ich mein eigenes Ding durchziehen will. Deshalb auch das Buch, wisst ihr. Pfirsiche sind Gottes Weg, uns zu sagen: ›Passt auf euch auf!‹ Ich will Menschen einfach nur Gutes tun.«

In der Realität sah dieses Gute so aus, dass Dirk zwei Wochen später am Boden zerstört in die Schule kam. Seine Mutter habe für sich und Klaatu eine Mühle irgendwo in Niedersachsen auf dem Land gekauft, erzählte er. Sie wollten sich dort mit Gemüse und Getreide aus eigenem Anbau selbst versorgen und »für die Menschen da sein«. Da sie bei diesem Vorhaben unmöglich für Dirk da sein konnten, wurde er in ein Internat an der Nordsee gesteckt. Sie würden schon in einem Monat umziehen, sagte er.

»Aber das geht doch nicht!«, intervenierte Christian, als könnte er die Situation in irgendeiner Weise beeinflussen. »Wir haben doch gerade erst die Fotos gemacht.« Dirk zuckte mit den Schultern und sah auf den Boden. Ich brauchte einige Momente, um das gesamte Ausmaß dieser Nachricht zu verarbeiten. »O Gott! Nein! Das darf doch nicht sein!«, brach es aus mir heraus. Zu spät fiel mir auf, dass ich mich gerade benahm, als würde Lassie in meinen Armen sterben. Christian dagegen bemerkte es sofort. »Das darf doch nicht sein!«, äffte er mich nach und schüttelte den Kopf. »Jetzt übertreibst du aber schon ein bisschen.«

In den folgenden Wochen verbrachten wir so viel Zeit miteinander wie möglich. Beim ersten Besuch kamen wir noch mit der Hoffnung zu Dirk, die Situation ändern zu können, aber natürlich war da nichts zu machen. Seine Mutter hatte schon Käufer für das Haus gefunden, das Internat war ausgewählt und bezahlt. Uns blieb nichts anderes übrig, als ausgiebig Abschied zu nehmen. Am letzten Tag spielten wir noch einmal unser komplettes Programm durch. Bei dem hohem Schrei am Ende von »I Got Rock Fever«, den Dirk dieses Mal extralange hielt, kämpften wir alle mit den Tränen. Wir versprachen, ihn an der Nordsee zu besuchen, und er schwor, in den Ferien nach München zu kommen. Dann umarmten wir uns ein letztes Mal, halfen ihm dabei, seine Gesangsanlage im wartenden Mercedes zu verstauen, und schlossen dieses Kapitel für immer ab. Dirk war weg. Wir hatten ihn verloren.

Christian und ich standen vor einer Entscheidung. Sollten wir einen neuen Sänger suchen und mit Llord Nakcor weitermachen, immer in der Gewissheit, dass es mit Wadl auch irgendwann nicht mehr funktionieren würde, oder sollten wir uns gleich eine neue Band suchen?

Ein paar Tage später trafen wir uns bei Christian. Ich hatte den *PRINZ* gekauft, das um jede Menge Kleinanzeigen herumgebastelte Stadtmagazin, in der Hoffnung, eine davon würde uns die Entscheidung abnehmen. Vielleicht hatte ja ein Sänger inseriert, der gerade eine Band suchte, oder es herrschte irgendwo Mangel an einer Bass-Schlagzeug-Kombination.

»Los komm, gib her, gib her!« Christian konnte es kaum abwarten. Er schlug zuerst die Sektion »Band sucht Musiker« auf. Ich hatte auf dem Weg zu ihm das Gleiche getan. Unterbewusst war uns wohl beiden klar, dass wir etwas komplett Neues aufbauen mussten und Wadls Tage gezählt waren. Christian blätterte hektisch.

»Nichts … Nichts … Wieder nichts. Die suchen alle nur Sänger.«

»Ja, hab ich auch schon gesehen.«

Daran war nichts zu ändern, soviel wir auch hin und her blätterten. Wir mussten erst einmal mit Wadl weitermachen und abwarten, bis sich eine bessere Möglichkeit auftat.

Auch die folgenden Ausgaben der Stadtzeitung vertieften nur unser Wissen darüber, wie sich der Münchner seine Freizeitgestaltung ausmalte, aber in puncto Mitmusiker hatten sie nichts zu bieten. Deshalb probten wir erst einmal sänger- und lustlos weiter. Mit Wadl, der von Tag zu Tag hässlicher zu werden schien. Vielleicht kam es uns aber auch nur so vor, weil auf MTV gerade die neuesten Videos von Ratt und Stryper auf Heavy Rotation liefen und Ratt und Stryper darin genau so aussahen, wie man aussehen sollte, wenn ein neues Video herauskommt und man als Ratt und Stryper selbst darin mitspielt.

»Lass uns einen Pakt schließen«, sagte Christian eines Nachmittags zu mir.

»Was für einen Pakt denn?«

»Einen Blutspakt. Egal, was kommt, ob wir mit dem Wadl weitermachen oder mit ganz anderen Leuten, wir beide spielen immer zusammen. Auf ewig.«

»Klar spielen wir beide immer zusammen. Aber dafür brauchen wir doch keinen Pakt. Schon gar nicht mit Blut.«

»Doch, dann ist es amtlich.« Christian nahm eine Nadel aus seinem Portemonnaie, die er offenbar genau zu diesem Zweck mitgebracht hatte, steckte die Spitze in die Glut seiner Zigarette, um sie zu sterilisieren, setzte ein feierliches Gesicht auf und pikste in die Kuppe seines Mittelfingers. Dann schrie er: »Au! Fuck! Das tut ja sauweh«, und rannte ins Bad. Als er zurückkam, quälte sich nur noch ein einsames Tröpflein Blut aus dem Einstichloch. Entsprechend drängte er mich, es ihm nachzutun, doch ich musste zuerst noch »Talk Dirty To Me« von Poison auflegen, um diesen denkwürdigen Akt angemessen zu untermalen. Dann stach ich mir ebenfalls in den Finger und presste ihn an Christians Miniwunde.

»Es ist besiegelt«, sagte er und versuchte sich dabei an einem Winnetou-Gesicht.

»Für immer«, antwortete ich so pathetisch wie möglich.

Wir schwiegen eine Weile und schwelgten in der Schwere des Moments. Doch nach etwa einer Minute hielt ich es nicht mehr aus. »Jetzt mal ohne Scheiß: Du hast aber nix Ansteckendes oder so? Nicht, dass ich mir jetzt irgendwas eingefangen hab.«

# LOCHSCHWAGER
## IM BERMUDAVIELECK

Christian setzte den Tonarm gerade zum achten Mal auf die Stelle am Ende von »Lightning Strikes Again«, an der Don Dokken den absurd hoch gesungenen Schlussrefrain dadurch krönt, dass er das »Lightning« noch einmal um eine Oktave höher schreit, als Silvia ins Zimmer geplatzt kam, um uns einen Vorschlag zu unterbreiten. Wir sollten doch hin und wieder ausgehen, um andere junge Menschen kennenzulernen, die auf unserer musikalischen Wellenlänge lägen. Genau genommen sagte sie: »Warum geht ihr zwei Deppen eigentlich nicht mal in einen Rockladen? Da sind doch Millionen von Musikern.«

Auf die Idee waren wir noch gar nicht gekommen! Wir waren so sehr mit unserem eigenen kleinen Kreis beschäftigt, dass wir gar nicht mitbekamen, wie unsere Mitschüler aufgehört hatten, an den Wochenenden ihre sturmfreien Buden vollzukotzen. Stattdessen gingen sie aus und entdeckten interessante Kneipen, aufregende Clubs und faszinierende Diskotheken, die sie vollkotzen konnten.

Silvias Vorschlag klang interessant genug, dass wir nachfragten, schließlich hatten wir keine Ahnung, wie dieses Nachtleben so funktionierte. Wir wollten wirklich alles von ihr wissen: In welchem Laden läuft die beste Musik? Wo trifft man die meisten Musiker? Und weil wir schon mal dabei waren, erkundigten wir uns auch nach der jeweiligen

Mädchenquote und stellten zuletzt die entscheidende Frage: Kommen wir da überhaupt irgendwo rein?

Was uns Silvia daraufhin erklärte, war zu viel, um es sich einfach so zu merken. Also schrieben wir mit. Sie wusste alles und kannte jeden, es war, als hätte sie eine Professur für Nachtleben. Nach einer halben Stunde waren wir um einiges schlauer: Es gab ein Bermudavieleck von Clubs und Kneipen, in die man an bestimmten Tagen gehen *musste*, an anderen aber keinesfalls gehen *durfte*. Die Gründe dafür waren vor allem: »Weil's da am Freitag halt am geilsten ist!« und »Samstags arbeitet der Tommy an der Bar, das Arschloch.« Das leuchtete ein.

Die diversen Läden, über die sie dozierte, schienen darüber hinaus auch minimal unterschiedliche Zielgruppen zu bedienen. »Ins ›Fantasy‹ gehen die Kuttenträger«, sagte sie. »Schon auch viele aus der Szene, aber es ist halt ein ›ehrlicher Rocker-Laden‹ für die Jungs mit den Schnauzern. Außerdem ist es am Arsch der Welt. Aber die Musik ist okay.« Ich schrieb in mein Heftchen hinter dem Namen ›Fantasy‹ mit rotem Filzer BEASTNUMBER-ALARM! und malte einen schnauzbarttragenden Totenkopf dazu.

»Zum ›Round Up‹ könnt ihr zu Fuß gehen, das ist an der Leopoldstraße. Da gibt's aber weniger Musiker, dafür mehr Nutten und Zuhälter, aber auch viele Schnauzbärte.« Totenkopf mit Schnauzbart, daneben Rolex und Goldkette.

»Am besten geht ihr ins ›Finest‹ oder ins ›Sugar Shack‹. Und Christian, wenn euch irgendwer an der Tür Schwierigkeiten macht, dann sagst du ihm, dass ich deine Schwester bin.«

Silvia hatte also auch noch Türöffnerqualitäten. Wir hakten ein bisschen nach und erfuhren, dass in der Szene, die

sich zwischen diesen Clubs und den vorgeschalteten Rock-
kneipen bewegte, nicht nur beinahe jeder mit jedem schon
einmal in irgendeiner Konstellation in einer Band zu-
sammengespielt hatte, sondern auch alle durch einige wenige Berührungspunkte Lochschwager waren. Silvia, so
klang es zwischen den Zeilen durch, war wohl eine dieser
Kontaktstellen. Da sie uns noch mit auf den Weg gab, dass
wir keinesfalls zu früh in einem dieser Läden auftauchen
sollten, weil »kein vernünftiger Mensch vor ein Uhr nachts
da hingeht«, entschieden wir nach kurzer Beratschlagung,
als Erstes eine Rockkneipe auszuprobieren. Da konnte man
schon früher hin, und die Getränke waren auch billiger.

Am folgenden Freitag liefen wir direkt nach der Probe zu
mir, um uns für den Abend optisch aufzuwerten. Meine
Mutter hatte inzwischen sogar aufgehört, sich zu wünschen,
an meiner Stelle eine Tochter geboren zu haben, die das Bad
nicht so lange blockieren würde wie ich. Auch hörte ich sie
in letzter Zeit immer seltener zu meinem Vater sagen: »Das
ist nur so eine Phase, er muss sich halt ausleben, lass ihn
doch!«

Daher dachte ich, sie hätte sich damit abgefunden, einen
Sohn zur Welt gebracht zu haben, der sich dem Rock 'n' Roll
verschrieben hatte. In Wahrheit bereitete sie sich seelisch
darauf vor, wie sie in ein paar Jahrzehnten den Nachbarn
erklären würde, warum sie keine Enkel hatte. Sie konnte ja
nicht wissen, dass ich allein in der letzten Nacht mit der
neuen Englisch-Referendarin zweimal einen Enkel gezeugt
hatte. Und einen mit der Blonden aus »Ein Colt für alle
Fälle«. Zumindest mein imaginäres Sexleben war abwechs-
lungsreich.

Als wir nach einer halben Stunde in dezentem Abend-

Make-up ausgehbereit im Wohnzimmer standen, zog Mama auch nur eine Augenbraue kaum merklich nach oben, während sie uns musterte und mir dabei einen Zwanziger zusteckte. »Nehmt euch ein Taxi, wenn's später wird. Und viel Spaß!« Ich war mir nicht sicher, was ich davon halten sollte. Einerseits konnte man sich als Jugendlicher doch nur durch Rebellion vernünftig entwickeln und dadurch, dass einem daraufhin Grenzen gesetzt wurden. Andererseits fand unsere Rebellion auch nur mit Rouge und Klamotten statt und bewegte sich deshalb wohl noch unterhalb der Hutschnur meiner Mutter. Man sollte es vielleicht positiv betrachten: Wo ein Elternhaus derart wenig Reibungsfläche bietet, existiert ein riesiges Potential an ungenutzter Auflehnungsenergie, die man auch für sinnvolle Zwecke nützen konnte, also für Band und Party.

Genau das hatten wir vor. Wir gingen durch die Maxvorstadt nach Schwabing, wo es laut Silvia gleich mehrere Läden gab, in denen unsere Musik gespielt wurde. Wegen des herrlichen Wetters ließen fast alle Wirte im Kneipenviertel hinter der Münchner Freiheit die Türen offen stehen und beschallten die Bürgersteige. Nachdem wir einige Zeit damit zugebracht hatten, vor diversen Schaufenstern unser Äußeres zu überprüfen, kamen wir an einer unscheinbaren Kneipe vorbei, aus der »Captain Howdy« von Twisted Sister brüllte. Nach der Lautstärke vor der Tür zu urteilen, musste es in diesem Laden infernalisch zugehen. Und das schon um kurz nach acht. Christian rammte mir seinen Ellenbogen in die Seite und deutete auf das Leuchtschild über der Tür. »Roxx« stand da. Mit zwei x. Kein Zweifel, wir hatten unsere neue Heimat gefunden. Zögernd gingen wir hinein, zu gleichen Teilen ehrfürchtig und aufgekratzt. Ich rechnete mit einem moderat apokalyptischen Szenario. Die Stripperinnen würden sich an ihren Stangen blitzschnell bewegen, um den reichlich umherfliegenden Gläsern auszuweichen, während schlicht konstruierte Barhocker unter massiven Bikerhintern barsten. In meiner Phantasie war der Eingang des »Roxx« in der Schwabinger Marktstraße die Schwelle in die Welt der Videos von Mötley Crüe. Unglücklicherweise sah es in Wirklichkeit aus wie in einem Video von uns. Wir waren die einzigen Gäste. Keine Biker, keine Fellatio, nicht einmal Tanzstangen waren zu sehen.

»Ich glaube, wir gehen wieder«, schrie Christian aus maximal zwei Zentimetern Entfernung in mein Ohr. Der Mann hinter dem Tresen war jedoch schneller und begrüßte uns überschwänglich. Kaum hatten wir zurückgegrüßt, standen auch schon zwei Gläser vor uns. Dann kann man ja auch hierbleiben, dachten wir und machten es uns bequem. Ich nahm mir vor, mich so lange wie möglich an dem kleinen Pils festzuhalten. Schließlich konnte es sein, dass hier den ganzen Abend tote Hose war, dann wollte ich mir nicht vorwerfen müssen, zu viel Geld für nichts ausgegeben zu haben.

Langsam tröpfelten ein paar andere Gäste herein, und auch die Musik wurde immer besser. Es klang eigentlich genau wie bei mir zu Hause, allerdings immer wieder unterbrochen von Liedern, die ich nicht kannte. Ich musste unbedingt wissen, von wem die waren, konnte aber den Tresenmann, der nebenbei die Platten auflegte, nicht fragen. Sich beim Diskjockey nach Interpreten erkundigen hieß, Schwäche eingestehen, und das war überhaupt keine Option. Während ich halbakrobatisch über der Bar hing und erfolglos versuchte, den Namen der Band vom Label der sich drehenden Platte abzulesen, steckte Christian schon mitten im

Gespräch mit dem Wirt und hatte drei oder vier Plattencover in der Hand.

»Schau mal, der da vorne!«, brüllte mich Christian drei Stunden später an, nachdem er sich mühsam zu mir durchgekämpft hatte. Ein paar Songs zuvor hatte ich mit einem Dutzend neugewonnener Freunde einen Kreis gebildet, um ausgiebig headzubangen. Verschwitzt und durchnässt von dem Meter Pils, mit dem wir uns zur Abkühlung gegenseitig überschüttet hatten, kam eine kurze Unterbrechung durchaus gelegen. Christian deutete auf einen Typen in einem feuerroten, enganliegenden Glitzereinteiler, der gerade hereingekommen war. Er war ziemlich klein, hatte eine weißblonde Mähne und war noch stärker geschminkt als wir. Alles an ihm schrie »Prominenz«. Seine Porsche-Sonnenbrille hatte die Größe eines Vollvisierhelms. Die gleiche hatte ich schon mal auf Fotos bei Bon Jovi gesehen. Mit diesem Ding vor den Augen konnte man in dem funzligen Kneipenlicht unmöglich mehr als vage Umrisse erkennen. Der Mann wollte offenbar nicht sehen, sondern gesehen werden. »Wer is'n das?«, fragte ich meinen Bangnachbarn.

»Mark Platinum«, rief der zurück, »der Sänger von Live Wire.«

Christian zog mich aufgeregt am Arm Richtung Klo. »Weißt du, wer das ist?«, fragte er.

»Ja, hat der Typ doch gerade gesagt. Mark Platinum.«

»Ja, schon, aber weißt du, *wer* das ist?«

Ich zuckte mit den Schultern.

»Live Wire. Die coolste Band in ganz München. Die Silvia hat erzählt, das Demo von denen liegt schon bei der Ariola auf dem Schreibtisch. Die kriegen vielleicht bald einen Plattenvertrag.«

»Red keinen Scheiß!«

»Doch, ganz sicher.«

Ich nutzte den Toilettenaufenthalt, um mir mit dem Handtrockner das Pils aus den Haaren zu fönen. Dann schob ich Christian zurück in die Kneipe. »Lass mich reden und mach einfach mit!«, wies ich ihn an. Christian sah mich immer noch rätselnd an, als wir schon neben Mark Platinum standen. »Hi, du bist der Mark, oder?«, versuchte ich mit ihm ins Gespräch zu kommen. Er sah mich nicht einmal an, nickte nur leicht. »Ich bin der Rrexx und das ist der Stikki«, stellte ich uns vor. Als die Namen im Raum standen, bemerkte ich, dass sie gesprochen nicht annähernd so cool wirkten wie geschrieben. Andererseits redete ich mit einem Mann, der an einem ganz normalen Freitagabend in einer Münchner Kneipe aussah wie eine transsexuelle Leadsänger-Actionfigur, vielleicht spielten Namen da keine besonders große Rolle. Er drehte sich zu mir, hob seine Brille nur so weit an, dass er drunter durchsehen konnte, und sagte: »Host amoi a Kippn füa mi?« So erstaunt ich auch war, dass Münchens größter Rockstar klang wie ein niederbayrischer Waldarbeiter, konnte ich doch angemessen schnell reagieren. Ich trat Christian leicht auf den Fuß, zischte ihn an: »Zigarette, schnell!«, und überreichte sie generös. Meine Umsicht ging sogar so weit, dass ich, bevor ich ihm Feuer gab, kontrollierte, ob die Flammeneinstellung meines Feuerzeugs wirklich auf extraklein stand. Schließlich gab es nichts Ärgerlicheres als eine überraschende Stichflamme in Verbindung mit einer ausgehfertig toupierten Sängerfrisur. Ich deutete auf Christian. »Seine Schwester erzählt, ihr habt einen Plattendeal so gut wie in der Tasche«, versuchte ich das Gespräch zu beleben. Mark Platinum nahm seine Sonnenbrille ab und sah mich verblüfft an. »Sie ist ein hohes Tier bei der Ariola«, plapperte ich weiter. Christian schob zögernd die Unterlippe vor und nickte zustimmend.

»Echt? Was machtsn? A&R? Promoterin? Product-Managerin?«, fragte Mark.

»Ja … genau.« Plötzlich wurde mir klar, dass es nicht optimal wäre, wenn er mich jetzt nach Silvias Namen fragen würde. Vielleicht kannte er sie sogar. Er kannte sie sogar sicher und wusste, dass sie dort nur eine Lehre machte. Was hatte ich mir nur dabei gedacht? Und warum hatte mich Christian nicht aufgehalten?

»Wann ist denn euer nächster Gig?«, lenkte ich ab.

»I hob koa Ahnung. Zurzeit probn ma nur.« Nach einer längeren Denkpause gestikulierte er mit seinem rechten Arm durch den Raum und meinte: »Es san ja heid üwahaupts koane Weiba da. Habt's Lust, fahr ma ins ›Finest‹?«

Das ließen wir uns nicht zweimal fragen.

»Oiso dann …«, sagte er, setzte seine Sonnenbrille wieder auf und führte uns zu seinem Opel Kadett. Nachdem wir uns durch Unmengen von McDonald's-Abfällen gewühlt hatten, die im Fußraum und auf allen Sitzen lagen, konnte es losgehen. Chauffiert von Münchens Antwort auf Vince Neil fuhren wir in die Innenstadt. In seiner Begleitung mussten wir uns dort nicht einmal auf Silvia berufen, sondern wurden vom Türsteher begrüßt, als wären wir seit Jahren seine besten Freunde. Sobald sich die Gelegenheit ergab, zog ich Christian zur Seite. »Wir sind solche Trottel«, sagte ich, »da kaspern wir uns ewig ab, ohne dass irgendwas dabei rumkommt, und dann gehen wir einmal weg und sind mittendrin in der Szene. Warum haben wir das nicht schon früher gemacht?«

»Keine Ahnung. Aber ab jetzt wird alles anders. Scheiß auf Dirk, scheiß auf Wadl. *Wir zwei* ziehen das jetzt richtig auf.«

Entsprechend eingestimmt näherten wir uns der Bar, wo Mark den Mittelpunkt einer größeren Menschentraube bildete. Er winkte uns zu sich und stellte uns seinen Freunden vor. »Mei Band kennt's eh, oder?«, fragte er rhetorisch. Es war schwer zu sagen, mindestens acht der Umstehenden sahen aus, als müssten sie in seiner Band sein, die Frauen nicht mal mitgezählt. »Logisch«, sagte ich, »ihr seid die Geilsten. Absolute Vorbilder.« Dabei nickte ich anerkennend in die Menge, in der Hoffnung, dass sich die Richtigen angesprochen fühlten.

»Ach so, Vorbilder, echt?«, staunte Mark. »Habt's ihr a Band?«

»Klar. Wir sind Llord Nakcor«, platzte Christian ins Gespräch.

»Wie viel?«, fragte Mark.

»Llord Nakcor«, sagte ich. »Aber wir sind noch nicht ganz so weit. Unser Sänger ist gerade weggezogen.«

»Echt? Ihr habt's koan Sänger? Habt's ihr schon mit'm Tom gredt?« Als er den Namen aussprach, trat einer aus der Gruppe interessiert näher. Er hatte extrem aufgestellte Haare in einem tiefen Blauschwarz, das wirkte, als hätte er sich die Frisur aus den Probelocken gebastelt, die immer an den Preisschildern der Färbemittel hingen. Er war komplett in teures schwarzes Leder gekleidet, trug lange Strassohrringe und fingerlose Handschuhe, die aussahen wie Netzstrümpfe. Solche wollte ich mir auch schon mal kaufen, hatte aber nicht genug Geld dabei. Er sah aus wie Nikki Sixx auf dem Cover von »Shout At The Devil«.

»Habt ihr gerade über mich gesprochen?«, fragte er.

»Die zwoa suachn an Sänger.« Mark deutete auf uns.

Der falsche Sixx musterte uns ausgiebig, blickte fragend zu Mark, und als der nickte, setzte er ein leicht überhebliches Grinsen auf.

»Trifft sich gut«, sagte Tom, »ich bin Sänger und suche gerade eine Band.«

Christian und ich sahen uns überwältigt an. Wenn dieser Typ auch nur halbwegs den Ton halten konnte, hatten wir schon gewonnen. Wir schnappten Tom und setzten uns mit ihm in die ruhigste Ecke, die wir finden konnten. Wir erzählten ihm alles über uns und Llord Nakcor, beschönigten hie und da ein wenig und vergaßen auch nicht, unsere erstklassigen Beziehungen zu betonen, die bis in die Chefetagen diverser internationaler Plattenfirmen reichten. Als Beleg unserer Rockstarness zog Christian ein Bandfoto aus der Jackentasche, das er offenbar immer mit sich herumtrug. Darüber, wie wir Tom erklären würden, dass Wadl ganz anders aussah als der Mann auf dem Foto, machten wir uns in diesem Moment keine Gedanken.

Tom hörte sehr interessiert zu. Er hatte in Freiburg eine Gartenbaulehre begonnen, sie aber an den Nagel gehängt, und »weil es im Schwarzwald nicht so rockt«, war er vor einem halben Jahr nach München gezogen. Bis er die richtige Band finden würde, hatte er vor, weiter als Roadie für Live Wire zu arbeiten und »mit den Jungs rumzuhängen, weil die einfach wissen, wo's langgeht«.

Am liebsten wären wir sofort in den Proberaum gefahren und hätten die ganze Nacht mit ihm unser Programm durchgespielt, aber den Schlüssel hatte der Kummerlos, daher würde diese Tür das ganze Wochenende über verschlossen bleiben. »Wir brauchen einen neuen Raum«, flüsterte mir Christian zu, »dringend. Das ist ja total unprofessionell.« Zum Abschied tauschten wir mit Tom Telefonnummern aus.

Draußen auf der Straße übermannten mich meine Gefühle und die Biere, die ich den ganzen Abend über in mich hineingeschüttet hatte. Ich fiel Christian um den Hals und gab ihm einen Kuss auf die Wange.

»Was ist denn jetzt los?«, fragte er entsetzt.

»Alles«, presste ich hervor, während ich meine Tränen mit dem Handrücken verwischte und meine Nase geräuschvoll den Rotz hochzog. »Einfach alles. Das ist alles so stark. Du und ich. Der Pakt. Und die Band. Mit dem Tom. Hast du gehört, wie geil das geklungen hat, als der vorhin mitgesungen hat?« Christian wusste sofort, wovon ich sprach.

»Bei ›Everyone's A Star‹? Das war total krass. Original so hoch wie der Sänger von TNT. Voll die menschliche Hundepfeife. Als ob es nichts wäre.«

Bis zum Anschlag vollgepumpt mit Adrenalin, nahmen wir uns auf dem Heimweg eine komplette Liste von Aufgaben vor, die unbedingt innerhalb der nächsten Tage erledigt werden mussten. Neben dem Rausschmiss von Wadl und der Suche nach einem neuen Proberaum ging es dabei vor allem um den nächsten Abend, an dem wir, bitte schön, noch einmal dasselbe Programm haben wollten.

## DER PADUH-MANN

Jetzt, da wir wussten, wie es funktioniert, nahmen wir leichte Modifikationen vor – mehr Make-up, besseres Outfit – und trafen uns direkt vor dem »Roxx«. Nach dem, was wir am Vortag erlebt hatten, war ich auf alles gefasst. Ich stellte mir vor, wie wir den Laden betreten und sofort alle Aufmerksamkeit auf uns ziehen würden. »Hey, hey, Moment, immer einer nach dem anderen«, hörte ich mich rufen, »stellt euch bitte in einer sauberen Reihe auf, jeder kommt dran, es ist genug Llord Nakcor für alle da!«

Leider sah es im »Roxx« nicht wesentlich anders aus als am Tag zuvor, obwohl wir mehr als eine Stunde später dran waren. Ein schmierig aussehender Mann stand am Tresen und unterhielt sich mit dem Barkeeper. »Ich steh schon auf Weiber«, sagte er, »aber alles, was älter ist als achtzehn, kommt für mich nicht in Frage. Das ist ein totales Paduh für mich.«

»Ein *was* ist das für dich?«, fragte der erstaunte Wirt.

»Ein Paduh halt. Verboten. Sperrgebiet«, versuchte sich der Mann an einer Erklärung.

»Ich glaube, er meint Tabu«, flüsterte mir Christian ins Ohr.

Der Wirt hätte seinen Beruf verfehlt, wenn er an dieser Stelle auf die Aussage oder das Vokabular des Mannes mit dem wahnsinnig bunten Hemd näher eingegangen wäre.

Stattdessen holte er einen Würfelbecher, fragte uns, ob wir mitspielen wollten, »Mäxchen, der Verlierer zahlt eine Runde Pils«, und ließ ihn plappern. Christian und ich waren durch die vielen Jungsabende zu leidlich erfahrenen Spielern geworden, zudem setzten wir uns hintereinander, so konnte ich ihm schöne Vorlagen geben. Das bunte Hemd mit dem Clark-Gable-Bärtchen war zwar ein Schwätzer vor dem Herrn, aber ein ebenso erbärmlicher Lügner. Natürlich nahm ihm der pfiffige Wirt nicht ab, dass er in jeder Runde angeblich eine 63 warf. Nachdem die ersten fünf Runden auf ihn gegangen waren, gab er vor, keine Lust mehr zu haben. Er legte ein paar Zehner auf den Tresen, die er umständlich aus einer Geldscheinklammer zog. Diese war mit einem Metallteufel samt Hörnern, Dreizack und allen übrigen Teufelsaccessoires verziert, der einer vollbusigen Frau von hinten ordentlich zeigte, wo der Bartel den Most holt. Cooles Teil.

Durch die innerhalb von wenigen Minuten auf ex getrunkenen Biere wurden Christian und ich einigermaßen redselig. Aufgekratzt bedankten wir uns mehrmals beim Wirt für den geilen Abend, den wir am Vortag in seiner Kneipe erlebt hatten, und schwärmten davon, wie wir ab sofort, dank der Hilfe von Mark Platinum, den wir in seinem Lokal kennengelernt hatten, als Band die Welt erobern würden. Der Schmierant, der eigentlich schon halb zur Tür raus war, merkte plötzlich auf. Er setzte sich wieder zu uns, bestellte eine neue Runde Pils und stieg in unser Gespräch ein. Es dauerte nicht lange, da hielt er unser Bandfoto in Händen und fragte mich, ob wir ein Demotape hätten, das er sich mal anhören könnte. »Uns ist vor den Aufnahmen etwas dazwischengekommen«, erklärte ich, »aber ist ja nicht so wichtig, man sieht ja, dass wir geil aussehen.«

Er sprang auf, als hätte man ihn angezündet. »Bullshit!«, rief er. »Bullshit hoch zehn!« Er brauchte einige Momente, um sich wieder zu fassen, dann hielt er in gemäßigterem Ton seinen Vortrag: »Damals, als ich noch A&R-Manager bei der Ariola war, bekam ich Dutzende von Demos. Jeden Tag. Total professionell aufgemachte Teile mit aufwändig gedruckten Broschüren dabei. Bunt, mit allem Schnickschnack, in der Hochglanzversion. Als würde sich eine Druckerei bewerben und keine Band. Jede einzelne von diesen Kapellen hat versucht, sich über die Optik zu verkaufen. Und alle hatten Looks, aber nur die wenigsten hatten Skills.« Er sah mich fordernd an. »Habt ihr Skills?«

»Logisch«, sagte ich. »Skills!«

Noch ehe ich darüber nachdenken konnte, was genau er von mir wollte, ergriff Christian das Wort. »Meine Schwester arbeitet auch bei der Ariola. Da habe ich erst bemerkt, was für ein Riesenapparat das ist«, sagte er.

»Deine Schwester ist ein Riesenapparat?«, fragte der Mann und kicherte über seinen eigenen Witz.

»Nein, die Ariola«, antwortete Christian, dem entgangen war, dass der Mann gerade lustig sein wollte. Die kleinen Informationshäppchen, mit denen der Typ uns fütterte, fand ich interessant genug, um nachzufragen, was es mit ihm auf sich hatte. Er heiße Gunnar, sagte er, und nach seiner Zeit als enorm wichtiger, festangestellter Bestandteil der deutschen Musikindustrie habe er sich als Producer und Manager selbständig gemacht.

»Was macht denn so ein Manager?«, wollte ich wissen.

»Der schaut, dass alles glattläuft«, sagte Gunnar. »Künstler haben es gerne, wenn man sie in Ruhe lässt, damit sie ihre Kunst entfalten können.«

»Ich würde jetzt gerne in Ruhe saufen«, sagte Christian, wofür er von mir einen Schienbeintritt kassierte.

»Genau dafür ist ein Manager da«, konterte Gunnar. »Er macht die Arbeit, damit sich der Künstler um nichts kümmern muss. Aber egal, ich muss jetzt weg. Release-Party von Wendy and Lisa. Bei Virgin Records gibt es immer ein riesiges Buffet.« Er sortierte die Scheine in seiner Geldklammer neu, klopfte auf den Tresen und legte im Gehen seine Visitenkarte hin. Ich hielt ihn auf und schrieb hastig meine Telefonnummer auf einen Zettel, den er unter den arschfickenden Luzifer steckte, bevor er uns endgültig verließ.

»Schwätzer«, sagte Christian.

»Ja, Riesenarschloch«, sagte ich.

»Zivilbulle, oder? So wie der aussah.«

»Keine Ahnung. Aber für einen Zivilbullen ist ein Schnauzer eine saudumme Tarnung, findest du nicht?«, gab ich zu bedenken. Ich wandte mich an den Wirt: »Was glaubst du, war das ein Zivi?«, fragte ich ihn.

»Der Gunnar? Blödsinn. Der ist fast immer hier. Das ist einfach nur der Gunnar. Das komplette Gegenteil von einem Bullen.«

»Warum hast du dem denn deine Nummer gegeben?«, fragte Christian.

»Keine Ahnung. Ich hab gedacht, das macht man so.«

Wie schon am Vortag wurde es auch diesmal erstaunlich schnell lauter und rappelvoll. Wir blieben an der Bar sitzen und hofften darauf, jemanden vom Vorabend wiederzutreffen. Doch weder Mark Platinum noch sonst ein bekanntes Gesicht waren zu sehen. Wir schalteten langsam in den Leerlauf.

»Was der Dirk jetzt wohl macht?«

»Tja, was macht man denn so an der Nordsee?«

»Wahrscheinlich steht er im Watt und schreit die Krabben an«, hörte ich ihn noch sagen, als sich völlig unerwartet ein Weichzeichner über die Szenerie legte. Ein Licht im Raum wurde hell und heller. Ich hatte höchstwahrscheinlich eine Epiphanie. Inmitten des Tumults stand plötzlich das schönste Mädchen, das ich je gesehen hatte. Lange brünette Haare, mit einem Gesicht wie Schneewittchen, die Augen, eingerahmt von langen, geschwungenen Wimpern, waren beinahe so groß wie die Kreolen, die an ihren Ohren baumelten. Sie trug ein neongrünes Stretchkleid, das sie vermutlich absichtlich eine Nummer zu klein gekauft hatte. Ich rammte Christian so hart meinen Ellbogen in die Seite, dass ihm sein Pilsglas abhandenkam. »Da!«, stammelte ich und machte ihn auf sie aufmerksam. »Da!«

»Mein lieber …«, staunte Christian, »schade, dass sie nicht rothaarig ist.«

»Blödsinn, die ist genau richtig. Die ist so süß, von der würden sich Ponys ein Poster an die Stallwand hängen.«

»Dann würd ich mal hingehen«, lachte Christian und schubste mich leicht von meinem Barhocker.

»Logisch. Warte nur auf den passenden Moment. Wie ein Raubtier«, sagte ich und setzte mich wieder. Ich ging meine Möglichkeiten durch. Es kam nicht in Frage, sie einfach so anzusprechen, denn sie war ja mit ihrer Freundin da, also in der Überzahl. Vielleicht konnte ich die Freundin irgendwie zu Christian bugsieren, dann wäre mein Weg frei. Ich drehte mich zu ihm um und sah, wie er einen Pariser aufblies und versuchte, einen Hund daraus zu formen. »Hab ich mir vorhin am Automaten gekauft«, erklärte er stolz. »Auf dem Klo. Willst du auch einen?«

Diese Möglichkeit fiel also schon mal aus. Ich könnte einfach ein Bier kaufen und es ihr in die Hand drücken. Doch auch das erschien mir nicht sehr überzeugend. Bei einer Frau wie dieser musste man bestimmt mit besseren Argumenten kommen als mit einem lächerlichen Pils. Ich winkte den Wirt zu mir. »Die da hinten, ist die öfter da?«

»Nicht schlecht, was?«, sagte er. »Ja, die ist immer samstags da. Und an jedem Donnerstag, zum Bingo.« Ich setzte zu einer Anschlussfrage an, doch der Wirt bewies erstaunliche mentale Fähigkeiten, indem er sie beantwortete, bevor ich sie stellen konnte. »Glaub nicht, dass sie einen Freund hat. Die kommt immer nur mit ihrer Freundin«, grinste er mich breit an.

Ich grübelte noch eine Weile, doch als sie sich mit ihrer Freundin unterhielt, bemerkte ich, dass sie sich beim Sprechen jedes Mal die Hand vor den Mund hielt. Verdammt, dachte ich. Bestimmt hat sie schiefe Zähne. Doch dann sagte ihre Freundin etwas, und beide lachten laut los. Da sah ich diesen wunderschönen, verlockenden Mund mit den phantastisch geraden, strahlend weißen Zähnen, die garantiert über Jahre hinter einer festen Zahnklammer versteckt gewesen waren. Die Hand war sicher nur eine Angewohnheit aus ihrer Zeit als Raupe, vor dieser beeindruckenden Metamorphose.

Mir wurde klar, dass ich nicht länger warten durfte. Ich riss mich zusammen, glitt elegant vom Hocker und ging gemäßigten Schrittes auf sie zu. Als ich etwa zwei Meter von ihr entfernt war, überkamen mich erste Zweifel, bei einem Meter fünfzig leitete ich das Abbiegen ein, um schließlich einen Meter an ihr vorbei zur Tür zu gehen.

Zuerst versuchte ich noch, kontrolliert und langsam zu

schreiten, doch als ich über die Schwelle nach draußen getreten war, lief ich los. Ich rannte wie ein Irrer, bis mich die Schmerzen an der Ferse, verursacht durch meine Stiefel, zum Stehenbleiben zwangen. Den Kopf voller Leere, zündete ich mir eine Zigarette an, lief in einer dunklen Schwabinger Hofeinfahrt im Kreis und schlug vor Wut mit der Faust den Korb vom Gepäckträger eines abgestellten Fahrrads, weil nichts Besseres in der Nähe war.

Was war ich nur für ein erbärmliches Würstchen! Zu feige, um etwas so Einfaches zu bewerkstelligen, wie ein Mädchen anzusprechen. Etwas, das vermutlich jeder andere an meiner Schule jedes Wochenende tat. Ich hasste mich in diesem Moment so abgrundtief, dass ich mir sogar wünschte, ich wäre einer von den Normalen. Ein nettes Hobby, vielleicht im Sportverein und eine Freundin zum Händchenhalten. So wie alle halt. Ich humpelte langsam weiter nach Hause und überlegte schon, wie ich Christian beibringen würde, dass ich alles hinschmeiße, als mir plötzlich einfiel, dass ich Christian ja völlig vergessen hatte. Der saß noch im »Roxx« und fragte sich wahrscheinlich, was mit mir passiert war.

Egal, ich konnte ihm ja irgendwas von »zu viel Pils« erzählen und dass mir schlecht geworden war. Mist, die vielen Pils. Ich musste umkehren, ich hatte ja überhaupt nicht bezahlt. Doch nach wenigen Metern in der Gegenrichtung erinnerte ich mich, dass alles, was ich getrunken hatte, auf Gunnars Rechnung gegangen war. Das besserte meine Laune etwas. Ich sammelte mich, machte wieder kehrt, diesmal in Richtung Heimat, und dachte darüber nach, ob es eventuell eine andere Möglichkeit gab, mein Problem in den Griff zu bekommen. Unterricht könnte helfen. Vielleicht würde ich einfach mal bei Christians Schwester anrufen und sie fragen, wie das mit den Mädchen so funktioniert.

Zwei Tage später ging es mir wieder einigermaßen gut. Ich hatte zwar immer noch die Absicht, mir das Aufreißen beibringen zu lassen, und es war zugegebenermaßen auch immer noch dringend, aber es fühlte sich nicht mehr ganz so lebensnotwendig an wie noch am Samstagabend. Mittlerweile war mir die Suche nach einem neuen Proberaum wieder ebenso wichtig. Eigentlich hatte ich deshalb vorgehabt, in der Zeit zwischen Schule und Probe die Schwarzen Bretter der umliegenden Supermärkte nach Aushängen abzusuchen. Doch um eine ausgefallene Geschichtsstunde nachzuholen, mussten wir bis zwei Uhr in der Schule bleiben. In nur einer Stunde Pause wie ein Irrer herumzulaufen hätte sich nicht gelohnt, also ging ich mit Christian an einen Imbissstand in der Nähe, wo wir mit einer Pizza im Stehen Mittagessen simulierten.

Wir dachten, vielleicht gehen wir einfach ein bisschen früher in den Proberaum, wer weiß, ob der Gröschl seine Zeit voll ausnutzt. Wir hatten ihn schon seit Monaten nicht mehr gesehen. Als wir in den Keller kamen, hörten wir aus dem Raum in unglaublicher Lautstärke »Eruption«, das legendäre Solo von Eddie van Halen. »Hat er es endlich doch noch gelernt«, sagte Christian. Wadl hatte sich daran versucht, seit wir ihn kannten, und war bisher immer schon nach wenigen Takten gescheitert. Das Stück war einfach zu schnell, zu virtuos für ihn. Umso erstaunlicher dieser plötzliche Fortschritt. Es klang beinahe wie von Platte, war es aber eindeutig nicht, weil er zwischendurch absetzte und einzelne Passagen wiederholte. »Respekt«, sagte ich, »wenn er jetzt noch zwanzig Kilo abnimmt und sein Gesicht ein paarmal gegen die Wand schlägt …«

Doch als wir den Raum betraten, stand da kein Wadl, sondern Gröschl, den Rücken zur Tür gewandt, mit einer Hand solierend, während er mit der anderen an Wadls Verstärker herumschraubte. Wegen des brutalen Lärms hatte er uns nicht hereinkommen hören. Als er kurz absetzte, räusperte ich mich lautstark. Er erschrak dermaßen, dass er im Umdrehen mit dem Hals seiner Gitarre am Cellostuhl hängenblieb und es kurzzeitig klang wie im Krieg.

»Geht das noch lauter?«, fragte ich amüsiert.

»Ja, das geht schon noch lauter!«, schrie Gröschl und schaltete den Verstärker blitzschnell auf Stand-by. Man sah ihm an, wie peinlich es für ihn war, von uns ertappt worden zu sein. »Hey, tut mir echt leid … Ich hab aber aufgepasst. Wirklich. Ich hab mir alle Reglerpositionen genau gemerkt und hätte alles wieder exakt so eingestellt. So wie es war«, stotterte er.

»Ja, das passt schon. Kein Problem«, sagte ich.

»Ich wusste gar nicht, dass du auf solche Musik stehst.«

»Doch, klar. Schon immer«, antwortete er.

»Aber erzähl mal, wo hast du das denn gelernt?«

»Das kommt vom Cello«, sagte er. »Ich spiele ja schon ewig, da werden die Finger mit der Zeit ziemlich schnell. Und dann habe ich zu meinem letzten Geburtstag die Gitarre bekommen. Seitdem habe ich immer hier geübt. Euer Gitarrist hat doch nichts gemerkt, oder?« Wir schüttelten den Kopf. Man musste allerdings zugeben, dass Wadl weder detektivisch begabt noch sonderlich penibel war, wenn es um seine Anlage ging. Er schaltete sie einfach nur zu Beginn der Probe ein und am Ende wieder aus. »Ich arbeite zweimal die Woche im Getränkemarkt bei uns um die Ecke«, erzählte Gröschl, »blöde Pfandkisten stapeln und alten Leuten das Wasser heimtragen. Aber da verdiene ich ganz gut. Nächste Woche gibt es wieder Geld, dann kann ich mir endlich einen eigenen Marshall kaufen. Ich will so ein Kombiteil mit Box.«

Bei genauerem Hinsehen machte Gröschl einen viel gesünderen Eindruck als früher, auch seine Akne schien mittlerweile einigermaßen unter Kontrolle zu sein. Nur noch vereinzelte kleine Narben auf der rechten Wange und ein paar rote Flecken auf der Stirn verrieten die unbeschreiblichen Pubertätsqualen, unter denen er gelitten haben musste. Beim Friseur war er wohl auch schon länger nicht mehr gewesen. Gut, Christian und mich würde er nie einholen können, aber wenn man ihm noch etwa ein halbes Jahr Zeit gab, würde er das Schlimmste überstanden haben.

An die Phase, in der er sich gerade befand, konnte ich mich noch vage erinnern. Die furchtbaren Monate, in denen die Spitzen an der Schulter anklopfen und sich wieder und wieder aufsplissen, bis sie dieses Hindernis endlich überwunden haben. Christian warf einen Blick auf seine Uhr. »Kurz vor drei, der Wadl kommt gleich. Mach besser den Amp aus«, sagte er. »Aber …« Er legte eine kleine Pause ein und sah mich fragend an. Ich verstand, was er meinte, und nickte. »… wenn du Lust hast, dann kommen wir morgen schon um eins, dann können wir ein bisschen zusammen spielen.«

»Ich? Mit euch spielen?«, fragte Gröschl. Seine Freude war echt. »Das wäre super. Klar, gerne. Ihr kommt dann einfach, und ich bin ja sowieso da.« Nachdem er gegangen war, hatte ich keine Lust mehr, mit Wadl zu proben.

»Glaubst du, das ist eine gute Idee?«, fragte ich Christian.

»Mit dem Gröschl?«

Ich nickte.

»Sieht besser aus als der Wadl, spielt besser und, ganz wichtig, verehrt uns«, sagte er.

»Ja, ja, genau, ist dir das auch aufgefallen? ›Das wäre voll super, wenn ich mit euch spielen könnte‹«, zitierte ich Gröschl fast wörtlich. »Bisschen arg untertänig, oder? Aber nett.«

»Ja, nett«, meinte Christian, während Wadl hereinkam. Christian ließ ihm nicht einmal Zeit, seine Gitarre auszupacken, und konfrontierte ihn gleich mit der vollen Wahrheit. »Du, Wadl ...«, sagte er, »der Andi und ich, wir haben uns überlegt, dass es keinen Sinn mehr hat mit Llord Nakcor. Dieses ewige Geprobe ohne Sänger bringt ja auch nichts. Also haben wir beschlossen, die Band aufzulösen.«

Wie immer, wenn er von einer Situation überfordert war, starrte Wadl den Boden an. »Scheiße«, sagte er, »und ich hab mir erst am Wochenende eine neue Klampfe gekauft. Extra wegen der Band.«

»Oh, das ist blöd. Auf der anderen Seite – die wird ja nicht schlecht. Die kannst du doch immer brauchen.«

»Stimmt auch wieder. Aber schade ist es halt. Wirklich schade«, sagte Wadl, nahm seinen Gitarrenkoffer wieder in die Hand und ging. Kurz bevor er die Tür erreichte, kam er noch einmal zurück, umarmte zuerst Christian und dann mich und sagte: »Aber eine geile Zeit war es schon, oder?«

»Logisch, Wadl. Geile Zeit. Rock and Roll!«, bestätigte ich. Er ging wieder zur Tür und drehte sich noch mal zögerlich um. »Ach, eins noch«, sagte er, »könnte mir einer von euch die Tür aufmachen? Mir hauts da immer eine drauf.«

Wir warteten noch einen Moment, bis wir uns sicher waren, dass er nicht noch einmal zurückkam und fragte: »Aber, nur dass ich des richtig verstehe, heut proben wir nicht mehr?« Dann packten wir unsere Sachen zusammen und klopften zum Abschied mit ernsten Mienen auf Wadls Verstärker.

»Was denkst du?«, fragte Christian, ohne mich dabei anzusehen.

»Ach, gar nichts«, sagte ich, und wir sprachen nie mehr darüber.

Weil unser Telefon so ungünstig im Flur postiert war, dass man von allen Zimmern aus ohne große Anstrengungen mithören konnte, kamen sehr lange oder private Gespräche für mich nur dann in Frage, wenn meine Eltern noch arbeiten waren. Für alles Wichtige ab 17 Uhr musste ich darum zur Telefonzelle am Josephsplatz, in der es in wechselndem Rhythmus entweder nach vielen nassen Hunden oder nach der Pisse vieler nasser Hunde stank.

Ausgestattet mit einer Faustvoll Zehnpfennigstücke ging ich hin, um bei den Döbels anzurufen und abzuwarten, wer dranging. Wenn Christian abgehoben hätte, hätten wir eben eine kleine Unterhaltung darüber geführt, wie es mit der Band weitergehen sollte, und ich hätte es am darauffolgenden Tag bei Silvia im Büro versuchen müssen. Doch ich hatte Glück. Schon nach dem ersten Klingeln hob sie ab. »Ach, du bist es nur«, sagte sie. »Ich warte auf den Rückruf von dem blöden Möbelhaus.«

»Was denn für ein Möbelhaus?«, fragte ich, ohne mich für die Antwort zu interessieren.

»Die Ariola hat mich nach der Lehre übernommen«, erzählte sie aufgeregt, »jetzt kann ich mir meine eigene Wohnung leisten. Nächste Woche zieh ich um. Zwei Zimmer, Kochnische, Dusche, gleich hinterm Schlachthof.«

»Hey, Glückwunsch«, sagte ich und lenkte das Gespräch anschließend sofort auf das Wesentliche, nämlich auf mich. Als ich ihr meine Episode mit der Brünetten in der von den größten Peinlichkeiten befreiten Version geschildert hatte, blühte sie förmlich auf. Offenbar genoss sie die Rolle der großen ratspendenden Schwester, die sie bei Christian schon länger nicht mehr spielen durfte. Ich war froh, sie angerufen zu haben, denn auf die Tipps, die sie mir gab, wäre ich von selbst nie gekommen. Ich bedankte mich und versprach, über meine Erfolge ausführlich zu berichten. Zu Hause machte ich schnell den Teil der Hausaufgaben, den ich am nächsten Morgen nicht abschreiben wollte, und setzte mich dann an einen Masterplan für die Band. Dazu legte ich eigens ein Ringbuch an, in das ich alles schrieb, was mir einfiel: Unter »Lookz« listete ich penibel sämtliche Maßnahmen auf, durch die sich unser Outfit verbessern ließe. Im Kapitel »Soundz« stand, welche Songs schon gut waren und wo Handlungsbedarf bestand. Der Abschnitt, in dem ich neue Tricks mit den Instrumenten beschrieb, bekam den Titel »Movez«. Ich hatte schon in meinem Zimmer geübt, den Bass so über die Schulter nach hinten zu werfen, dass er nach einer kompletten Körperumrundung vorne wieder ankam, wie ich es bei den Gitarristen von Cinderella gesehen hatte. Die machten es aber auf der Bühne und nicht in ihrem zwei Meter siebzig hohen Kinderzimmer, wo man verdammt aufpassen musste, dass man sich die Kopfplatte des Instruments nicht an der Decke ruinierte. Gerade als ich dabei war, den Lackschaden am Korpus meines Basses zu begutachten, weil sich während des Wurfes der Gurt aus seiner Halterung gelöst hatte, rief meine Mutter, da sei ein Anruf für mich.

»Hier ist der Gunnar. GB Productions. Kannst du dich an mich erinnern?«, sagte das Telefon. Natürlich konnte ich das, es waren schließlich gerade mal zwei Tage vergangen, seit er unseren Abend durch miserables Würfeln finanziert hatte.

»Pass auf«, sagte er, »ich habe was ganz Heißes für euch. Bist du auch angeschnallt?«

»Worum geht's denn?«

»Ich habe da eine getroffen, Barbara heißt sie, die will ganz groß rauskommen. Und die hat die *financial backings,* weil ihr Freund einen Haufen Kohle hat. Der ist irgend so ein Banker oder Industriemagnet, verstehst du?«

Ich verstand nichts, außer dass man mit einer Klage gegen den Typen, der Gunnar das Fremdwörterlexikon verkauft hatte, gute Chancen hätte.

»Ja, okay, und?«, versuchte ich, der Sache auf den Grund zu gehen.

»Und die braucht eine Band. Ich hab ihr von euch erzählt. Gut, ich hab ein bisschen geschwindelt und ihr erzählt, dass ich euch manage, weil ihr das nächste große Ding seid. Aber wichtig ist ja nur, die will uns treffen. Übermorgen im ›Finest‹.« Uns? Sagte er *uns?* Mir war gar nicht klar, dass es ein »uns« gab.

»Aber wir sind doch schon eine komplette Band«, sagte ich. Das war zwar minimal übertrieben, aber im Kern doch wahr. Es fehlte im Grunde genommen nur ein neuer Proberaum, damit wir professionell genug für Tom waren. Und wir mussten darauf vertrauen, dass »Eruption« nicht das einzige Stück war, das Gröschl spielen konnte, dann wären wir endlich wieder vollzählig.

Gunnar erzählte mir umständlich, wie er auf Barbara gestoßen war und welches Potential diese Frau bot, doch ehrlich gesagt war ich nicht besonders interessiert an dieser Geschichte.

»Aber ihr könnt euch doch wenigstens mal anhören, was die Alte zu bieten hat. Ihr habt doch nichts zu verlieren dabei. Oder hast du Angst vor Frauen?«, fragte er und lachte blöd.

»Ich und Angst vor Frauen?«, sagte ich und lachte noch viel blöder. Mit seiner idiotischen Bemerkung hatte er mich, ohne es zu ahnen, an meinem wundesten Punkt getroffen. In einer Kombination aus Trotz und Schutzmechanismus sagte ich sofort zu. Zuerst würde ich am Mittwoch keine Angst vor der Sängerin haben und dann einen Tag später noch weniger vor dem brünetten Schneewittchen beim Bingoabend im ›Roxx‹. Ich legte auf, ging zurück zu meinem Ringbuch, heftete eine neue Seite ein und überschrieb sie mit »Ladyz«. Vorsichtshalber setzte ich ein Fragezeichen dahinter.

# FRAUEN IM ROCK

Nachdem wir eine Stunde geprobt hatten, taute Gröschl langsam auf. »Meine Freunde nennen mich Stefan. ›Gröschl‹ ist so unpersönlich«, bot er verhalten an.

»Stefan? Ich weiß nicht«, sagte Christian. »Magst du dir keinen Künstlernamen geben, das klingt doch viel cooler.«

»Um Gottes willen!«, sagte Gröschl entsetzt. »Würde ich nie machen. Wenn man Deutscher ist, wirkt das doch total provinziell.«

Von dieser Warte aus hatten wir es noch nie betrachtet. Vielleicht sollten wir wirklich zu unseren eigenen Namen stehen, wenn die Band bekannter wurde. Das war ja auch nur noch eine Frage der Zeit, denn gerade waren wir durch die ersten drei Stücke unseres Programms gefegt, als wären wir schon immer in dieser Konstellation gewesen. Dabei hatten wir zuvor jeden Song nur zweimal durchgespielt. Beim ersten Durchgang merkte sich Gröschl die Abfolge der Akkorde und fragte ab und zu nach, war aber insgesamt schon sehr sicher. Beim zweiten verfestigte er das gerade Gelernte, und jetzt beim dritten Mal klang es schon interessanter und einfach besser, als es mit Wadl je geklungen hatte. Mit steigender Sicherheit fing er an zu improvisieren – nicht übertrieben, sondern immer genau dann, wenn es der Song brauchte. Innerhalb weniger Stunden brachte er unsere Kompositionen auf eine völlig neue Ebene. »Ich finde euer

Programm wirklich super …«, sagte er, »aber euer Gitarrist, ich möchte ja nichts Böses sagen, der hat sich schon immer für die einfachste Lösung entschieden. Da kann man viel mehr machen. Wenn ihr mir einen Tag Zeit gebt, dann denke ich mir zu jedem Song was Gutes aus.« Christian warf mir einen erstaunten Blick zu, bevor er antwortete. »Ich finde es schon jetzt tausendmal besser als vorher.« Doch Gröschl zog seine Unter- über die Oberlippe und sagte: »Na ja, da kann man schon noch dran feilen. Ich hab auch ein paar Ideen, muss ich nur ausarbeiten. Also, wenn ihr das möchtet.«

Es war gar nicht auszudenken, wie gut wir werden könnten, wenn es bei der ersten Probe schon so toll funktionierte. Wir wollten gar nicht mehr aufhören zu spielen, und wir mussten es auch nicht. Schließlich waren wir ja schon um ein Uhr gekommen und konnten Gröschls Übungszeit und unsere anschließenden zwei Stunden zu einem ganzen Nachmittag im Proberaum verbinden.

Im Solo von »Sex Police« machte Gröschl einen Trick mit seinem Tremolohebel, der über fünf Takte ging und mich deshalb immer aus dem Rhythmus brachte. Bei Wadl gab es keine »fünf«. Es gab eine »eins« oder eine »drei«, wie in Volksmusiksendungen im Fernsehen. Dort konnte man Miles Davis hinstellen und ein Solo im 8/13-Takt spielen lassen, das weichgeschunkelte Publikum würde trotzdem auf eins und auf drei klatschen. Ich musste diese Bürde der Vergangenheit erst loswerden.

»Können wir das bitte noch mal machen? Steigen wir gleich vorm Solo ein. Jetzt hab ich es«, sagte ich, Christian zählte ein, Gröschl fummelte an seinem Tremolo und die Tür ging auf. Wir hörten schlagartig auf zu spielen. Wadl stand im Raum. Er schloss die Tür von innen und bekam dabei einen kräftigen Schlag. Es vergingen einige Zehntelsekunden, bis er begriff, was gerade vor seinen Augen passierte.

»Ja, der Wadl. Grüß dich, wie geht's?«, faselte ich.

»Wadl. Es ist nicht, wonach es aussieht«, faselte Christian.

»Ich kann das erklären!«, faselte ich.

Wadl sah uns beide nur traurig an.

»Mit meinem Verstärker!«, presste er leise hervor.

»Nein, du verstehst das ganz falsch«, sagte Christian.

»Es sind keine Gefühle im Spiel!«, sagte ich und musste mich dabei wahnsinnig anstrengen, meine Mundwinkel unten zu halten. Wadl ging zu seinem Verstärker, schaltete ihn theatralisch aus, quetschte sich umständlich hinter die Box, um den Stecker aus der Leiste zu ziehen, nahm den Marshall und stand im nächsten Moment schon wieder in der Tür. »Ich wollte doch bloß meinen Verstärker holen«, sagte er. »Wie konntet ihr nur?« Er ignorierte den zweiten, deutlich hörbaren Schlag, den ihm die Klinke versetzte, und zog die Tür mit Wucht hinter sich zu.

»Aber Wadl. Wir lieben doch nur dich!«, rief ihm Christian nach und fiel vor Lachen brüllend von seinem Schlagzeughocker.

»Wir lieben doch nur dich!«, echote ich. Auch mir standen schon Lachtränen in den Augen. »Geh nicht! Bitte bleib doch …«

Nur Gröschl deutete etwas verloren auf das Loch, in dem einst der Marshall stand. »Und jetzt?«, fragte er.

»Jetzt kaufen wir uns ein Bier«, sagte Christian. »Das haben wir uns bei diesem Trennungsschmerz ja wohl redlich verdient.«

Als Christian und ich am folgenden Abend ins »Finest« kamen, wartete Gunnar schon an der Bar. Ich informierte Christian im Vorfeld, so gut es ging, wusste aber selbst nur noch die Hälfte von dem, was Gunnar mir am Telefon erzählt hatte.

»Es geht wohl darum, dass jemand der Tante gesagt hat, dass der Gunnar ihr persönliches Problem lösen kann«, fasste ich meine Erinnerungen zusammen. Gunnar sah uns im Halbdunkel umherirren und winkte uns übertrieben gestikulierend zu sich heran. Er bestellte zwei Pils für uns und einen Baileys auf Eis für sich. »Baileys«, sagte er verträumt, »da könnte ich mich reinlegen.« Bevor Barbara kam, wollte er uns noch rasch auf den aktuellsten Stand bringen.

»Folgendes, Sportsfreunde«, sagte er. »Die Alte denkt, sie kann groß rauskommen, so Doro-Pesch-mäßig: Sie vorne und die Band eher relativ weit hinten, so … Nebensache halt. Das Ganze würde auch unter ihrem Namen laufen.«

»Wie heißt sie denn?«, wollte Christian wissen.

»Barbara«, sagte Gunnar und deutete dabei auf mich, »hab ich ihm doch schon erzählt.«

»Barbara – und weiter?«

»Keine Ahnung, Schneider, glaub ich. Oder Fischer. Ist aber egal, sie nennt sich Barbee.«

»Wie die Puppe?«

»Mit zwei e hinten.«

Statt näher auf die Orthographie einzugehen, kam Christian zum Punkt. »Und was wäre da für uns drin? Ich meine, warum sollen wir das überhaupt machen?«

»Also, die hat einen reichen Stecher, der ihr alles, wirklich alles bezahlt, Tonstudio, Video, das ganze Trara. So wie andere Bonzen ihrer Alten eine Boutique mit Klamotten für

Fette einrichten. Und natürlich hat sie von Musik null Ahnung, das heißt, ihr würdet auch alle Songs schreiben.«

»Du meinst –«

Gunnar vervollständigte meinen Satz. Wir würden kostenlos zu Aufnahmen, Fotos und Videos kommen. Damit hätten wir, falls das Ganze wie erwartet in die Hose geht, gratis Promo-Material, und falls es doch funktionieren würde, Anrecht auf Tantiemen von der GEMA. Wie diese Gesellschaft funktionierte, wusste keiner, den man fragte, so genau. Auch Gunnar nicht. Sämtliche Versuche, der Sache auf den Grund zu gehen, liefen darauf hinaus, dass die Gastronomen zeterten und wehklagten, weil ihnen die GEMA monatlich für das Abspielen von Platten den ungefähren Gegenwert eines Mittelklassewagens abknöpfte. Die Musiker, die schon einmal ein Stück im Radio laufen hatten, berichteten dagegen von winzig kleinen Schecks, die einmal im Jahr ins Haus flatterten. Auf den beiliegenden Abrechnungen könnte man verwirrende Kürzel lesen, aus denen niemand schlau wurde. Manchmal wurde man darüber informiert, dass ein Lied im finnischen oder belgischen Radio gelaufen sei, dafür bekam man 2,18 DM oder vielleicht auch 4,88 DM. Aber solange es Geld gab, bemühte sich keiner ernsthaft darum, zu verstehen, wie das alles genau zusammenhing.

»Win-win«, sagte Gunnar und übersetzte auch gleich: »Ihr habt rein gar nix zu verlieren!« Er deutete in Richtung Eingang. »Obacht! Da vorne ist sie.«

Wir schauten alle drei so unauffällig wie möglich hin, während sie es sich an einem kleinen Tisch in der Nähe der Tanzfläche bequem machte. Sie schien nicht die Mühsal auf sich nehmen zu wollen, einmal durch den Laden zu gehen

oder wenigstens ihren Blick wandern zu lassen, um festzu-
stellen, ob wir schon da waren. Wir warteten, bis Gunnar mit
seinem Likörchen fertig war, dann standen wir von unseren
Barhockern auf und gingen in ihre Richtung. Als wir uns auf
knapp zehn Meter genähert hatten, erkannten wir, dass Barbee nicht mehr die Taufrischeste war, obwohl sie in ihrer
Hochglanzhose, die so eng am Körper anlag, dass es wirkte,
als hätte sie ihre Beine der Einfachheit halber schwarz la-
ckiert, eine ganz ordentliche Figur abgab. Doch als wir uns
noch weiter näherten, vermochten auch ihre supernuttigen
roten Overknee-Stiefel, die ihr Dekolleté fast von unten hätten stützen können, nicht darüber hinwegzutäuschen, dass
Barbee sich mitten in einem Prozess befand, den auch alles
Geld ihres Gönners nicht aufzuhalten vermochte.

Sie war eine dieser Frauen, wie man sie öfter im dritten
Programm in Gesundheitsmagazinen oder sonstigen Ratge-
bersendungen das Gnadenbrot abmoderieren sieht. Einst-
mals sicher eine gutaussehende Frau, doch nun mit sich
und dem Alterungsprozess schwerstens im Unreinen. Sie
war geschätzte Mitte vierzig, glaubte aber wohl, mit der
Kraft der Chirurgie als Ende zwanzig durchzugehen. Durch
die Arbeiten an ihrer Augenpartie sah sie jedoch eher aus
wie ein Uhu, dem ein finsteres Geheimnis anvertraut wurde,
mit dem er nicht klarkommt. Ein verstörter Uhu Anfang
sechzig. Hätte der Chirurg noch einmal mehr sein Knie in
ihren Nacken gestemmt und ihr die Gesichtshaut nach hinten gezogen, hätte sie praktisch keinen toten Winkel mehr
gehabt.

Gunnar hatte uns reingelegt. Es gab allerhand zu verlieren. Zum Beispiel den Ruf. Man würde auf ewig als Begleit-
combo einer »rüstigen Kleinkünstlerin« gelten, das Rock-

Pendant zu den swingenden Herrschaften, die in den Fernsehshows der siebziger Jahre immer verschwommen im Hintergrund zu sehen waren, wenn vorne eine Caterina Valente oder Marika Rökk unter Beweis stellte, dass Arthrose und Showtreppe eine durchaus schlagkräftige Entertainment-Kombination bilden können. Wer sich mit dieser Frau einließ, würde künftig nie mehr auch nur einen Fuß in die Tür vernünftiger Bands bekommen.

Aber da wir nun schon mal hier waren, konnten wir uns auch Barbees Geschichte anhören. Nachdem Gunnar uns bekannt gemacht hatte, erzählte sie ohne langes Geplänkel, dass ihr Freund ein ziemlich berühmter Schauspieler sei, ein TV-Bösewicht, den man aus sämtlichen München-Krimis kenne. Er sei zwar verheiratet, aber zwischen ihm und seiner Frau laufe schon ewig nichts mehr. Mit ihr, Barbee, würde zwar auch nichts mehr laufen, aber das liege nicht an ihr, sondern an der Tatsache, dass er »einfach nur gerne zusieht«.

Zum Zeitvertreib hatte sie eine Grünwalder Freundin, ebenfalls Schauspielerin, mit der sie viermal im Jahr an den »Lago« fuhr, womit in ihren Kreisen nicht wie im restlichen München der Gardasee gemeint war, sondern der Comer See. Dort stiegen die beiden immer im selben Hotel, einem »Five-Star-House«, ab und ließen sich von der gesamten Belegschaft, O-Ton Barbee, »à la carte durchbürsten«. Innerhalb von zwei Minuten hatte es diese Frau nicht nur geschafft, die gesamte Filmbranche als komplett sexbesessen darzustellen, sie gab uns auch wesentlich mehr Informationen über sich selbst, als wir haben wollten. Dazu kam, dass ich den Eindruck nicht loswurde, ständig von ihr gemustert zu werden. Auch Christian glotzte sie auf den Hintern oder zwischen die Beine, wenn er gerade abgelenkt war. Lieber Gott, diese Frau war vermutlich älter als meine Mutter! Ich wollte ganz sicher nichts, aber auch gar nichts darüber erfahren, von wem oder warum sie »durchgebürstet« wurde. Doch ehe es so weit kommen konnte, dass ich mit zugehaltenen Ohren und »LALALALALA!« schreiend durchs »Finest« rannte, kam sie auf den eigentlichen Anlass unseres Treffens zurück. Um die musikalische Zusammenarbeit zu besprechen, schlug sie vor, dass wir uns am nächsten Tag in einem Bistro in Grünwald treffen sollten, wo auch ihr »Lover« anwesend sein würde. »Dann können wir gleich Nägel mit Köpfen machen«, sagte Barbee.

Lover. Nägel. Köpfe. LALALALALA!

Am nächsten Abend konnte ich aber nicht, da hatte ich nämlich schon was vor, es war Donnerstag beziehungsweise Bingotag, wie ich ihn seit einigen Stunden in meinem Kopf nannte. Ich schob also eine »wichtige Familiensache« vor und gab Christian in Anwesenheit von Barbee und Gunnar die Vollmacht, für mich mitzuentscheiden, falls irgendwelche zukunftsweisenden Deals abgeschlossen würden.

Am nächsten Tag stand ich nach der Schule auf dem Elisabethmarkt neben dem Stand, an dem die beiden netten alten Damen seit fünfzig Jahren ein durchgebrochenes Wiener Würstchen zwischen zwei Brötchenhälften als »Wienersemmel« verkauften und ausnahmslos jeden Schüler fragten: »Mit süßem oder mit scharfem Senf?« Fünfzig Jahre lang geschätzte zweihundert Wienersemmeln pro Wochentag minus Ferien, das machte ungefähr zwei Millionen Senffragen. Also eine Million pro Würstlstandfrauenleben.

Unsinn wie dieser ging mir durch den Kopf, als ich vor

dem Blumenstand noch einmal rekapitulieren wollte, was mir Silvia bei unserem Telefonat eingetrichtert hatte: »Jede, absolut jede Frau braucht Blumen.« Allerdings galt es, laut Silvia, einige Klippen zu umschiffen. Sträuße, egal in welcher Größe, seien »übertrieben«, rote Rosen auch, wenn man noch kein Paar wäre. Eine rosafarbene Rose hingegen sei genau das, was ich brauchte: eindeutig genug, zugleich aber unverfänglich und auf tölpelhafte Weise liebenswürdig.

Machte das Aussuchen noch irgendwie Spaß, war mir der konkrete Kaufvorgang doch etwas unangenehm. Es war nur eine einzelne Blume, aber ich fühlte mich dabei ebenso unwohl wie in den Geschäften, wo man das Eis am Stiel nicht selbst aus der Truhe nehmen konnte. Nach einem »Nucki Nuss« oder »Gino Ginelli« zu verlangen ging einfach nicht. Zu kindisch, zu peinlich. *Infantinelli.* Dann lieber kein Eis, sondern eine Schachtel John Player.

Zu Hause wickelte ich ein feuchtes Tempo um den Anschnitt, wie mir der Verkäufer geraten hatte, und versteckte die Rose unter meinem Bett.

Am Abend packte ich sie umständlich in eine sehr große Plastiktüte, um sie so aus der Wohnung zu schmuggeln. Ich tat das ganz automatisch und mit einem eingebauten schlechten Gewissen, als hätte ich von meinen Eltern deswegen etwas zu befürchten. In Wahrheit wäre das Schlimmste, was hätte passieren können, gewesen, dass mein Vater gesagt hätte: »Oho, ein Rosenkavalier. Wo sind denn Frack und Fliege?« Selbst dann wäre ich schon eingeknickt und hätte gestammelt: »Die ist für die Mama. Weil ich sie so liebhabe.« Alles war einfacher, als mit unbekannten Gefühlen und fremdartigen Situationen konfrontiert zu werden und darüber mit seinen Eltern sprechen zu müssen.

Mit meinem komplizierten Blumen-Tüten-Arrangement kam ich sehr früh im »Roxx« an. Ausreichend Gelegenheit, den Wirt zu bitten, meine Rose hinter dem Tresen zu verstauen, und mir die offiziellen Kneipenbingoregeln erklären zu lassen. Es klang nicht sehr kompliziert. Der Wirt zieht Zahlen aus einer Lostrommel und ruft sie aus. Dann muss man sie, sofern vorhanden, auf seinem Bingoschein markieren. Derjenige, der als Erster alle Zahlen auf seinem Schein markiert hat, schreit »Bingo!« und hat gewonnen. Ein Bingoschein kostete zwei Mark, dafür winkten hundert Mark als Hauptgewinn. Mit meinem großen Durst spekulierte ich eher auf den zweiten Preis, einen Meter Pils, aber grundsätzlich ging es ja um etwas viel Wichtigeres. Auf meinem Barhocker ließ ich den geplanten Ablauf des Abends vor meinem geistigen Auge vorbeiziehen. Entscheidend war vor allem der genaue Zeitpunkt des Roseneinsatzes. Sie durfte keinesfalls zu früh überreicht werden, am besten erst, nachdem ich einige Gläser Pils aus meinem noch zu gewinnenden Meter spendiert hatte. Anschließend ein lockeres Gespräch, bei dem es laut Silvia darauf ankam, immer gut zuzuhören und dabei interessiert auszusehen. Dann würde ich ihr von der Band erzählen. »Mein Drummer und mein Manager sitzen übrigens gerade in einem wichtigen Meeting in Grünwald.« Das klang toll. »*Mein* Drummer. *Mein* Manager.« Wenn sie daraufhin anbeißen würde, was eigentlich gar keine Frage mehr war, wusste ich schon sehr genau, was ich mit ihr machen würde. Eigens zu diesem Zweck hatte Al Gores Frau Tipper zusammen mit ihren Freundinnen von der Sauberfrau-Organisation PMRC eine Liste veröffentlicht, auf der *die gefährlichsten Lieder der Welt* verzeichnet waren, die »Filthy Fifteen«. Wenn man die

Texte dieser Songs auswendig lernte, dann wusste man besser darüber Bescheid, was Frauen wollen, als das komplette Doktor-Sommer-Team. Und ich konnte »Eat Me Alive«, »Let Me Put My Love Into You« und »Animal (Fuck Like A Beast)« vorwärts und rückwärts mitsingen.

Ich kaufte also einen Bingozettel und wartete. In der Zwischenzeit kamen immer mehr Gäste herein, doch noch immer keine Spur von der schönen Namenlosen. Eine Viertelstunde später war es schon richtig voll, der Wirt legte Bingomusik auf, irgendein sehr langes Instrumentalstück von Malmsteen, und griff sich sein Mikrophon. Neben mir am Tresen stand ein Typ, der wohl ein großer Fan von Miami Vice war. Schon seine Bundfaltenhose war ein erstes Indiz dafür, doch in Kombination mit der türkisfarbenen Lederkrawatte und einem Jackett, an dem er die Ärmel zweimal umgekrempelt hatte, damit man das Innenfutter sehen konnte, wurde daraus Gewissheit. Er hatte vor sich mindestens acht Spielscheine liegen. Acht Scheine? Betrug! Wettbewerbsverzerrung! Warum war mir das nicht eingefallen? Der Wirt fing an, die Zahlen vorzulesen. Ich war nicht darauf gefasst, dass er zu jeder Zahl einen witzigen Merkspruch vorbereitet hatte. »Zweiundzwanzig. Zwei kleine Entchen. Quak, quak. Wir haben die Zweiundzwanzig«, oder: »Neunundsechzig, danach lechz' ich. Wir haben die Neunundsechzig.«

Ich blickte auf meine Uhr, zur Tür und wieder auf die Uhr.

Während ich noch drei Lücken auf meinem einsamen Schein hatte, fehlte Sonny Crockett nur noch eine Zahl, wie jeder der Umstehenden problemlos mitbekam. »Kamm on, achtundachtzig, kamm on!«, brüllte er ohne Unterlass. Es folgte eine Reihe weiterer Zahlen, ohne dass es einen Gewinner gab, aber als auch mir nur noch eine Zahl fehlte, zog der Wirt postwendend die 88. »Achtundachtzig. Zwei dicke Schneemänner. Wir haben die Achtundachtzig«, schrie er.

»Kamm on, achtundachtzig, kamm on!«, schrie der Pasinger Don Johnson wieder und hielt seine auf den Kopf geschobene Sonnenbrille am Bügel fest, damit sie beim Auf- und Abwippen nicht herunterfiel. Ich tippte ihn kurz an und deutete auf den Wirt, der den beschrifteten Tischtennisball noch in der Hand hielt. Nachdem der Groschen gefallen war, schrie er: »Kamm on! BINGO! Kamm on!« Ein genervtes Raunen durchzog das Lokal, der Kasper bekam seinen Hundertmarkschein, steckte ihn ein und brüllte: »Kamm on, dreiundsiebzig, kamm on!« Mittlerweile fehlte ihm nämlich auf einem seiner anderen Scheine auch nur noch eine Zahl, und das Spiel ging weiter, der Meter Pils musste ja raus. Noch immer keine Brünette, als der Wirt sagte: »Vierzehn. Es ist Valentinstag. Wir haben die Vierzehn.«

Meine Zahl. Ich hatte gewonnen! »Bingobingobingo!«, schrie ich.

»Sauber gemacht!« Don Johnson klopfte mir auf die Schulter. Wahrscheinlich wollte er ein Freipils schnorren, aber das konnte er sich in die gegelte Frisur schmieren. Der Wirt gratulierte mir und kündigte die nächste Runde an, die in einer Stunde beginnen sollte. Ich fragte ihn, wie viele Pils in einem Meter drin wären und ob ich die nacheinander, am besten auf mehrere Abende verteilt, haben könnte. Er sagte, dass es ein Dutzend seien, und nein, keine Chance, ein Meter sei ein Meter, den gebe es nur auf einmal, sonst hieße er ja zwölf mal acht Komma noch was Zentimeter. »Okay«, sagte ich, »dann stell mal hin.«

Ich überschlug schnell im Kopf, welche Menge an Bier da auf mich zukam. Im Grunde genommen war es gar nicht so wahnsinnig viel, die Gläser waren ja ziemlich klein. Er stellte die zwölf Pils vor mir auf den Tresen, angeordnet auf einem runden Tablett. »Der Meter ist mir im letzten Monat kaputtgegangen«, sagte er und meinte damit das traditionelle Holzgestell, auf dem die Gläser normalerweise angeordnet wurden. Er zuckte entschuldigend mit den Schultern. »Auf einem Gast. Betriebsunfall.«

Ich reichte ihm gönnerhaft eines meiner Gläser, stieß mit ihm an und trank das erste Pils auf ex. Danach trank ich das zweite und das dritte ebenfalls auf ex. Nach dem vierten musste ich aufs Klo, es war durch meine Speiseröhre gelaufen, im Magen wie ein Gummiball kurz aufgeditscht und ohne Umweg sofort wieder nach draußen gehüpft. Dabei war mir gar nicht schlecht. Es wollte nur nicht unten bleiben. Ich sollte es wohl ab sofort ein wenig langsamer angehen lassen. Während ich an meinem fünften Pils kaute, kam sie endlich durch die Tür. Auch diesmal wieder mit ihrem blonden Schatten. Aber heute gab es kein Zögern, ich hatte aus dem letzten Mal meine Lehren gezogen. Ich stürzte mein Pils und auch noch das nächste. Gut, dachte ich, eines noch nachlegen, oder besser zwei, dann stand mein Mutregler auf elf. Ich fragte den Wirt nach meiner Tüte, schälte die Blume heraus und ging ohne Umweg auf sie zu.

Ich überreichte meiner Göttin die Rose, wofür sie sich überrascht mit einem Küsschen bedankte. Wir unterhielten uns angeregt, sie lächelte und spielte in einem fort mit dem Zeigefinger in ihren Haaren, als ihre blonde Freundin plötzlich stolperte und unglücklich stürzte.

Ich hatte ganz ehrlich keine Ahnung, weshalb die Blondine eine ganz andere und total hanebüchene Version der Geschichte erzählte: Sie behauptete tatsächlich, ich hätte

»meine dämliche Rose« in das Pilsglas ihrer Freundin gestellt, »Die ist für dich. Ich liebe dich, Scheiße noch mal. Kapierst du das denn nicht?« gebrüllt und dann sie, die Blonde,
weil ich der Brünetten einen Sitzplatz anbieten wollte, brutal von ihrem Hocker geschubst, wobei sie gestolpert und
mit ihrem Hinterkopf auf dem Tresen aufgeschlagen sei.

Unfassbarerweise bestätigten Don Johnson und auch die
Brünette diese Darstellung, was letztendlich dazu führte,
dass mich der Wirt, der ja überhaupt nichts von alldem mitbekommen hatte, hinauswarf und mit Flüchen und Lokal-
verbot belegte.

Am nächsten Morgen wachte ich mit großer Sorge auf.
Hatte ich nach dem Heimkommen eventuell den Klovorle-
ger gegessen? Mein Mund fühlte sich jedenfalls an, als wäre
er mit einem Flokati ausgeschlagen. Der Kopf war eigentlich
in Ordnung, zumindest waren da keine besonders starken
Schmerzen, aber mir war noch immer wahnsinnig schlecht.
Ich war unsicher, ob das am Alkohol lag oder an der Erinne-
rung an meinen peinlichen Auftritt. Vorsichtshalber ging ich
ins Bad und steckte mir den Finger in den Hals, was weniger Spaß machte als vermutet. Doch wenigstens beseitigte
es den fiesen Druck im Magen.

Allerdings waren da immer noch der Kneipengeruch in
meinen Haaren, der Schweiß auf meiner Haut und jede
Menge ausgedünsteter Alkohol. Ich stank so ekelhaft, man
hätte mit mir einen Wald entlauben können. An jedem anderen Tag wäre ich aus dem Haus gegangen, hätte ein paar
Blockrunden gedreht, bis meine Eltern zur Arbeit aufgebrochen waren, und mich sofort wieder hingelegt. Die Unterschrift meiner Mutter auf den Entschuldigungen bekam ich
mittlerweile ohne Probleme hin. Doch ich musste unbedingt

erfahren, wie es Christian am Vorabend in Grünwald ergangen war. Deshalb ließ ich nur die erste Stunde sausen, nutzte die Zeit, um zu duschen, und ging dann, eingehüllt in eine Wolke Apfelduschgelduft, zur Schule.

Ich kam pünktlich zu einer Doppelstunde Geschichte, was sehr angenehm war, denn Herr Neubert machte zwar ab und zu kleine Witzchen über unsere Haare, ließ uns aber darüber hinaus in Ruhe. »Wusstet ihr, dass schon die alten Ägypter das Blut eines schwarzen Kalbes gekocht haben, um damit das Ergrauen zu verhindern?«, fragte er etwa auf Christian deutend, der blauschwarz schimmernd aus dem Fenster starrte. Als ich einmal frisch blondiert in seinen Unterricht kam, fragte er mich, ob ich ein Grieche sei. »Blond galt dort als die Farbe der Götter. Die haben mit Safran und Gold gearbeitet. Trägst du Gold auf deinem Haupte?« Er meinte es nicht böse, und alles in allem war er erträglicher als die meisten seiner Kollegen.

Ohne jegliche Begrüßung erzählte mir Christian, wie sein Abend in Grünwald verlaufen war. Barbee hatte gleich eine ganze Handvoll Freundinnen mitgebracht, die Hälfte davon kannte er aus dem Fernsehen, und alle – bei ihm war es eher ein *ALLE* – waren mit schwerstem Gerät geliftete alte Frauen, die allesamt sehr direkt darauf zu sprechen kamen, dass sie an seine bislang unberührte Rockröhre wollten. Es muss ein wirklich widerliches und unwürdiges Spektakel gewesen sein, jedenfalls habe er sich gefühlt »wie ein Tier im Zoo«.

»Das Allerschlimmste war, die sahen alle gleich aus. Die Nasen, die Lippen, die Mimik. Absolut identisch. Als hätten sie irgendeinen genetischen Defekt.« Er schüttelte sich. Barbees Schauspieler-Lover war keine große Hilfe, erzählte er weiter. Statt Businesspläne, Karriereentwürfe, Studiobuchungen oder Ähnliches auf den Tisch zu legen, ging sein Interesse eher in die Richtung, Christian und Gunnar mit Barbee samt Anhang »performen zu sehen«.

Ich quetschte jedes kleine Detail aus Christian heraus, ließ mir genau schildern, wie diese Frauen aussahen und was sie anhatten. Mich interessierten solche Details wirklich. Genau wie die Moderatorinnen, die auf dem roten Teppich vor der Oscar-Verleihung von jeder Schauspielerin wissen wollen: »*Who* are you wearing?« Wobei die Antwort auf *diese* Frage tatsächlich nur dann spannend wäre, wenn einmal zufällig Ed Gein vorbeikäme, der Massenmörder, der sich Kleidung aus der Haut seiner Opfer geschneidert hatte: »Jetzt, wo Sie es ansprechen … Ich habe die Kleinen gar nicht nach ihren Namen gefragt.«

Christian berichtete weiter, dass niemand in der gesamten Runde auch nur den Hauch einer Ahnung von Musik oder dem Musikgeschäft hätte. »Das gefiel dem Gunnar natürlich. Der hat denen nur Scheiße erzählt, und die halten ihn jetzt für einen Halbgott.« Als es im Bonzenbistro langweilig wurde, waren sie in irgendeine Villa in der Nachbarschaft weitergezogen, wo sie offenbar mitten in eine Party gerieten. »So was hab ich wirklich noch nie gesehen«, sagte er. »Die hatten ein Hallenbad im Haus, da konnte man direkt vom Wohnzimmer aus reinspringen. Und das Wohnzimmer war so groß wie ein Saal. Überall nur alte Leute, und alle total spitz. Einmal, als mich niemand beobachtet hat, hab ich die Tür zu einem Zimmer aufgemacht. Mich hat interessiert, was da drin ist. Vielleicht ein Wasserfall. Aber weißt du was? Da haben es welche getrieben, und es waren ganz sicher mehr als zwei.« Er machte eine Pause, um seine

Gedanken neu zu sortieren. »Jedenfalls war da diese Alte, Trixi hieß die. Die hat mich ziemlich ausgefragt.«

»Wie ausgefragt?«

»Über unsere Band und darüber, was ich von der Barbee halte. Die denken alle, dass sie spinnt.«

»Wie spinnt?«

»Weil sie singen will. Die meinen, dass sie sich damit lächerlich macht. Sie soll zusehen, dass sie die Kohle von ihrem Alten ausgibt, das wäre schon genug Arbeit, sagt Trixi.«

»Und was hast du der dann gesagt?«

»Über die Barbee hab ich nur gesagt, dass ich sie gar nicht so gut kenne. Aber ich hab ihr erzählt, dass wir im Moment einen Proberaum suchen.«

»Und dann?«

»Das war so ekelhaft ...« Er machte wieder eine Pause.

»Jetzt lass dir doch nicht alles aus der Nase ziehen.«

Er versuchte konzentriert mit dem Nagel seines rechten Daumens imaginären Schmutz unter dem Nagel seines linken Zeigefingers zu entfernen und fuhr noch leiser fort.

»Also, dann hat sie mich gefragt, ob ich mit ihr tanzen will. Ich sag, dass ich gar nicht tanzen kann. Da sagt sie, dass es gar nicht so wichtig wäre, und schon war sie mit ihren Fingern an meinem Hosenstall.«

»Und du hattest sofort einen Ständer?«, lachte ich.

»Logisch. Aber die war so furchtbar alt und so widerlich. Dann hat sie mir erzählt, dass ihr die Villa gehört, in der wir waren. Und dass sie mir bei dem Proberaum helfen kann, wenn ich brav zu ihr bin.«

Ich konnte die Spannung kaum ertragen. »Und? Und? Jetzt erzähl halt!«, drängte ich.

Er seufzte. »Jetzt haben wir einen Proberaum. In Giesing. Den können wir uns heute Nachmittag anschauen.«

»Das ist ja total geil«, platzte ich etwas zu laut heraus und klopfte ihm auf die Schulter.

»Hey, hey, Kameraden, ihr seid nicht alleine hier«, rief Herr Neubert in unsere Richtung. Ich hob entschuldigend eine Hand und flüsterte: »Aber den spannendsten Teil hast du ausgelassen. Was war jetzt mit der Alten?«

Er sah mir direkt in die Augen und schüttelte leicht den Kopf. Doch als ich nicht lockerließ und ihn wiederholt auf den Oberarm boxte, setzte er schließlich an. Es fiel ihm aber nicht leicht. »Es war so brutal«, sagte er, »die hat mich in ihr Schlafzimmer gezogen und mir sofort die Hose runtergerissen. Als ich die Altersflecken auf ihren Händen und die Falten am Hals gesehen habe, ist mein Schwanz fast nach innen verschwunden, so klein ist der geworden. Ich wollte nur noch weg. Da hab ich ihr gesagt, dass ich sie toll finde, aber leider schwul wäre.«

»Du hast *was* gesagt?«

»Ja, was hätte ich denn machen sollen? Ich dachte, das wird sie verstehen, da kann man nichts machen, da muss sie mich in Ruhe lassen. Schwulsein ist wie die Karte beim Monopoly, mit der man aus dem Gefängnis freikommt.«

»Natürlich. Und das hat *nicht* funktioniert?«

»Überhaupt nicht. Im Gegenteil, das hat sie noch *extra*-scharf gemacht. Sie hat sofort meine Eier in den Mund genommen. Die Eier! Alter, das war so geil. Ich hab natürlich gleich wieder einen Ständer bekommen. ›Sieht doch gar nicht so schwul aus‹, hat sie dann gesagt. Dann hat sie sich auf mich gesetzt und immer geschrien: ›So jung! So jung!‹ und ›Komm zu Mama! Komm jetzt zu Mama!‹

Es war die Hölle. Ich kann meine Mutter gar nicht mehr ansehen.«

»Du hat es für die Band getan.«

»Ja, aber mein erstes Mal habe ich mir schon anders vorgestellt.«

»Okay, du hast was gut bei mir.« Ich klopfte ihm auf die Schulter.

»Obwohl, heute Morgen hat sie mich von einem Fahrer mit ihrem Jaguar in die Schule chauffieren lassen, das war gar nicht so übel.«

»Was hat denn eigentlich der Gunnar die ganze Zeit über gemacht?«, fragte ich nach einer kleinen Pause.

»Keine Ahnung, glaubst du, ich hätte darauf auch noch aufpassen können? Heute um drei treffen wir uns jedenfalls mit der Trixi in Giesing.«

Das Haus, das Christian als Treffpunkt genannt hatte, stand in einer kleinen Obergiesinger Seitenstraße. Dieses Viertel war längst nicht so prunkvoll wie die Maxvorstadt, aber sehr nett. Hier gab es eine Menge kleiner Schreinereien, Schuhmachergeschäfte und andere Handwerksbetriebe, die die Innenhöfe belebten, und die U-Bahn fuhr direkt bis zu uns durch. Weil wir deutlich zu früh dran waren, setzten wir uns gegenüber in »Pavel's Stüberl«, eine typische Altherrenkneipe. Die wenigen Gäste sahen uns zwar misstrauisch an, und das halbe Hähnchen, das wir uns teilten, schmeckte leicht nach Fisch, aber immerhin konnte man durch das Fenster die Straße gut einsehen. Wir hatten gerade bezahlt, als ein Jaguar einbog, der hier in dieser dörflichen Umgebung fast ebenso deplatziert wirkte wie wir. Als er hielt, stiegen Barbee und Gunnar händchenhaltend aus, gefolgt von einer Frau, die als Barbees Mutter durchgegangen wäre. Hier bestand Klärungsbedarf.

»Hallo, Kleiner. Schon wieder frisch?«, fragte die alte Frau.

»Hallo, Trixi«, sagte Christian etwas verlegen. Ich starrte das Drama entsetzt an. Als Christian erzählt hatte, sie sei »alt«, dachte ich, so wie Barbee oder unsere Mütter. Aber das da war »uralt«, das war Franzbranntwein, Stützstrümpfe, Friedhof. Das war beinahe sechzig!

»Das ist so pervers, Alter«, sagte ich kopfschüttelnd zu Christian, als die drei weit genug vorausgegangen waren, »und dein Schwanz ist ein Kriegsheld.«

Er schämte sich in Grund und Boden und ging schneller, um zu den anderen aufzuholen, die durch den Hinterhof auf ein altes, einstöckiges Gebäude zugingen. Es sah wie eine verlassene Werkstatt aus. »Das war einmal ein Hufschmied«, erklärte Trixi. »Aber das lohnt sich jetzt ja nicht mehr. Steht jetzt schon ein paar Jahre leer.«

»Hat die Schmiede Ihnen gehört?«, fragte ich.

»Schätzchen, mir gehört alles hier«, lachte sie und machte eine weit ausholende Armbewegung. »Von der Querstraße da vorne bis fast zum Ostfriedhof. Zwei Blocks.« Sie schloss die Tür auf und führte uns hinein. Die ehemalige Werkstatt war riesig, mindestens sechzig Quadratmeter groß, mit einer Kochnische, in der sogar noch ein funktionierender Kühlschrank stand. Am hinteren Ende führte eine Tür zu einem kleinen Bad mit Toilette. Natürlich gab es einiges zu renovieren, der Boden war blanker Estrich, und überall staubte es. Aber alles in allem war es das Paradies – der beste Proberaum, den ich je betreten hatte.

Gunnar meinte zu Barbee und Trixi: »Warum geht ihr beiden nicht auf einen Kaffee und lasst die Jungs in Ruhe eine Entscheidung treffen?«

Nachdem sie gegangen waren, fragte ich nach. »Wie ist das denn jetzt? Wenn wir den Raum nehmen, dann haben wir die Barbee am Hals, oder? Die eierleckende Oma ist doch ihre Freundin.«

Gunnar schüttelte den Kopf. »Die Barbee hat seit gestern andere Pläne. Ich hab sie davon überzeugt, dass sie mit volkstümlicher Musik viel mehr Kohle machen kann. Da fehlt noch so eine richtig versaute Schlampe. Das ist genau ihre Marktlücke.«

»Und wir?«, fragte ich noch einmal nach. »Wir können den Raum trotzdem haben?«

»Klar«, sagte Gunnar, »dafür hat dein Schlagzeuger gesorgt. Der hat gestern jemanden sehr glücklich gemacht.«

»Können wir vielleicht endlich über etwas anderes reden?«, jammerte Christian.

»Ja, gleich«, sagte Gunnar, »nur eins noch. Ich hab noch nie erlebt, dass sich jemand so für seine Musik und seine Band aufgeopfert hat wie du gestern Nacht. Das zeigt mir, dass ihr es wirklich ernst meint. Ich würde euch ehrlich wahnsinnig gerne managen.«

Christian schlug sofort in Gunnars ausgestreckte Hand ein. »Als Manager hast du Schweigepflicht, oder? Kein Wort darüber, was ich gestern gemacht habe, verlässt diesen Raum.«

»Klar. Schweigepflicht. Jetzt muss nur noch jemand dafür sorgen, dass das auch die Alte erfährt. Die hat es vermutlich schon ihrem kompletten Golfverein brühwarm erzählt.«

Christian wurde unruhig. »Jetzt hör aber auf!«

»Sieh's positiv«, sagte Gunnar lachend. »Du wirst dich vor Anfragen nicht mehr retten können.«

Ich hatte auch nichts dagegen einzuwenden, von Gunnar gemanagt zu werden, es gab ja nicht viel, was er hätte kaputtmachen können.

Als Barbee und Trixi zurückkamen, war nur noch ein letzter Punkt zu klären, schließlich waren wir Schüler, die nur Taschengeld bekamen, und der Gröschl wurde in seinem Getränkemarkt auch nicht reich.

»Macht euch keine Sorgen wegen der Miete. Ich hab von euch schon mehr bekommen als erwartet«, sagte Trixi und blickte zufrieden in Christians Richtung. »Zahlt mir einfach, was ihr könnt. Der Schuppen hat schon so lange leer gestanden, darauf kommt es wirklich nicht an.«

Schon am nächsten Tag räumten wir den Proberaum in der Schule und zogen mit unserem Kram und Gröschls neuem Verstärker in unser neues Zuhause. Gunnar war die ganze Zeit über dabei und half beim Renovieren. Offenbar hatte er sonst nicht viel zu tun. Nur später am Abend, als wir genug vom Arbeiten hatten und eine Runde rockten, verabschiedete er sich, weil er zu Barbee wollte.

»Ich dachte immer, du stehst nur auf junge Frauen«, sagte ich.

»Stimmt ja auch. Ich stell mir einfach vor, statt einer Fünfundvierzigjährigen wären da drei Fünfzehnjährige«, sagte er, bevor er sich in eine andere, fremde Welt aufmachte und uns zurückließ in unserer, die auch schon mal heiler gewesen war.

## DER GEZUCKERTE
## FRONTMANN

»Klar komm ich sofort. Ich warte doch nur drauf, dass du dich endlich meldest.« Tom klang begeistert. Gleich nachdem wir unsere Sachen in den Proberaum gestellt hatten, war ich zur Telefonzelle vor »Pavel's Stüberl« gegangen und hatte ihn angerufen. Keine halbe Stunde später stand ein silberner Ford Scorpio im Hof, beladen mit einem Bierkasten und einer kompletten Gesangsanlage. Hektisch bauten wir sie auf und schlossen alle Verstärker an, um endlich loslegen zu können, als uns auffiel, dass wir überhaupt nicht wussten, was wir spielen sollten. Tom kannte unsere Songs nicht, Gröschl hatte nichts von Mötley Crüe drauf. Nach einigem Überlegen fanden wir in »Breaking The Law« von Judas Priest eine gemeinsame Basis. Spätestens bei »Highway To Hell«, das Tom gleich zu »Hairway To Hell« umtextete, gab es keine Zweifel mehr. Wir hatten unseren neuen Sänger gefunden. Tom konnte nicht nur besser singen und mindestens so hoch schreien wie Dirk, er performte auch sofort, sprang und rannte herum wie angestochen. Als wäre er nach jahrelanger Gefangenschaft endlich freigelassen worden.

»Und, was meint ihr?«, fragte er keuchend und setzte sich auf den blanken Fußboden.

»Herzlich willkommen bei Llord Nakcor«, sagte Christian.

»Na, dann ist das hier mein Einstand.« Tom zog den Kasten Bier zu sich heran und gab jedem von uns eine Flasche. »Wisst ihr eigentlich, wie Mötley Crüe auf die Idee mit den Umlauten gekommen sind?«, fragte er und deutete, ohne eine Antwort abzuwarten, auf das Etikett seiner Flasche. »Löwenbräu. Der Name hat ihnen so gefallen, dass sie sich daran bedient haben.«

»Eigentlich komisch, weil das ja eigentlich überhaupt nicht schmeckt. Aber mit Augustiner hätte es halt nicht funktioniert«, meinte Christian.

Durch seine Tätigkeit als Roadie bei Live Wire war Tom nicht einmal annähernd ausgelastet. Deshalb sah sein sehr geregelter Tagesablauf vor, dass er nach dem morgendlichen Besuch im Fitnessstudio in den Friseursalon ging, in dem seine Freundin Moni die lauteste Nervensäge in einem Haufen herumhühnernder Schrillschrauben war. Dort bekam er einmal pro Woche seinen Haaransatz nachgedunkelt und die Spitzen geschnitten. Anschließend führte ihn seine Routine über die Stehpizzatheke vor dem Adria in der Leopoldstraße direkt zum Taekwondo-Training, wo die herablassenden Sprüche über die langen Haare und seine Kleidung schlagartig aufgehört hatten, als er die Schwarzgurtprüfung beim ersten Versuch bestand.

Seit dieser Woche schien sein Leben endlich wieder einen Sinn zu haben. Während wir noch in der Schule saßen, stand er schon frühmorgens im Proberaum und sägte und bohrte, verlegte den Teppich und strich die Wände. Anders als die meisten Sänger war er tatsächlich auch abseits der Bühne nützlich. Natürlich war der Ausbau des Übungsraums nur eine zwischenzeitliche Krücke, die ihm half, seine Hyperaktivität zu kanalisieren, aber wenn wir am frühen Nachmittag dort ankamen und eine strahlend weiße Wand im Bad sahen, war uns herzlich egal, warum sogar der nagelneu verlegte Kabelschacht mit Teppich verkleidet war.

Auf dem Weg zum Erfolg wollten wir uns nicht länger als nötig mit banalen Handwerkspflichten aufhalten. Wir ließen deshalb einige Schulstunden ausfallen, um Tom so gut wie möglich unterstützen zu können. Während wir Eierkartons an den Wänden befestigten und kleine Podeste für das Schlagzeug und die Boxen bauten, hatten wir eine ständige Besucherin. Eine etwa fünfundachtzigjährige, winzig kleine, gebückt gehende Frau, die im Vorderhaus wohnte. Sie kam das erste Mal von Neugierde getrieben in den Raum, weil sie von außen das Licht brennen sah. Sie klopfte und öffnete die Tür in einer einzigen Bewegung, gleichzeitig schrie sie: »Bin's bloß i, die Frau Strasser!« Diesen Satz hörten wir in den darauffolgenden Monaten beinahe jeden Tag. Sie sah uns, als wir auf dem Boden kniend Rigipsplatten mit Leim bestrichen, um sie mit Steinwolle zu bekleben, und hielt uns fortan für einen Trupp junger Bauarbeiter. Sie stellte zwar Fragen, verstand aber die Antworten nicht oder nur teilweise, weil sie an Taubheit grenzend schwerhörig war.

»Ihr seid's Handwerksburschen, gell?«, erkundigte sie sich der Form halber.

»Nein, Musiker«, antwortete Christian.

»Ja, ja. Lustiger is scho!«

»Nein, Musiker! Musikanten, verstehen Sie?«

»Was baut's ihr denn da rein? Des is ja so lang leer gestanden, da hinten.«

»Einen Proberaum, gute Frau. Weil wir Musikanten sind!«

»Auweh, ich hab ja Kartoffeln aufgsetzt. Da muass i glei nachschaun!«

Weg war sie. Die Unterhaltungen mit ihr waren zwar etwas ermüdend, aber die Aussicht, dass zumindest einer der Anwohner sich garantiert nicht über zu laute Musik beschweren würde, gefiel uns.

Den Umgang mit Steinwolle als »unangenehm« zu bezeichnen wäre stark untertrieben. Selbst wenn man danach mehrere Tage lang ununterbrochen duschte, juckte es dermaßen, dass man sich die Haut mit seinen rotglühenden, geschwollenen Händen vom Fleisch reißen wollte. Ich bot freiwillig an, zum Metzger zu gehen und Wurstsemmeln für alle zu kaufen, um mir ein paar Minuten Auszeit zu nehmen. Als ich dabei an der Telefonzelle vorbeikam, fiel mir wieder ein, dass ich Silvia noch für ihren exzellenten Rat mit der Rose danken wollte. Gut, sie hatte nicht wörtlich empfohlen, vorher einen knappen Meter Pils auf ex zu trinken, aber in meinen Augen trug sie wenigstens eine Teilschuld an meinem Desaster, und das würde sie auch zu hören kriegen.

Ich rief sie im Büro an und schilderte ihr alles, woran ich mich noch erinnern konnte. Gerade als ich ansetzte, ihre Tipps in alphabetischer Reihenfolge auseinanderzunehmen, platzte sie mir dazwischen: »Du hast es total versaut, oder? Depp. Warum hab ich mich denn so angestrengt? Da müssen wir wohl andere Saiten aufziehen.« Womit mir jeglicher Wind aus meinem ohnehin kleinen und löchrigen Segel genommen war. Wir verabredeten uns noch für denselben Abend, sie würde nach der Arbeit bei mir vorbeikommen. Hoffentlich lernte ich dieses Mal etwas, was wirklich funktionierte. Meine Unfähigkeit war nur schwer zu ertragen.

Um auszuschließen, dass sich Silvia beim Smalltalk mit meiner Mutter verplappern könnte, passte ich an der Wohnungstür ihr Läuten ab und schob sie umgehend in mein Zimmer. Dort drehte ich die Anlage auf »Ich hätte gerne meine Ruhe« und setzte mich neben sie auf mein Bett. Während ich, kein Detail aussparend, den bösen Abend noch einmal lebendig werden ließ, kramte Silvia eifrig in ihrer Handtasche. »Mhmm. Verstehe«, brummte sie, wühlte weiter und bestätigte nochmals, »mhmm, mhmm«. Endlich war sie fündig geworden. Aus den Tiefen der Tasche zog sie eine Papiertüte, aus der sie eine Leberkäse-Semmel schälte. »Dengampfn Tag no nipfs gegepfm«, versuchte sie weiterzusprechen, nachdem sich schon mit dem ersten Bissen ein knappes halbes Pfund Imbiss in ihrem Mund breitgemacht hatte. Ich nutzte die Zeit, die sie zum Kauen und Schlucken brauchte, um mich ausgiebig zu kratzen.

»Hafft du die Kräpffe?«, fragte sie.

»Nein, Steinwolle«, antwortete ich wahrheitsgemäß.

Mir fiel auf, dass sie richtig sympathisch aussah, wenn sie nicht wie eine Schlampe zurechtgemacht war. Das wollte ich ihr gerade sagen, ein Kompliment kommt bestimmt gut an, dachte ich, als sie auch schon mit ihrer Semmel fertig war. »Also pass auf«, sagte sie und wischte die Krümel aus ihrem Schoß auf meinen Fußboden, »dein Problem ist, du bist zu schüchtern. Deshalb läufst du weg, deshalb musst du dir Mut antrinken.« Mir wäre es lieber gewesen, sie hätte einen Trainingsrückstand oder mangelnde Praxis als mögliche Gründe angeführt, ohne gleich meine generelle charakterliche Konstitution in Frage zu stellen. Außerdem war ich stark abgelenkt, weil über ihrem Mund ein enormer Senfklecks klebte. Sie dagegen schien er nicht im Geringsten zu stören. Ich tippte auf die Stelle rechts über meiner Oberlippe und veranstaltete dabei ein Spektakel mit meinen Augenbrauen,

um sie auf ihr Missgeschick aufmerksam zu machen. Sie
verstand, was ich ihr mitteilen wollte, und wischte sofort
zielsicher auf der falschen Seite ihres Mundes.

»Pass auf«, setzte sie erneut an, nachdem sie den Senf
doch noch gefunden und von ihrem Handrücken in eine
Serviette gewischt hatte, »Frauen mögen es, wenn du sie
ganz beiläufig berührst, wenn du mit ihnen sprichst.« Während sie redete, rückte sie näher und streifte mit ihrer Hand
wie versehentlich meinen linken Oberschenkel. »Schau ihr
immer in die Augen, wenn du mit ihr sprichst. Die Augen
sind die Fenster des Gesichts! Niemand mag einen Trottel,
der beim Sprechen den Boden anstarrt.« Sie fixierte mich
und massierte mittlerweile mein linkes Hosenbein, das allmählich immer enger wurde. Ich war mir nicht darüber im
Klaren, worauf diese Situation hinauslaufen würde. War das
jetzt noch Unterricht oder schon der Stoff, aus dem unsere
Texte waren? Das Wissen, dass meine Mutter nur eine Zimmertür von uns getrennt das Abendessen kochte und jeden
Moment überraschend in mein Zimmer platzen konnte,
führte in meinem Gehirn einen aussichtslosen Kampf mit
einer Steinschleuder gegen die gepanzerte Armee meiner
Geilheit.

Silvias Mund rückte nah an meine Lippen. »Na, was
denkst du gerade?«, flüsterte sie zärtlich, wobei mir eine
warme Fahne aus Leberkäse und Senf entgegenschlug, die
das Blut aus meinem Rohr sofort in sämtliche anderen Kör-
pergegenden schießen ließ. Ich dachte an eine blitzschnelle
Flucht, bis mir einfiel, dass wir ja bei mir waren. Schließlich
sorgte ein geübter Griff von ihr an mein Hosenbein dafür,
dass der Ausgangszustand schnell wiederhergestellt war.

»Was ich denke? Weiß nicht. Was soll ich denn denken?«,

stammelte ich. Sie massierte weiter. Erst langsam und leicht, dann immer fester und immer schneller.

»Sag schon, was denkst du jetzt?«

»Ich, ich … scheiße!«, presste ich noch hervor, bevor ich mich – unter entwürdigenden Grimassen und »Oooohhh! Aaaahhh!« stöhnend – in meine Hose entlud.

Silvia lachte laut. Ob sie sich freute, dass ich ein so dankbares Opfer war, oder mich einfach nur auslachte, blieb ihr Geheimnis. »Siehst du, so machst du es in Zukunft auch, dann klappt es mit den Mädels.«

Es dauerte einen längeren Moment, bis ich mich gefasst hatte, dann stand ich wortlos auf und humpelte mit verklebtem Schoß ins Bad. Nachdem ich mit Toilettenpapier und Waschlappen notdürftig für Ordnung gesorgt hatte, wurde mir das ganze Ausmaß meines Schlamassels klar. Ich hatte gerade den ersten Sex meines Lebens gehabt, jedenfalls so etwas Ähnliches, und es gab niemanden, dem ich davon erzählen konnte. Dirk war weg, und Tom würde mich für einen Totalversager halten, wenn er erfuhr, dass Christian und ich noch Jungfrauen gewesen waren, als wir ihn kennenlernten. Bei Christian konnte ich schlecht damit ankommen, dass mir seine große Schwester die Hose gerieben hatte. Es hätte sein Gehirn schlichtweg überfordert: Für ihn war Silvia die sexuelle Schweiz, bestenfalls ein guter Kumpel, in seinem erotischen Vorstellungsrepertoire aber nicht existent. Obwohl das seit letzter Woche deutlich größer war, als er sich vorher jemals hätte alpträumen lassen. Aber ich musste es irgendwie loswerden. Mit irgendjemandem darüber sprechen. Also riss ich mich zusammen und ging zurück zu Silvia, die sich inzwischen eine Zigarette angezündet hatte.

»Das war … ähm … schön«, sagte ich vorsichtig.

»Ist dir ordentlich einer abgegangen?«, fragte sie und lachte unverschämt. Für meinen Geschmack war ihr Verhalten der Wichtigkeit des Augenblicks ganz und gar nicht angemessen. Sie hatte mich gerade zum Mann gemacht, da erwartete ich etwas mehr Pathos. Oder zumindest ein wenig Würde, so wie der Oberbürgermeister auf dem Oktoberfest, nachdem er das erste jungfräuliche Fass angezapft hat.

Weit mehr irritierte mich allerdings, dass mich die Brünette aus dem »Roxx« überhaupt nicht mehr interessierte. Ich hatte sie nicht etwa nur verdrängt, sie war verdrängt worden. Was ich jetzt wollte, saß mir gegenüber und grinste. War es möglich, dass alles, was Konrad Lorenz über Graugänse herausgefunden hatte, auch auf Menschen zutraf? Wollen Spermien ihr Leben lang automatisch immer zu derjenigen Person, die sie nach dem Schlüpfen als Erstes sehen? Okay, »sehen« war in diesem Fall doppelt übertrieben, denn selbst wenn mein Samen mit funktionierenden kleinen Augen ausgestattet wäre, hätte es noch einer ganzen Batterie Röntgenbrillen bedurft, um durch zwei Hosenschichten zu spähen.

»Was machen wir denn jetzt?«, fragte ich ratlos. »Bin ich jetzt so was wie dein Freund?«

»Wie putzig. *Du*, mein Freund? Vergiss das mal schnell wieder.«

»Hmmja, hab ich mir schon gedacht«, sagte ich zerknirscht und verschwieg, dass ich es zumindest ein bisschen gehofft hatte.

»Aber ich sag dir was«, fügte sie hinzu, »du bist ja ein netter Kerl, und eigentlich mag ich dich. Weißt du, was wir machen? Ein bisschen Übung kann dir nicht schaden. Was hältst du davon: Wenn ich Bock auf dich habe, rufe ich an, und dann kommst du zu mir.« Sie malte mit ihrer ausgedrückten Zigarette einen Kreis in den Aschenbecher, sah mir in die Augen und schob dabei leicht ihr Kinn nach vorne, wohl um anzudeuten, dass sie keinen Widerspruch duldete. Der war aber auch nicht zu erwarten, denn dieser Vorschlag klang so phantastisch, er hätte glatt von mir sein können.

Innerhalb einer Stunde war ich von einer auf ganzer Linie versagenden Jungfrau zu einem Gigolo geworden. Einer wie Richard Gere, nur ohne Leiche. Ich beglückwünschte sie zu ihrer Idee. Weil ich nicht wusste, worüber ich mit ihr sonst noch sprechen sollte, machte ich mich daran, sie für diesen Tag loszuwerden. »Muss noch Bass üben«, entschuldigte ich mich und bugsierte sie vorsichtig zum Ausgang.

Auch nachdem wir die Ausbauarbeiten abgeschlossen hatten, kamen wir jeden Tag in den Proberaum. Wir wollten so schnell wie möglich unser Programm komplettieren und endlich auf die Bühne. Mit Gröschl und Tom klang unser Material nicht nur verdammt viel besser als je zuvor, sie kapierten auch alles schneller als Dirk und Wadl. Wie vor ihm schon Gröschl brauchte auch Tom nicht sonderlich lange, um unser Repertoire zu beherrschen. Als es saß, begannen wir, an einzelnen Stücken zu feilen, bauten sie um und aus, bis wir uns alle vier einig waren, dass es nicht mehr zu steigern war. Tom brachte ein paar halbfertige Sachen von seiner alten Band mit, und Gröschl hatte die Zeit des einsamen Übens genutzt, um sich einen riesigen Vorrat an Ideen aufzubauen, also warfen wir alles zusammen und komponierten daraus eine Handvoll neuer Songs. Am Ende des Monats hatten wir genug Material, um damit als Headliner ein neunzigminütiges Konzert spielen zu können.

»Eine Sache stört mich noch«, sagte Tom eines Tages nach der Probe. »Der Name. Llord Nakcor. Können wir darüber noch mal reden?«

»Viel Glück hat er uns bis jetzt eh nicht gebracht«, sprang ich gleich drauf an. »Hast du einen besseren?«

»Meine alte Band hat sich aufgelöst, nachdem ich weggezogen bin«, sagte er. »Wir haben Hair Force One geheißen. Der Name wäre jetzt frei.«

»Ich weiß nicht so recht«, sagte ich, »klingt irgendwie komisch. Wie ein Friseurladen.«

»Ich finde Love Stealer super«, platzte Gröschl heraus. »Ich hab mir immer vorgestellt, wenn ich eine Band hätte, dann würde sie Love Stealer heißen. Aber natürlich geschrieben mit einem ö. Wie Löwenbräu.«

»Löve Stealer«, sagte ich und wiederholte den Namen leise. »Löve Stealer. Löve Stealer. Löve Stealer.« Und nach einer Pause: »Löövvve Stie-Laar.« Ich imitierte das ekstatische Aufschreien einer riesigen Menge, die ich mit der Stimme des Ansagers von Kiss noch weiter aufheizte: »Ladies and Gentlemen, you wanted the best, you got the best. The hottest band in the world: Löve Stealer.« Ich murmelte noch ein wenig vor mich hin und sagte dann: »Löve Stealer, klingt ganz okay. Was meinst du, Christian?« Er machte sein Denkergesicht und tippte nach einigen Sekunden auf eine Stelle an seinem Arm unter dem Zylinder-Totenkopf. »Okay«, sagte er, »ich hab ja noch ein bisschen Platz frei.«

Eine Woche später nahmen wir ein Demotape mit unseren fünf besten Songs auf. Fast alle anderen Bands gingen dafür in eines der zahlreichen Tonstudios, die es in München gab, und bekamen dort wirklich professionell klingende Aufnahmen zu wirklich professionellen Preisen. Wir waren uns von Anfang an einig, dass man sich diese Ausgaben sparen konnte, und stellten uns mit Toms Vierspurgerät in den Proberaum.

Die anderen verschickten ihre Tapes im Schrotschussverfahren an sämtliche Plattenfirmen, anstatt das Vernünftige zu tun und gleich Lotto zu spielen. Sie glaubten tatsächlich, dass es da jemanden gab, der ihr Band aus dem riesigen Haufen ziehen würde, der dort Woche für Woche größer wurde – und es auch noch auf Anhieb gut fand.

Wir wollten mit unserem Demo nur an Auftritte kommen. Statt also unser Geld in die Aufnahmen zu pumpen, sollte es komplett in die Show fließen: Pyroeffekte, Bühnenbild, Klamotten. Eine spektakuläre Liveshow würde sich wesentlich schneller bis zu den Plattenfirmen herumsprechen als eine blöde Kassette, da waren wir uns vollkommen sicher.

Ein paar Wochen später hatten wir unseren ersten Auftritt in einem Freizeitheim etwas nördlich der Stadt. Hauptsächlich wollten wir dabei testen, ob das, was im Proberaum so gut funktionierte, auch auf der Bühne klappte. Deshalb veranstalteten wir im Vorfeld kein großes Brimborium und druckten weder Flyer noch Plakate. Wir taten so, als handelte es sich um eines jener Geheimkonzerte, die große Bands unter falschem Namen in Vorbereitung einer Welttournee geben. Man steht dann als Fan mit Hunderten von Co-Fans in irgendeinem Club und wartet auf den Auftritt einer Gruppe, deren Namen man noch nie gehört hat, »Hans Valen« zum Beispiel oder »Sikk«. »Mensch, wenn das mal kein Geheimkonzert einer total bekannten Band ist«, denkt man, und siehe da, auf der Bühne stehen plötzlich Twisted Sister, und man wundert sich. So richtig geheim halten mussten wir sowieso nichts, denn unseren neuen Namen kannten noch weniger Leute als den alten. Deshalb standen in dem JuZ auch nur ein paar gelangweilte Jungs vor der Bühne, die wir mit unserer Lautstärke beim Billard störten, Toms Freundin Moni mit zwei ihrer Kolleginnen und Gunnar mit Barbee im Arm. Vom finanziellen Standpunkt aus betrachtet, war der Auftritt völlig für den Arsch. Wir bekamen zwölf Mark Eintrittsbeteiligung und versoffen davon im Anschluss fünfundvierzig, die uns Barbee großzügig spendierte. Aber wir zogen das Konzert gnadenlos und ohne Fehler durch. Stellenweise waren wir richtig gut. Auf jeden Fall wussten wir danach, dass wir uns vor niemandem zu verstecken brauchten. Vor allem Gunnar war schwer beeindruckt. »Ihr gehört in die erste Liga, Jungs. Ehrlich. Erste Liga«, sagte er und versprach, sich ab sofort um Auftritte zu kümmern.

Zwei Wochen später ging es richtig los. Live Wire hatten den wichtigsten Auftritt ihrer Karriere. Ein Showcase, bei dem sie die Entscheider der Ariola davon überzeugen wollten, dass sie einen fetten Plattenvertrag verdient hatten. Seit Monaten machten sie dafür Werbung, sie rechneten fest damit, dass sie das Nachtwerk ausverkaufen würden, obwohl dort immerhin knapp eintausend Leute reinpassten. Im Vorfeld hatte Tom ganz nebenbei gefragt, ob sie schon eine Vorband hätten. »Zefix, des hamma total vergessn«, sagte Mark Platinum, und schon waren wir dabei. Tom besorgte einen Ersatzroadie, damit er sich komplett auf unseren Auftritt konzentrieren konnte. Es hieß, wir dürften exakt eine Dreiviertelstunde lang spielen, also saßen wir in jeder freien Stunde im Proberaum und stellten ein Programm zusammen, das dem Publikum keine Atempause gönnte: Opener/schnelle Nummer/kurze Begrüßung/Midtempo-Nummer/Midtempo-Nummer/schnelle Nummer/Powerballade plus Mitsingteil/Midtempo-Nummer/Kracher zum Schluss/Abgang/als Zugabe der größte Ohrwurm. Das Rezept der Profis, wir hatten es schon x-mal in genau dieser Reihenfolge bei allen möglichen Bands gesehen.

Fast jeden Tag fuhr ich nach der Probe in einer komplizierten Bus-U-Bahn-Kombination von Giesing über den Schlachthof nach Hause, weil Silvia offenbar Gefallen an mir und der Freiheit, die ihre eigene Wohnung bot, gefunden hatte. Ich konnte mich wirklich nicht beklagen: Ich hatte eine funktionierende Band, die auf dem Sprung nach oben war, und konnte jeden Abend vögeln, ohne dafür die Konsequenzen einer nervenden Beziehung in Kauf nehmen zu müssen. Wie hätte man das noch steigern können außer mit Pyrotechnik?

Über einen befreundeten Lichttechniker besorgte uns Gunnar eine halblegale Anlage samt Blitzen, Böllern und Feuersäulen. Eigentlich brauchte man eine Genehmigung oder eine Prüfung, um sie betreiben zu dürfen, aber wir konnten uns keinen zertifizierten Feuerwerker leisten, und ehrlich gesagt sah es nicht furchtbar kompliziert aus. Nummerierte Metallkästen in der Größe einer Sardinenbüchse, die man auf die Bühne stellt und mit den Feuerwerkskörpern bestückt, sind über Kabel mit einer Schaltstation verbunden. Dort wählt man die jeweils zu zündende Box aus, legt einen Sicherheitsschalter um, drückt den roten Zündknopf, und schon scheppert es.

Als wir nachmittags in der Halle ankamen, waren Live Wire gerade mitten im Soundcheck. Die Bühne wirkte, als käme sie geradewegs aus der Olympiahalle. Mark Platinum und seine Band meinten es wirklich ernst. Im Hintergrund protzte eine Boxenwand wie bei AC/DC. Sie hatten erhöhte Laufstege auf beiden Seiten des Schlagzeugs und zusätzlich noch mehrere, die nach vorne in die Arena ragten.

»In der Garderobe steht was zu essen und Bier. Bedient euch ruhig«, begrüßte uns ein Mann im teuren Anzug, der sich als Manager vorstellte und sehr seriös wirkte, also das genaue Gegenteil von Gunnar war.

»Ihr kriegt siebzig Prozent vom Sound und die Hälfte vom Licht, also der übliche Deal«, sagte er geschäftsmäßig. Gunnar nickte, als wären solche Gespräche sein täglich Brot. »Klar«, sagte er, »das Übliche.«

»Eines ist ganz wichtig«, sagte der Mann im Anzug, ohne dabei seinen Plauderton abzustellen, »da legen meine Jungs großen Wert drauf: Ihr betretet auf keinen Fall einen der Laufstege. Wer auf einen der Laufstege geht, dem reiße ich den Kopf ab, scheiße rein, und dann zünde ich ihn an und zwinge seine Kinder, dabei zuzusehen. Verstehen wir uns?« Wir sahen uns mit vor Schreck geweiteten Augen an und nickten eifrig. Gunnar schluckte. »Verstehe«, sagte er. »Die Laufstege sind paduh.«

Mit dem Catering hatten sie sich nicht lumpen lassen. Es gab verschiedene belegte Brötchen, Bier, Wein, Säfte, Wasser und Kaffee. Beim Konzert wollten wir fit sein, deshalb nahmen wir uns nur Wasser und Kaffee. Das Bier steckte Gröschl flaschenweise in seine Tasche, und weil immer noch keiner von Live Wire kam, packte er ein halbes Tablett Brötchen mit dazu. »Die Mama freut sich«, sagte er, und niemand von uns fragte nach.

»Der Typ im Anzug heißt Landauer«, sagte Tom. »Riesenarsch. Den konnte ich noch nie leiden. Bei jedem Konzert hat der versucht, mich um ein paar Mark zu bescheißen. Dabei ist die Schlepperei echt kein Spaß. Hat der eigentlich was über Pyros gesagt?«

»Ich hab nichts gehört«, sagte Christian.

»Wenn die sich wegen allem so anscheißen, dann erlauben die uns sicher auch keine Pyros«, sagte ich und warf Gröschl ein paar Äpfel und Orangen aus dem Obstkorb zu, den ich gerade entdeckt hatte.

»Sie müssen es ja nicht erfahren«, sagte Tom und grinste verschlagen.

»Wie willst du das denn anstellen? Die sehen doch, wenn wir die Zündboxen auf die Bühne stellen«, sagte ich.

»Lass das mal meine Sorge sein.«

Für unseren Soundcheck hatten wir gerade lange genug Zeit, um grobe Einstellungen vornehmen zu können. Bevor es an die Feinjustierung ging, holte uns Landauer schon von der Bühne, weil die Türen geöffnet wurden. Plötzlich war es wie bei einem echten Rockkonzert: Junge Mädchen rannten durch die Halle, um sich einen Platz in der ersten Reihe zu sichern, im Handumdrehen füllte sich der Zuschauerraum, und es lief gute Musik vom Band. Ich stand mit Christian und Gröschl an der Tür, die den Backstage-Bereich mit der Halle verbindet, und staunte über die Massen, die immer noch durch die Türen hereinkamen. »Euch allen reißen wir heute so den Arsch auf!«, sagte Christian, drehte sich um und ging zum fünften Mal innerhalb von zehn Minuten zum Klo.

Fünf Minuten bevor wir auf die Bühne sollten, kam Silvia mit ein paar Freundinnen und einigen ihrer Kollegen von der Ariola nach hinten. Sie gab Christian ein Küsschen und wünschte uns viel Glück, während ihre Kollegen uns nicht einmal ansahen. Sie wollten direkt zu Mark Platinum, der gerade vorm Spiegel saß und versuchte, sich zu schminken, ohne dabei die Sonnenbrille abzunehmen.

»Noch zwei Minuten!«, schrie Landauer und gab uns noch einmal nachdrücklich den guten Rat mit auf den Weg, die Laufstege weitläufig zu meiden. Als das Licht anging, war ich für die ersten Takte von »We Are Löve Stealer!« komplett geblendet. Erst dann sah ich, dass die Leute dicht gedrängt bis zur hinteren Wand standen. Das Konzert war mehr als ausverkauft. Unvermittelt wurde mir bewusst, was für eine riesige Chance dieser Abend für uns darstellte. Vielleicht waren wir ja schon so weit, mehr als nur die lustigen Jungs aus dem Vorprogramm zu sein. An mir sollte es jedenfalls nicht liegen. Ich drosch sofort wie besessen auf meinen Bass ein, und schon vor der ersten Strophe kniete ich vor meiner Monitorbox und klatschte Fanhände ab. Ich drehte mich um und sah Christian, wie er mit freiem Oberkörper im Stehen spielte und dabei seine Drumsticks drehte wie ein Irrer. Auf der anderen Seite stand Gröschl, souverän, ein glitzernder, gutgeschminkter Fels in der Brandung. Und dann kam Tom. Er war von hinten auf den streng verbotenen Laufsteg neben dem Schlagzeug geklettert, setzte mit einem wahnsinnig hohen Schrei ein, den er gut fünfzehn Sekunden lang hielt, sprang dann in einem perfekten Spagat auf die Bühne, wo er aber nicht lange blieb, weil er direkt weiter auf den mittleren Laufsteg lief, um sich von der Menge links und rechts zu seinen Füßen feiern zu lassen. Ich schaute zu Gröschl, der wiederum zu Christian sah. Wir zuckten alle drei mit den Schultern und hämmerten weiter. Aus dem Augenwinkel sah ich Landauer, der mit finsterem

Blick an der Bühnenseite stand und mit dem Daumennagel langsam seine Kehle entlangfuhr. Auch Tom wurde auf ihn aufmerksam und machte eine beschwichtigende »Okay, habe verstanden«-Geste. Die nächsten Lieder liefen ohne besondere Vorkommnisse, außer dass Tom so gut sang, wie wir ihn noch nie zuvor gehört hatten.

Vor unserem letzten Stück »Fight All Night« kam er zu mir und schrie mir ins Ohr, dass wir den Anfang ein bisschen hinauszögern sollten, er wäre gleich wieder da. Christian und ich verstanden uns nach jahrelangen gemeinsamen Proben fast blind, deshalb klappte das auch reibungslos. Wir legten einen Rhythmusteppich, über den Gröschl ein kleines Solo improvisierte, bis Tom wieder zurück auf die Bühne kam. Er hatte sich nicht nur komplett umgezogen, er trug jetzt auch einen Gürtel, an dem eine der kleinen Zündboxen hing, die zu der Pyroanlage gehörten. Sie baumelte direkt vor seinem Hosenstall. Wir stiegen in das Lied ein, Tom lief mit dem Kabel im Schlepptau auf den mittleren Laufsteg, Moni drückte den roten Knopf, und aus seinem Schritt fauchte ein meterlanger Funkenstrahl. Mindestens zehn Sekunden lang stand er einfach nur da, die Arme weit ausgebreitet, in seinem Rücken eine Band, die spielte, als hinge ihr Leben davon ab, und in seinem Schritt Vietnam. Ich konnte nicht fassen, was sich da abspielte. Tom war ganz eindeutig wahnsinnig. Es hätte Gott weiß was passieren können. Wäre das Ding nach hinten losgegangen oder einfach nur explodiert, man hätte das Wort Rohrkrepierer neu definieren müssen. Aber das war ihm völlig egal. Ihm schoss ein flammendes Schwert aus der Körpermitte, sein Unterleib beherrschte die Elemente. Er war mit einer eindeutigen Mission angetreten: München zu beweisen, wer an diesem

Abend der größte Rockstar im Saal war, und das war ihm eindrucksvoll gelungen. Das Publikum rastete komplett aus. Wildfremde Jungs konnten nicht glauben, was sie da sahen, und gaben sich vor Begeisterung gegenseitig High Fives. Die ersten drei Reihen wollten auf der Stelle mit ihm schlafen, nicht nur die Mädchen.

Hinter der Bühne tobte derweil Landauer, der die Felle für Live Wire schon in weiter Ferne schwimmen sah. Er strich uns die Zugabe und kündigte Tom umgehend seine Stelle als Roadie, worauf der ihn nur anlachte: »Du hast es doch gesehen. Bald werden deine Jungs meine Roadies sein.«

Während Live Wires Auftritt feierten wir backstage mit dem restlichen Bier. Silvia kam aufgeregt in die Garderobe und erzählte, dass wir ihre Kollegen »vollkommen weggeblasen« hätten. »Der Gunnar unterhält sich gerade mit denen – wenn er es nicht total vergeigt, sieht es wirklich nicht schlecht aus.« Bevor ich mich zu früh freute, wollte ich lieber warten, bis Gunnar nach hinten kam und aus erster Hand und haarklein berichtete, wie super uns die Plattenfirmenleute fanden.

Dummerweise waren Live Wire früher fertig als gedacht und deshalb vor Gunnar in der Garderobe. Anscheinend hatten sie auf der Bühne einige Schwierigkeiten gehabt. Wie sich herausstellte, waren dem Ersatzroadie, den Tom organisiert hatte, ein paar Fehler beim Stimmen der Gitarren unterlaufen, weswegen die beiden Gitarristen einen Halbton auseinanderlagen. Nach drei Songs bemerkte das auch ihr Tontechniker, der daraufhin einen der Gitarristen auf lautlos schaltete. Man sah zwar, dass der Mann solierte und gniedelte wie ein Berserker, doch hören konnte man ihn nicht. Der ganze Auftritt war eine Farce, monatelange Vorbereitungen mit einem Schlag zunichtegemacht.

Als dann auch noch Landauer nach hinten kam und ihnen berichtete, dass die Leute von der Ariola gesagt hätten, sie würden es sich noch einmal überlegen, schlug die schlechte Laune in blanke Aggression um. Einer der Gitarristen baute sich schimpfend vor Tom auf, den er als Verursacher seiner Misere ausgemacht hatte. »Du unfaires Arschloch«, sagte er und tippte Tom dabei auf die Brust, »das waren *unsere* Laufstege. Das hast du doch absichtlich gemacht. Das war ein Fehler, das schwöre ich dir.« Er begann, Tom leicht zu schubsen, doch der stand nur überheblich grinsend und mit weit ausgebreiteten Armen vor ihm. »Schlag mich doch«, schien sein Blick zu sagen, »bitte schlag mich. Gib mir einen vernünftigen Grund, dir aufs Maul zu hauen!« Mark Platinums Einschreiten – »Pass auf, der hat fei an Schwarzgurt!« – bewahrte den erzürnten Rocker vor größerer Schmach. »Okay, dann halt nicht«, sagte er. »Und Bier ist auch keines mehr da«, richtete er seinen Zorn an eine neue Adresse. Auch ich mischte mich ein. »Jetzt seid doch vernünftig. Wir rocken doch beide total hart. Da muss man einfach zusammenhalten. Ihr wart wirklich super.« Mark Platinum und der Gitarrist sahen mich nur kopfschüttelnd an.

Um weitere Turbulenzen zu vermeiden, schlug Christian vor, den Backstage-Bereich zu räumen und in die Halle zu gehen. Dort wartete eine ganze Meute rotwangiger und eindeutig minderjähriger Mädchen auf uns, in deren Mitte sich Gunnar sichtlich wohl fühlte. »Die Damen hätten gerne Unterschriften«, sagte er freudestrahlend und schaffte es dabei, mindestens vier von ihnen gleichzeitig den Hintern zu betatschen. »Wir brauchen unbedingt Autogrammkarten«, flüsterte ich Christian zu, während wir unsere Namen auf Eintrittskarten, in Adressbüchlein und auf Bierdeckel kritzelten. Gunnar erzählte aufgeregt, dass wir einen ziemlichen Eindruck auf die Plattenfirmenleute gemacht hätten. Wir stünden auf der Beobachtungsliste ganz weit oben, hätten sie gesagt, und dass sie uns in ein paar Monaten gerne noch einmal sehen wollten, als Headliner, mit vollem Licht und Ton. Außerdem sei ein Veranstalter aus Salzburg da gewesen, der eigentlich Live Wire für ein Open Air buchen wollte, doch nach unserem Auftritt habe er seine Meinung geändert. Wir sollten dort in einem Monat als Headliner auftreten, für zehntausend Schilling und eine Gratisübernachtung im Hotel. Das waren mehr als dreihundert Mark für jeden von uns, rechnete Gröschl blitzschnell aus. Tom war allerdings dafür, mindestens die Hälfte davon in Pyros zu investieren. »Ihr habt doch gesehen, dass es sich lohnt«, meinte er nur.

Am nächsten Tag waren Tom und ich die beiden Ersten im Proberaum. Er fummelte gerade am Mischpult herum und ich zog neue Saiten auf meinen Bass, als mir auffiel, dass er etwas mitgebracht hatte. »Was hast du denn da in der Schachtel mit den Löchern?«, wollte ich wissen.

»Eine Tarantel«, sagte er beiläufig und spielte weiter an den Reglern. Mir wuchs sofort eine Gänsehaut auf dem Kopf. Er brachte ein höllisch gefährliches Tier, eine giftsprühende tödliche Waffe, in den Proberaum, und alles, was er dazu zu sagen hatte, war »Eine Tarantel«? Wieso rannte er nicht im Kreis und schrie: »FUCK! FUCK! TARANTEL! FUCK!«, so wie ich es vorhatte?

»Bist du wahnsinnig? Willst du uns umbringen?«, schrie ich ihn an. Doch er lachte nur, setzte das Vieh vorsichtig auf seine Handfläche und sagte: »Die ist harmlos. Erstens ist sie satt, und zweitens, selbst wenn sie beißen würde, wäre das nicht schlimm, nur ungefähr so wie ein Bienenstich.«

Ich glaubte ihm zwar kein Wort, war aber neugierig.

»*Warum* in Gottes Namen bringst du so was mit in den Proberaum?«

»Ich hab da was vor«, raunte er geheimniskrämerisch.

»Ich hoffe, du hast vor, sie nach der Probe mit zu dir nach Hause zu nehmen und sie dort auf Lebenszeit einzusperren.«

»Eigentlich nicht.«

»Sondern?«

»Jetzt stell dir doch mal vor, wir spielen in Salzburg, und bei der ersten Zugabe komme ich mit einer Kiste mit einem Totenkopf drauf zurück auf die Bühne. Dann zünden wir Pyros, und gleichzeitig schütte ich aus der Kiste hunderte harmlose Taranteln ins Publikum. Was glaubst du, wie viel Presse wir damit kriegen?«

»*Harmlose* Taranteln? Bist du verrückt? Du kannst doch nicht dein Publikum, die Leute, die Eintritt bezahlen, um einen schönen Abend zu haben, mit Wolfsspinnen attackieren! Die übertragen den Veitstanz! Willst du, dass wir alle im Gefängnis landen?«

Er überlegte kurz – und sagte dann: »Okay, ich denk noch mal drüber nach. Vielleicht machen wir es zuerst mal mit Gummispinnen.«

»Nein, das machen wir auch nicht, wir sind ja keine Karnevalsband.«

»Du bist ja so ein Scheißspießer.«

Von jemandem, der ernsthaft plante, eine spinnenbedingte Massenpanik auszulösen, als Spießer bezeichnet zu werden, konnte mich nicht wirklich treffen. Aber langsam wuchs meine Besorgnis darüber, ob wir Tom auf längere Sicht wenigstens halbwegs unter Kontrolle halten konnten. Nachdem er das todbringende Tier wieder in die Schachtel gesetzt hatte, wurde die Tür – »Bin's bloß i!« – aufgerissen, und Frau Strasser stand im Raum, in der Hand einen dampfenden Kochtopf. »Möchtet's ihr Wollwürscht? So fleißige Handwerksburschen müssen doch was Anständiges essen.« Sie stellte den Topf ab, in dem die aufgeplatzten Würste einen unappetitlichen weißen Brei freigaben. »Sollte man die nicht besser braten?«, fragte ich.

»Auweh, jetzt hab ich das Besteck vergessen«, sagte sie und flitzte wieder nach draußen. In der Zwischenzeit waren auch Christian und Gröschl gekommen. »Der Tom hat eine Spinne mitgebracht«, warnte ich die beiden. »Echt? Wo denn? Zeig mal«, sagte Gröschl, bevor er den Topf sah und – »Geil, Wollwürste!« – sich mit der bloßen Hand eine davon aus dem fast noch kochenden Wasser angelte.

»Eine Spinne? Cool«, freute sich auch Christian. Ich war ganz eindeutig nur von Irren umgeben. Nachdem er die Tarantel ausgiebig gewürdigt hatte, wechselte Christian das Thema. »Ich muss euch unbedingt was erzählen.« Er beugte den Oberkörper ein Stück nach vorne und sprach etwas leiser weiter.

»Ich habe gestern noch ein bisschen mit der Silvia und einer von ihren Freundinnen rumgestanden. Da hat sie erzählt, dass sie jetzt einen Sexsklaven hat. So einen Deppen, den muss sie nur anrufen, und dann kommt der sofort angelaufen. Ich will auch eine eigene Wohnung haben«, sagte er.

Mir wurde schlagartig heiß. Was sollte das denn? »Macht heute mal ohne mich. Ich muss weg«, sagte ich und war aus der Tür. Was auf dem Weg zur Haltestelle noch von Selbstzweifeln durchzogene Enttäuschung war, entwickelte sich im Bus zu purer Wut. Als ich ausstieg, war ich eine entsicherte Handgranate. Ich klingelte Sturm, sprintete die vierundachtzig Stufen in den vierten Stock und rannte mit einem »Was soll das eigentlich?« an ihrem verdutzten Gesicht vorbei in ihre Wohnung.

»Was ist denn los, Depp?«, empfing sie mich gewohnt herzlich.

»Was *los* ist? Das kann ich dir sagen. Dein Bruder erzählt, dass du einen Typen hast, der es mit dir treibt. *Das* ist los.«

»Und?«, fragte sie unverschämt.

»Wie, und? Was soll denn das heißen? Ist ›Und?‹ das Einzige, was du dazu zu sagen hast? Ich meine, wenn du nicht meine Freundin sein willst – okay! Wenn ich dich nur antanzen darf, wann du es willst – auch okay! Damit kann ich gut leben. Aber dass du dann noch einen anderen hast …«

»Sag mal, bist du drei Meter neben deinem Kopf immer noch blöd?«, fragte sie.

»Was?«

»Klar habe ich einen Typen, mit dem ich es treibe. Fragt sich bloß, wie lange noch.«

»Und das gibst du einfach so zu? Hast du denn gar keine Skrupel? Schon mal dran gedacht, dass ich auch Gefühle habe?« Sie sollte wissen, wie verletzt ich war.

»Du kapierst es wirklich nicht?«, fragte sie mit echter Verblüffung.

»Was kapieren?«

164

»Das bist DU!«, schrie sie mich an. »DU bist der Typ, mit dem ich es treibe, Depp.«

»Äh … Oh …« Immer noch außer Atem suchte ich kleinlaut auf dem Fußboden nach den Resten meiner Würde. Sie setzte sich neben mich und legte mir ihren Arm auf die Schulter. Zum ersten Mal spürte ich von ihrer Seite etwas, was man als Zärtlichkeit bezeichnen konnte. »Hast du echt gedacht, ich würde dich bescheißen?«, fragte sie und schnippte mit dem Zeigefinger ihrer freien Hand an meine Stirn. In dieser Geste lag rein gar nichts Respektloses. Im Gegenteil. Vielleicht bildete ich mir das in meiner Erleichterung ja auch nur ein, aber sie schien mich plötzlich auf Augenhöhe zu behandeln. Vielleicht lag es daran, dass sie am Tag zuvor gesehen hatte, wie ihre Kollegen und ihre Freundinnen auf uns reagierten. Ich wusste es nicht, aber es gefiel mir.

Sie holte eine Flasche Sekt und schenkte zwei Gläser ein. »Auf euer Konzert«, sagte sie, »und auf dich, weil du so süß dumm bist.«

»Aber du musst mir etwas versprechen«, bat ich sie. »Kein Wort zu Christian über die Sache.«

Sie nickte nur beiläufig und wühlte wieder einmal in ihrer Handtasche. Ich nutzte die Gelegenheit, um von meinem peinlichen Auftritt abzulenken. »Was ist mit dem Ding nur los?«, fragte ich sie. »Ist da ein schwarzes Loch eingebaut oder so?«

»Jetzt nerv mich nicht«, sagte sie genervt.

»Mein ja nur. Ich sehe dich da drin jedenfalls öfter suchen als finden.« Doch schon schnalzte sie mit der Zunge und präsentierte ein kleines Briefchen zwischen Daumen und Zeigefinger. »Hab's doch schon«, triumphierte sie. Ich war

165

schockiert. Das war ganz offensichtlich ein Drogenbriefchen, und über Drogen wusste ich genau Bescheid. Natürlich hatte ich noch nie welche genommen, aber in der achten Klasse war *Wir Kinder vom Bahnhof Zoo* wochenlang Unterrichtsstoff gewesen. Wir hatten das Buch gelesen, den Film gesehen und in endlosen Diskussionsrunden genau erörtert, *wie* furchtbar das Zeug war.

»Was ist denn das? Ist das Äitsch?«, fragte ich ängstlich, versuchte dabei aber so abgeklärt und erfahren zu klingen wie möglich.

»Was?«, fragte sie abgelenkt, während sie das Briefchen öffnete.

»Ob das Äitsch ist. Damit will ich nichts zu tun haben.«

»Heroin? Spinnst du?«, sagte sie. »Das ist doch nur was für drogensüchtige Asoziale. Nein, das ist Koks, das ist total harmlos. Da kommt man gut drauf, und für Sex ist es auch super.«

Die Liste der Belohnungen, mit denen man mich zu jedem Blödsinn überreden konnte, war nicht besonders lang, aber »gut drauf kommen« und »Sex« gehörten auf jeden Fall dazu. Allerdings hatte ich die Wörter »Koks« und »harmlos« noch nie in einem Satz gehört, weshalb mich auch sofort heftige Zweifel befielen.

»Ach ja? Das kann doch gar nicht harmlos sein. Die Christiane F. war total fertig. Die hat sogar Briefe an sich selbst geschrieben.«

»Ja, aber das war Heroin. Das ist was ganz anderes.« Sie deutete auf ihre Plattensammlung. »Jeder von denen kokst. Alle Bands, die du magst.«

»Das denkst du dir doch aus.«

»Was meinst du, wieso die ständig Party machen?«

Damit hatte sie mich. Was für alle anderen Musiker gut war, konnte unmöglich schlecht für mich sein. Zögernd ließ ich mich auf ihr Angebot ein. »Okay, aber wenn ich so high werde, dass ich glaube, ich könnte fliegen, dann musst du aufpassen, dass ich nicht aus dem Fenster springe. Versprochen?«

»Versprochen«, lachte sie und schüttelte zugleich den Kopf. Als würde sie den ganzen Tag lang nichts anderes machen, ließ sie das Pulver aus dem Briefchen auf eine CD-Hülle rieseln, zermahlte es mit ihrer Stadtsparkassenkarte und teilte das Häufchen in zwei gleich lange Spuren.

»Los! Geld!«, herrschte sie mich an. Ich nestelte hektisch im Münzfach meines Portemonnaies, es war schwierig, zwischen Dutzenden von Plektren überhaupt etwas zu finden. Beeindruckt von meiner Dummheit, sah sie mir eine Weile dabei zu.

»Schein«, seufzte sie schließlich.

»Ach so. Schein, klar«, sagte ich. »Wieviel kostet das denn?«

»Bist eingeladen«, sagte sie, nahm mir meinen Zwanziger aus der Hand und rollte ihn eng zusammen. Nachdem sie ihren Teil geschnupft hatte, gab sie mir den Schein. »Aber ziehen, nicht wegblasen«, mahnte sie. Zögernd setzte ich an, holte heimlich dreimal tief Luft, um mich zu beruhigen, und schaffte die ganze Linie auf einen Zug, was mich dann doch mit Stolz erfüllte.

»Super gemacht«, sagte sie, während sie mit ihrem angefeuchteten Zeigefinger die kümmerlichen Reste von der CD-Hülle putzte und in ihr Zahnfleisch einmassierte, »aber eigentlich könnten wir gleich noch nachlegen.«

»Ist das denn nicht gefährlich? Kann das keine Überdosis

geben? Sollten wir nicht erst mal das hier voll wirken lassen?«, fragte ich.

»Ach, Blödsinn. Wir kommen dann nur *noch* besser drauf.« Das sah ich ein, Schiss hatte ich trotzdem. Wir wiederholten die Prozedur, dann lehnte ich mich auf ihrem Bett zurück und wartete auf eine Wirkung. Doch nichts passierte.

»Das Zeug wirkt bei mir nicht«, sagte ich nach ein paar Minuten. »Vielleicht bin ich immun.« Ich ging zum Plattenregal, strich mit dem Zeigefinger über die Plattenrücken und zog schließlich »To Hell With The Devil« von Stryper heraus. »Sieh dir mal den Basser auf dem Foto hier an«, sagte ich. »Weißt du, warum der so dumm glotzt? Der ist ausgestiegen, bevor sie die Platte aufgenommen haben, und da hat die Band dann sofort einen Ersatzmann eingestellt. Dann haben sie sich ihre Outfits für die Tour und für die Fotos machen lassen, und für den Bassisten war das dieser gelb-schwarze Rennanzug. Jetzt hat sich's der Basser, also der ursprüngliche Basser …«, ich deutete auf das Foto, »… Tim Gaines heißt der. Jedenfalls hat der es sich dann wieder anders überlegt und wollte wieder zurück in die Band. ›Hey, ihr seid doch Christen‹, hat er die anderen angefleht und voll rumgeweint, von wegen: ›Ich weiß jetzt, das mit dem Aussteigen war voll der Fehler. Ich möchte so gern wieder bei euch mitspielen. Bitte, bitte!‹ Dann haben ihn die anderen halt wieder mitmachen lassen. Nächstenliebe und so. Das Problem war aber, der Anzug, also der gelb-schwarze Rennanzug da …«, ich deutete wieder auf das Foto, »… der war schon angefertigt. Aber für den anderen Bassisten. Für den, der zwischendurch eingestiegen war. Verstehst du? Der war aber mindestens fünfzehn Zentimeter kleiner. So ein gelb-schwarzer Leder-Rennanzug ist aber sauteuer, deshalb konnten die es sich nicht leisten, noch einen machen zu lassen. Jetzt hat der Tim Gaines auf dem Foto hier einen hautengen einteiligen Rennanzug aus Leder an, der fünf Nummern zu klein ist. Was meinst du, wie das am Sack zieht? Da würde ich auch so dumm glotzen.«

Ich ließ Tim Gaines' Gesichtsausdruck, in dem würdevoll hohlwangiges Posing mit riesigen Schrittschmerzen rang, noch eine Sekunde auf mich wirken und legte die LP zur Seite. »Haben wir eigentlich kein Bier?«, fragte ich. Silvia öffnete die Tür ihres Nachttisches, holte eine Flasche Augustiner heraus, öffnete sie mit ihrem Feuerzeug und drückte sie mir wortlos in die Hand. »Danke. Wenn das Zeug bei mir nicht wirkt, dann kann ich ja auch saufen. Wie ist der Christian denn so als Bruder?«, fragte ich. »Als Freund ist er ziemlich super. Na ja, egal. Moment mal. Hast du das Bier da gerade aus deinem Nachttisch geholt? Wieso hast du denn Bier in deinem Nachttisch? Na ja, auch egal. Der Hugo aus dem ›Finest‹, den kennst du doch auch, oder? Der hat mir letztens erzählt, dass er eine neue Freundin hat. Eine Russin. Die ist irgendwie geflüchtet. Das muss total krass gewesen sein, so agentenfilmmäßig. Ich hab's aber nicht ganz genau verstanden. Die hat einen Stand auf dem Viktualienmarkt. Weißt du, was die da verkauft? Borschtsch. Die hat eine Borschtschkanone. Haha. Brutales Wort: Borschtschkanone.« Ich hörte selbst, dass ich beim Lachen ekelhafte Schnarchgeräusche produzierte und klang wie ein lustiges Ferkel.

»Hörst du das auch?«, fragte ich.

»Was denn?«

»Ach, egal. Weißt du, gestern vor dem Konzert hab ich zum Tom gesagt: ›Tom‹, hab ich gesagt, ›wir brauchen mal irgendwie andere Texte. Irgendwas, ich weiß ja auch nicht,

Tiefgründiges, vielleicht.‹ Weißt du, was der Tom da zu mir gesagt hat? Er hat gesagt: ›Alter, ich kann ja auch nichts dafür, aber Fight reimt sich halt auf Night.‹ Und da hat er ja auch wieder recht.«

Ich deutete auf die mittlerweile leere Bierflasche. »Problem!«, sagte ich. Silvia holte eine neue Flasche aus ihrem Zaubernachttisch. »Ich hab keine Ahnung, warum das Zeug bei mir nicht wirkt«, jammerte ich, »wie ist das denn, wenn es wirkt?«

»Man labert stundenlang ohne Punkt und Komma«, sagte Silvia, »so wie du gerade. Und man kann saufen wie ein Stier, ohne zu merken, dass man besoffen wird. So wie du gerade.«

»Oh«, sagte ich und dachte einen Moment lang nach. »Sag mal, wollen wir …?« Ich deutete auf meinen Schoß.

»Und man wird total geil. So wie du gerade. Meine Güte, ich hab schon gedacht, du fragst nie mehr«, sagte sie. »Aber warte mal, da weiß ich was Gutes.« Sie fingerte am Reißverschluss meiner Jeans herum. »Danke, der wollte sowieso raus«, lachte ich. Da war wieder das Ferkelgeräusch. Was war nur los mit mir? Sie leckte ein bisschen an meinem Frontmann herum, was ziemlich überflüssig war, da er sowieso schon in Richtung Zimmerdecke grüßte. Dann nahm sie das Briefchen, streute eine Prise Koks auf die Eichel, als würde sie sie zuckern wollen, und massierte es ein. »Was machst du denn da?«, fragte ich.

»Jetzt kannst du es mir besorgen, bis die Sonne aufgeht«, sagte sie. Es fühlte sich ekelhaft an. Plötzlich war ich untenrum völlig taub. Ich hätte mit meinem Schwanz Nägel einschlagen können und nichts davon gespürt.

»Das ist ja entsetzlich. Ich fühl gar nix mehr. Hört das wieder auf? Ich will, dass das sofort aufhört.«

»Jetzt stell dich nicht so an und mach endlich«, befahl sie mir. Jammernd legte ich mich auf sie. »Warte mal«, unterbrach sie mich nach wenigen Sekunden. »Scheiße! O Mann.«

»Was ist denn?«

»Ich glaube, ich habe es nicht gut genug verrieben. Jetzt habe ich das ganze Zeug bei mir drin. Ich spür auch nichts mehr. Meine ganze Mumu ist taub.« Unter gar keinen Umständen wollte ich mit ihr darüber diskutieren, dass das Wort »Mumu« verachtenswert war und mir das Gefühl gab, Sex mit einem kleinen Mädchen zu haben.

»Siehst du? Fühlt sich elend an, oder?«, sagte ich.

»Ja, scheiße. *Du* sollst taub sein, doch nicht ich. Wie soll ich denn da kommen?« Darauf hatte ich jetzt auch keine Antwort. Weil wir aber beide so geil waren und ich sowieso schon in ihr steckte, machten wir einfach mal weiter, bis wenigstens bei einem von uns beiden das Gefühl wieder zurückkehren würde. Doch genauso gut hätten wir meine Modelleisenbahn holen und den Zug hundertmal durch den Tunnel fahren lassen können – nach einer halben Stunde gab Silvia auf. »Hat keinen Sinn«, sagte sie, »nicht einmal du würdest darauf hereinfallen, wenn ich dir jetzt einen Orgasmus vorspiele. Soll ich dir einen runterholen?«

»Das funktioniert doch auch nicht«, sagte ich und winkte ab. »Ist denn noch Bier da?«

# DER ELEKTRISCHE REITER

Langsam rollten wir in die Einfahrt der Autobahnraststätte am Samerberg, das »Flapp! Flapp! Flapp!« des platten Reifens war uns seit knapp zehn Minuten ein konstanter Begleiter. Auf den letzten beiden Kilometern hatte Gunnar auch körperlich alles geben müssen, um den antiken Ford Transit im ersten Gang bergauf zu bewegen. »Wahnsinn, ich glaube, die Felge sprüht Funken«, sagte Gröschl, der mittlerweile beinahe komplett durch das Beifahrerfenster nach draußen geklettert war.

»Was fährst du auch wie ein Irrer? Der Bus gehört dir ja nicht mal. Von wem hast du dir den überhaupt geliehen?«, fragte Tom, als wir gerade zum Stehen kamen.

»Ist ja gut«, sagte Gunnar. »Maul halten jetzt. Statt Ratschlägen hilft Hilfe.« Er quetschte sich durch die schmale Lücke, die dadurch entstanden war, dass er den Transporter viel zu nahe an dem benachbarten Auto geparkt hatte, ging nach hinten und riss die Hecktür auf. »Ja, ganz toll!«, schimpfte er. »Zweitausend Klampfen und Taschen und der ganze Scheiß da. Wie soll ich denn jetzt den Wagenheber finden? Hat vielleicht jemand von euch eine Ahnung, wo hier der Ersatzreifen ist?«

»Gunnar, darf ich gleich mal fahren?«, quengelte ich.

»Moment, wenn der Andi fahren darf, dann darf ich noch viel eher fahren!«, mischte sich Christian ein, der sich immer

noch darin suhlte, dass er in der Fahrprüfung einen Fehler-
punkt weniger hatte als ich.

»Keiner von euch Hanswursten fährt«, blaffte Gunnar,
dessen Laune wirklich schlecht war. »Wie lange habt ihr den
Lappen jetzt? Zwei Monate? Sagt mir lieber mal, wieso ihr
so viel Kram dabeihabt.«

»Mach dich mal locker«, sagte Christian. »Sei froh, dass
wir die Amps und das Schlagzeug zu Hause gelassen haben.«

Zwar waren wir als Headliner für das Salzburger Festival
gebucht, aber Gunnar hatte mit der Vorband ausgemacht,
dass wir Teile ihres Equipments benutzen durften, wenn wir
ihnen dafür zehn Minuten unserer Auftrittszeit abtreten.
Kein Problem, dachten wir, Reisen mit leichtem Gepäck
bedeutet kürzeren Abbau und längere Aftershowparty.
Gunnar, der alte Fuchs, meinte, dass wir die zehn Minuten,
die uns vorne fehlen, dann ja einfach hinten dranhängen
könnten.

Mittlerweile hatte er sämtliche benötigten Reifenwechsel-
utensilien gefunden und dozierte über Autoreparaturen,
während wir im Halbkreis um Gröschl standen, der mit dem
Kreuzschlüssel versuchte, die seit geschätzten zwanzig Jahren festgerosteten Muttern zu lösen. »Was ist das überhaupt
für eine Kapelle, von der wir das Schlagzeug und die Boxen
benutzen? Wie heißen die noch mal?«, fragte ich Gunnar.

»Ganz ehrlich? Ich hab keinen blassen Schimmer«, sagte
er. »Die haben mir zwar so einen Flyer geschickt, aber ich
hab nichts entziffern können. Wart mal.« Er holte seinen
Manager-Aktenkoffer und zog daraus seine in Kunstleder
gebundene Manager-Schreibmappe hervor.

»Da.« Er drückte mir den Wisch in die Hand, mit dem die

Veranstaltung angekündigt wurde. Ganz oben stand unser Schriftzug mit den beiden Diamanten über dem o, aber das Bandlogo darunter konnte man beim besten Willen nicht entziffern. »Sind das wirklich Buchstaben«, fragte Tom, »oder ist das einfach nur ein Bild?«

»Keine Ahnung«, sagte ich, »es könnte vielleicht ›Blutwurst‹ heißen.«

»Das am Anfang ist auf alle Fälle ein P«, meinte Christian und deutete auf die linke Seite des Gekritzels. »Für mich sieht das aus wie ›Palmwedel‹.«

»Gib mal her!«, sagte Gröschl und riss den Flyer mit seinen ölverschmierten Reifenwechslerhänden an sich. »Das heißt ›Hellfucker‹«, sagte er. »Ist doch ganz klar. Bands mit solchen Logos haben immer so krasse Namen, wieso sollten die sich denn ›Palmwedel‹ nennen?« Er legte eine Kunstpause ein. »Palmwedel!«, wiederholte er dann augenrollend.

»Wir werden es ja bald erfahren«, schaltete sich Gunnar ein, trat prüfend mit seinem Cowboystiefel gegen den Ersatzreifen und stieg ein.

»Darf man damit eigentlich auf die Autobahn?«, fragte Gröschl, während wir wieder losrollten. »Das sieht ja aus wie ein Fahrradreifen. Kann doch nicht erlaubt sein, oder? Damit kriegen wir doch spätestens an der Grenze Ärger, oder? Jetzt sagt doch mal.« Gunnar setzte zu einer Antwort an, brach aber resignierend ab und schüttelte dafür die nächsten Kilometer seinen Kopf. Nach einigen Minuten brach er sein Schweigen. »Was bist du denn für ein Rockstar?«, fragte er Gröschl.

»Ich mein ja nur. Wegen so einem Blödsinn will ich keinen Ärger bekommen.«

»Lass das einfach meine Sorge sein«, sagte Gunnar.

»Außerdem, hast *du* vielleicht einen richtigen Reifen dabei?«

Als wir in der Schlange am Grenzübergang nur noch wenige Wagen vor uns hatten, bemerkte ich ein paar kleine Schweißtropfen, die sich auf Gunnars Nacken ihren Weg in das Hawaiihemd bahnten. Gröschl bekämpfte seine Nervosität, indem er sich intensiv seiner Nagelhaut widmete. Der Grenzer nahm unsere Pässe entgegen, blätterte sie desinteressiert durch und blickte kurz durch das Fenster auf unsere Ladung. Auf seine Frage »Samma Musiker?« nickten wir eifrig, und er wünschte uns eine gute Fahrt.

»Alles ganz easy«, sagte Gunnar, zündete sich eine Zigarette an und beobachtete den Grenzposten im Rückspiegel, bis er außer Sichtweite war.


Während in den meisten Städten jede noch so kleine verfügbare Freifläche dazu genutzt wird, kostenpflichtige Parkplätze zu errichten oder Imbissbuden aufzustellen, war man in Salzburg einfallsreicher. Man baute einfach so viele Schlösser und Burgen, bis die ganze Landschaft damit vollstand. Deshalb erstaunte es uns auch nicht besonders, dass das Konzert im Innenhof von Schloss Mirabell stattfand.

Ich kannte Open Airs bisher nur als Veranstaltungen, bei denen man entweder einen gemütlichen Tag in knietiefem Schlamm verbrachte oder sich von einem Trupp amerikanischer Soldaten Terpentinersatz aus Lederschläuchen einflößen ließ. Woraufhin man um elf Uhr morgens, noch vor der ersten Band, kotzeverschmiert im Matsch neben den Dixi-Klos einschlief und von seinen Freunden mit einem Schild verziert wurde, auf dem »Bitte nicht ficken!« stand.

Was auch immer passierte, man konnte absolut sicher sein, hinterher auszusehen wie ein Schwein.

Hier jedoch stand die Bühne inmitten eines Heckentheaters, das im frühen 18. Jahrhundert vermutlich von stark parfümierten französischen Gärtnern mit goldenen Werkzeugen kunstvoll angelegt worden war. Es gab einen Irrgarten, einen Rosenhügel, und direkt neben der Brunnenfigur, die Susanna im Bade darstellte, standen vier Typen in schwarzem Leder mit Patronengurten, weiß geschminkten Gesichtern und schwarz umrandeten Augen. Ich versuchte, sämtliche Fragen zu sortieren, die in meinem Gehirn aufeinanderprallten: Warum sind diese Knilche am helllichten Nachmittag in voller Kriegsbemalung unterwegs? Welcher Narr lässt eine Black-Metal-Band vor einem Schloss auftreten, in dem schon Mozart musiziert hat? Ist das am Ende derselbe Narr, der eine Hair-Metal-Band vor diesem Schloss auftreten lässt?

Währenddessen stand Christian schon längst bei den Finsterlingen und reichte fleißig Dosenbier herum. Ich schnappte mir Gröschl und gesellte mich dazu. »Wir haben uns gefragt, wie euer Bandname genau ausgesprochen wird«, log ich in die Runde. »Na, Megatherion halt«, sagte einer mit erstaunlich hoher Stimme. »Genau, wie man's schreibt.«

»Ach so. Wie man's schreibt. Hätten wir ja auch von allein draufkommen können.« Ich schaute suchend über das Gelände.

»Hat jemand ein Klo gesehen?«, fragte ich, erntete aber nur Schulterzucken. Nicht einmal dazu taugten die. Ich verabschiedete mich und ging in Richtung des Hauptgebäudes. Sämtliche Türen des Schlosses standen weit offen, Helfer trugen Tische und Kisten aus dem Inneren, wo sie offenbar gelagert wurden, zu den Verkaufsständen im Freien. So unauffällig wie möglich schlenderte ich hinein, bog zweimal ab und stand plötzlich in einem kleinen Saal, in dessen Zentrum, von samtenen Absperrkordeln geschützt, ein großer, dunkler Konzertflügel protzte.

Tom hatte sich den Klavierhocker in eine bequeme Position gerückt und klimperte den Anfang von »Final Countdown«. Hastig drehte er sich um, als er mich kommen hörte. »Scheiße. Ich hab schon gedacht, es kommt jemand«, sagte er erschrocken.

»Was machst du denn da? Bist du weich?«

»Auf dem Flügel hat schon Mozart gespielt. So nah kommst du sonst nirgends an musikalisches Genie.«

»Das ist ein Steinway.« Ich deutete auf den Schriftzug. »Die hat es überhaupt noch nicht gegeben, als Mozart gelebt hat.«

»Na ja, egal«, sagte er, versuchte einen Rauchkringel zu pusten und legte die brennende Zigarette auf der Notenablage ab. »Willst du auch mal spielen?«

»Nein danke. Ich wollte eigentlich aufs Klo.«

»Oh, da geh ich mit.«

Wir standen an den Urinalen, als hinter mir die Tür einer Toilettenkabine geöffnet wurde. Es war Gunnar, der sich im Heraustreten ein paar weiße Krümel aus dem Bart wischte. Er hielt kurz inne, fasste sich aber schnell. »Ach, hier seid ihr. Hab euch schon gesucht«, log er und griff in seine Brusttasche. Er zog ein Briefchen daraus hervor, das genauso aussah wie das von Silvia. »Bock?«, fragte er.

»Ist das Koks? Hau bloß ab mit dem Zeug. Das killt den Schwanz«, lehnte ich ab.

177

»Moment mal. Jetzt aber mal ganz langsam. Wie viel davon hast du denn über die Grenze gebracht?«, fragte Tom entsetzt.

»Drei Gramm«, sagte Gunnar kleinlaut.

»Da haben wir aber richtig Glück gehabt, Gunnar. Es reicht ja nicht, dass vier Langhaarige in einem uralten Transporter sitzen. Der muss auch noch überladen sein und mit einer Krücke fahren. Wenn dann noch der schlaue Herr Manager die Taschen voller Stoff hat, kann überhaupt nichts passieren. *Alles ganz easy*. Beim Zoll. Du hättest uns voll in die Scheiße reiten können«, fuhr ich ihn an. »Denkst du irgendwann auch mal nach?«

»Ja, sorry. Ich hab echt nicht dran gedacht, dass da eine Grenze ist.«

»Dir ist aber klar, dass die auf dem Heimweg immer noch da ist«, sagte Tom. »Sieh zu, dass du das Zeug loswirst.«

»Das schaff ich schon«, lächelte er und ging mit uns nach draußen, in Richtung Bühne. Wir kamen rechtzeitig vor unserem Soundcheck an, Helfer flitzten noch umher und verklebten Kabelstränge. Christian und Gröschl fummelten schon an ihren Instrumenten herum, während das Publikum nach und nach auf das Gelände tröpfelte.

»Was soll das denn?«, fragte Tom entsetzt. »Wieso kommen denn jetzt schon die Leute rein? Das ist doch total unprofessionell.« Doch es ließ sich nicht mehr verhindern. »Dann machen wir es kurz«, bestimmte ich. »Nur ein Song. ›Sex Police‹, das muss reichen.« Ich schaltete meinen Verstärker ein und dengelte los. Doch irgendwie klang es seltsam. »Klingt das bei dir auch so übel?«, fragte ich den Tonmann über das Mikro.

»Hier kommt nur Müll an«, schallte es aus dem Monitor.

Gröschl schlug seine Gitarre an. Auch bei ihm kam nur ein heiseres Rauschen aus den Boxen. Ich ging zu meinem Verstärker und überprüfte die Verkabelung. Alles schien in Ordnung zu sein. Ich schlug noch einmal an. Wieder krächzte es nur ganz erbärmlich. Also nahm ich die Boxen genauer unter die Lupe. Ich glaubte für einen kurzen Moment, nicht richtig zu sehen. Tat ich aber. Das Problem waren weder die Kabel noch die Buchsen. Megatherion hatten ausschließlich zerstörte Lautsprecher. In jede einzelne Membran war fein säuberlich ein umgedrehtes Kreuz geschnitten, sowohl beim Bass als auch bei den Gitarrenboxen.

Ich rief Gunnar, der mit einem der Gitarristen dieser Wahnsinnigen sofort auf die Bühne kam. Gröschl und ich fuchtelten verständnislos in Richtung der Speaker, doch der Typ lachte nur. »Super, oder? Ist doch total evil«, freute er sich. »Das gibt eine brutal geile Verzerrung.«

Gröschl konnte nur fassungslos nach Luft schnappen, und auch ich war konsterniert. Zum Glück hatte Gunnar tüchtig geschnupft und plapperte unter Einsatz sämtlicher Gliedmaßen auf den Gitarristen ein. Das Ergebnis war, dass der sich ans Mikrofon stellte und eine Durchsage an das Publikum richtete, in der er darum bat, dass jeder, der zu Hause eine funktionierende Marshallbox hatte, diese herbringen sollte. Als Gegenleistung gebe es freie Getränke und das Eintrittsgeld zurück. Ich dachte, peinlicher könnte es nicht mehr werden, aber tatsächlich liefen daraufhin mehrere Headbanger in Richtung Ausgang.

Wir nutzten die Pause, um uns in den Bauwagen zurückzuziehen, der als Garderobe bereitgestellt wurde.

Es vergingen einige Minuten, bis Gunnar von außen gegen die Tür trat. »Macht mal auf. Hab keine Hand frei.« Er stolperte über die Schwelle, fing sich aber wieder und stellte zwei große Jägermeisterflaschen auf den Tisch.

»Hier, als Wiedergutmachung«, sagte er.

»Wofür denn? Hast du vielleicht die Kreuze reingeschnitten?«, fragte Gröschl.

»Nein, wegen dem …«

»Spielt ja keine Rolle. Hauptsache, Jägermeister«, fiel ihm Tom ins Wort und öffnete eine Flasche. Christian hatte am Waschbecken zwei Zahnputzbecher aus hellrotem Kunststoff entdeckt. Er nahm sie, kippte die alten Zahnbürsten auf den Boden und stellte die Becher auf den Tisch. »Aus der Flasche trinken find ich ekelhaft.« Tom machte sie randvoll. Wenigstens konnte man so den widerlichen Grind am Becherboden nicht mehr sehen.

Gröschl nahm einen Becher in die Hand und erhob sich zu einem Trinkspruch. »Ich möchte euch allen wirklich mal danke sagen. Jetzt mal im Ernst: Wer von euch hätte geglaubt, dass wir eine so tolle Band werden? Ganz ehrlich, es ist … irgendwie, ich weiß auch nicht. Einfach nur danke.« Noch bevor er zu Ende gesprochen hatte, war Christians Becher halbleer. Gröschl nippte kurz und gab seinen an mich weiter. Ich stieß mit Christian an und gab den Becher an Tom weiter, der mit Christian anstieß, nachdem der sich nachgeschenkt hatte.

Als wir wieder zur Bühne gingen, standen dort mehr als dreimal so viele Boxen wie benötigt. Halb Salzburg hatte seine Proberäume leer geräumt. Wir suchten uns die schönsten Boxen aus, ließen die restlichen aber auf der Bühne stehen, weil es so imposant aussah, spielten »Sex Police« bis zum ersten Refrain an und verschwanden wieder in unserem Wohnwagen. Dort versuchten wir, den anschließenden

Auftritt der original Salzburger Black-Metal-Buam möglichst unbeschadet zu überstehen.

Als wir an der Reihe waren, spielten wir das gleiche Programm wie im Nachtwerk vor Live Wire, allerdings diesmal mit mehreren Zugaben. Trotzdem waren wir in knapp vierzig Minuten fertig, weil Christian offensichtlich das Gefühl hatte, der lähmenden Wirkung des Jägermeisters gegensteuern zu müssen. Das führte letztlich dazu, dass er alle Songs viel zu schnell einzählte. Schon nach den ersten drei Liedern spürte ich mein Handgelenk nicht mehr, weil ich so extrem rasant spielen musste. Ich lief mehrmals zu ihm und schrie: »Langsamer, Alter, bitte, das ist so brutal, ich kann nicht mehr!« Er nickte jedes Mal und knüppelte trotzdem weiter, als stünde sein Hocker in Flammen. Es war eines der schlechtesten Konzerte, die wir je spielten, aber wenigstens die Megatherion-Fans in den ersten Reihen schienen an der Geschwindigkeit unserer Songs ihre Freude zu haben.

Zurück im Wohnwagen, kühlten Gröschl und ich unsere Finger an Bierdosen, und wir vereinbarten mit Christian, in Zukunft mit dem Schnaps bis nach dem Auftritt zu warten. Gunnar drückte Christian einen 100-Schilling-Schein in die Hand, wir sollten schon mal mit dem Taxi ins Hotel fahren, er käme mit dem Bus gleich nach. Wir bezogen unsere Doppelzimmer und überlegten, was wir mit dem angebrochenen Abend anstellen könnten. Nachdem wir geduscht hatten, gingen Christian und ich nach nebenan, wo sich Tom und Gröschl das Zimmer teilten. Gerade als wir es uns gemütlich gemacht hatten, stolperte Gunnar sichtlich angetrunken ins Zimmer. Im Schlepptau hatte er sechs Mädchen, von denen die Hälfte wirklich gut aussah. Einen Moment lang sahen wir uns verunsichert an, dann erfasste ich die Situation und warf den Tisch und einen Stuhl um. Die Mädels sollten schließlich nicht denken, hier würde keine Rockband hausen.

»Schaut mal, was ich uns mitgebracht habe, Männer!«, freute sich Gunnar.

»Ich hab noch Bier in meiner Tasche, hat jemand Jack Daniels?«, rief Gröschl aus dem Bad und beschäftigte sich damit, die Handtücher sinnlos auf den Fußboden zu werfen und darauf herumzuspringen. Gunnar setzte sich aufs Bett und zog zielsicher das jüngste der Mädchen auf seinen Schoß, auch Tom und Christian hatten schon ihre Wahl getroffen. Bevor Gröschl seine höchst uneffektive Zerstörungsmission beendet hatte, musste ich mich schnell um die übriggebliebene Gutaussehende bemühen, sonst blieben am Ende nur die beiden Restposten übrig, und das konnte niemand wollen.

»Ich heiße Sibylle«, sagte sie, »bin extra aus Wien gekommen. Na ja, nicht extra wegen eurem Konzert, aber ich war eh in der Stadt, deshalb bin ich hingegangen. Ihr wart aber eh super.« Sie bemühte sich schwer darum, etwas zu sprechen, was sie für Hochdeutsch hielt.

»Schön«, sagte ich. »Mein Zimmer ist nebenan.«

»Eh klar«, sagte sie und lächelte mich dabei unschuldig an. Sie war keine klassische Schönheit, aber auch nicht hässlich, und sie hatte eine tolle Figur. Vor allem aber ging sie freiwillig mit in mein Zimmer. Dort zog ich mich gleich mal bis auf die Unterwäsche aus, schließlich wollten wir schon frühmorgens wieder nach München fahren, ich hatte keine Zeit zu verlieren. Sie sah mir schweigend dabei zu.

Erst als ich meine Socken in die Ecke warf, mich auf das Bett setzte und versuchte, sie an ihren Händen zu mir herunterzuziehen, wurde sie laut. »Was soll des jetzt wern?«

»Na ja, ich hab halt gedacht, wir machen's uns nett. Ein bisschen gemütlich.« Ich merkte, dass mir die Situation zu entgleiten drohte, und legte deshalb eine Extraportion Süßholz in meine Stimme.

»Des is ned nett. Des is ned gemütlich. Des is dreist, Oida. Für was, bitte, hältst du mich?«

»Keine Ahnung. Warum bist du denn dann mitgekommen?«, fragte ich verständnislos.

»Vielleicht wollt ich einfach nur ein bisserl feiern. *Nette* Leute kennenlernen. Aber des versteht so einer wie du ned. Bei euch Männern dreht sich wirklich alles nur ums Bett. Du kannst dir wahrscheinlich ned amal vorstellen, dass Frauen auch ohne Sex einen schönen Abend haben können.«Nein, das konnte ich nicht.

Nachdem sie die Tür hinter sich zugeknallt hatte, zog ich mich nachdenklich wieder an. Ich sah eine halbe Stunde lang fern, dann wurde mir langweilig, und ich bekam Durst. Ich klopfte nebenan. Nach einer Ewigkeit öffnete Christians neue Bekanntschaft im Slip die Tür. »Mein Zimmer ist frei«, sagte ich. Christian sprang sofort auf, packte sie und rannte los. Ich setzte mich neben Gröschl auf den Boden, der die beiden Restposten mittlerweile dazu angestiftet hatte, sich gegenseitig zu streicheln, damit er in Ruhe Bier trinken konnte. Gunnar und Tom waren mit ihren beiden Mädchen schon längst in Gunnars Zimmer verschwunden, also konnte man das hier auch beenden. Wir bewegten die beiden dazu, sich woanders ein intimeres Plätzchen zu suchen, nahmen uns jeder ein paar Bier aus der Tasche, und ich warf frustriert eine Nachttischlampe aus dem Fenster, weil wir den Fernseher noch brauchten.

Am nächsten Morgen klopfte ich vorsichtig an meine Zimmertür. Christian riss sie fast augenblicklich auf und sah mich verstört an. »Die Alte ist weg und mein Geldbeutel auch«, sagte er.

»Hat sich's denn wenigstens gelohnt?«

»Na ja«, sagte er, »es waren nur zwölf Mark drin. Das war es wohl wert. Ich geh gleich mal zum Gunnar und lass mir die Gage geben.«

Als bei Gunnar niemand öffnete, beschlossen wir, nach unten zum Frühstücksbuffet zu gehen. Tom saß allein an einem Tisch in der Ecke vor einer traurigen Schüssel Haferflocken. »Ich hab's da oben nicht mehr ausgehalten«, stöhnte er. »Die ganze Nacht dieses Gerappel und das ständige ›Sag meinen Namen! Na, wie heiße ich?‹ Es hat so genervt.«

Wir aßen eine Kleinigkeit und wollten anschließend schleunigst aufbrechen. »Ich glaube, die Kleine ist immer noch bei Gunnar auf dem Zimmer«, sagte Tom. »Ich habe den Schlüssel mitgenommen, schauen wir doch mal nach.«

Bei Tageslicht und mit verwischter Schminke sah das Mädchen noch jünger aus als am Vorabend, aber uns gefielen ihre kleinen Brüste, die kaum wippten, obwohl sie Gunnar ritt, als hätten die beiden einen dringenden Termin in der Nachbarstadt. Er schien von ihren Bemühungen reichlich unbeeindruckt zu sein, denn er war währenddessen in ein kompliziertes Telefonat verwickelt.

»Ja, der Papi hat dich auch lieb«, sprach er in den Hörer. »Ja, natürlich geht der Papi mit dir in den Zoo, wenn er dich das nächste Mal besucht. Gibst du mir mal die Mami? Ja, das mache ich. Kuss. Ja, an den Meckibären auch einen Kuss. Gibst du mir jetzt die Mami? Jaha, Kuss.« In der kurzen Gesprächspause deutete er auf das zweite Bett und den Stuhl. »Steht nicht so blöd in der Gegend rum«, zischte er. »Hallo, Sandra? Ja, ich bin noch dran. Ich komm dann nächstes Wochenende, oder bringst du sie bei mir vorbei? Gut, okay, so wird's gemacht. Ja, bis dann.« Er legte auf. Plötzlich bemerkte er wieder den Teenager, der immer noch auf ihm herumturnte. »Ich glaube, das hat keinen Zweck mehr, Schätzchen«, sagte er und schob sie beiseite. »Mach dich frisch und geh heim. Ich werd dich bestimmt nie vergessen.«

Weil Christian unbedingt sofort und auf der Stelle Bares brauchte, mussten wir in die Wechselstube an der Grenze, wo Gunnar unsere österreichische Gage zu einem verbrecherischen Kurs in D-Mark eintauschte. Er musste sich auch noch um den kaputten Reifen kümmern, dafür zog er uns pro Nase fünfzig Mark ab. Jeder bekam einhundertundachtzig. Gröschls Augen leuchteten wie an Weihnachten. Wenn ich die fünfundvierzig davon abzog, die ich für Basssaiten ausgegeben hatte, und das Kleingeld für Zigaretten und Kaffee, blieben nicht einmal hundertdreißig Mark übrig. Für ein ganzes Wochenende Ackerei erschien mir das nicht besonders eindrucksvoll. Während ich noch im Stillen mit der Welt haderte, sprach Christian einen wichtigen Punkt an. »So ein Mist wie mit den Boxen darf einfach nicht passieren, Gunnar. Hast du denen keinen Rider geschickt?«

»Habe ich was?«

»Einen Technical Rider. Eine Bühnenanweisung. Hast du ihnen keine geschickt?«

»So was hab ich gar nicht. Könnt ihr mir einen geben?«

»Na, wenn wir dich nicht hätten«, sagte Christian, seufzte tief und versprach, ihm im Laufe der Woche »so was« zukommen zu lassen.

Anfang der achtziger Jahre wurde über Van Halen berichtet, dass sie eine bizarre Anforderung in ihren Technical Rider diktierten. Als Bestandteil des Gastspielvertrages dient so eine Anweisung eigentlich dazu, im Vorfeld des Auftritts technikspezifische Dinge wie benötigte Stromanschlüsse, die Zahl der Aufbauhelfer oder die Kanalbelegung zu regeln. Doch Van Halen bestanden darin unter anderem auch auf einer große Schale M&M's, aus der die braunen Schokolinsen akribisch aussortiert sein sollten.

David Lee Roth erklärt dazu in seiner Autobiographie, dass das Vorhandensein von braunen M&M's ein recht zuverlässiger Indikator dafür war, dass die Bühne die für damalige Verhältnisse riesige PA- und Lichtanlage der Band nicht aushalten würde. Und zwar deshalb, weil der Veranstalter den Vertrag einfach nicht sorgfältig genug gelesen hatte. Denn wenn er schon einfachste Schokolinsenwünsche nicht erfüllen konnte, dann hatte er mit größter Wahrscheinlichkeit auch bei komplizierteren und sicherheitsrelevanten Angelegenheiten wie beispielsweise einem doppelt verstärkten Bühnenboden oder zusätzlichen Hängepunkten versagt. Was auf den ersten Blick aussah wie unfassbar durchgedrehtes Divengehabe, war also in Wirklichkeit ein glasierter Korinthenkacker-TÜV.

Um nie mehr auf zerschnittene Membranen zu treffen und um Gunnar zu entlasten, schrieben nun also auch wir einen Technical Rider. Darin stand aber nichts über Naschwerk, sondern nur, dass wir ein Mischpult mit mindestens sechzehn Kanälen brauchen, wie viele – und, wenn möglich,

welche – Mikrophone zur Abnahme der Instrumente benötigt werden und dass wir mindestens drei verschiedene Ka-
näle für die Monitoreinstellung wollen. Das war in unserem
Fall eigentlich gar nicht nötig, weil wir alle das Gleiche auf
dem Monitor hören wollten, nämlich alles, und zwar laut.
Nur Tom stellte von vornherein klar, dass er grundsätzlich
seine Stimme *super*laut braucht. Spätestens hier hätten wir
erkennen müssen, dass er an der sogenannten ARD litt, der
heimtückischen *Axl Rose Disease* – eine Krankheit, die
durch das Halten eines Mikros in Kombination mit dem Tragen viel zu enger Bandanas verursacht wird und bei der die
Betroffenen früher oder später zu egomanischen Arsch-
löchern mutieren. Irgendwann kann sie jeden Leadsänger
erwischen. Bei Axl Rose selbst äußerte sich die ARD hauptsächlich darin, dass er von Zeit zu Zeit ein Konzert nach dem
ersten Song abbrach, weil ihm gerade einfiel, dass er zum
Frühstück doch lieber Grapefruit- als Orangensaft gehabt
hätte. Einmal störte ihn ein Zuschauer mit einer Kamera,
woraufhin er sich mit ihm prügelte und das Konzert abbrach.
Die anschließende Massenschlägerei sorgte für sechzig Ver-
letzte, zahlreiche Festnahmen und einen Schaden von rund
einer Million Dollar.

Die individuellen Monitoreinstellungen nutzte Christian
fortan hauptsächlich dazu, seinen eigenen, persönlichen
Schenkelklopfer zu präsentieren. Auf die Frage des Ton-
mannes, »Was möchtest du denn auf dem Monitor haben?«,
antwortete er nun jedes geschlagene Mal: »Nur mein Schlagzeug. Und die ›Alive II‹ von Kiss. Hahaha!«

Inzwischen hatte Gunnar sämtliche Managermuskeln
spielen lassen und einen Auftritt in einer Disko im Allgäu
organisiert. Hier zeigte sich besonders deutlich, wie gut es

war, einen Technical Rider zur Hand zu haben. Für die technische Abwicklung war dort ein gewisser Olf zuständig, der sich uns mit dem Satz vorstellte: »Olf. Wie Zwölf, nur ohne Z und w und statt dem ö ein O«. Der einfache Umweg über Golf, Wolf oder selbst Rolf schien ihm wohl zu abwegig. Wie wir erfuhren, leistete Olf in dieser Disko einen Teil seines Zivildienstes ab. Der Einfachheit halber stellten wir ihm erst gar nicht die ungleich komplexere Frage, welchen Dienst an der Zivilisation man in einer Diskothek verrichten konnte. Vielleicht fanden hier ja an manchen Nachmittagen Feuerwehrübungen statt, oder Behindertentanzgruppen beackerten den Dancefloor. Olf hatte den Wehrdienst vermutlich nicht aus Gewissensgründen verweigert, sondern weil er ahnte, dass ihm durch sein generelles technisches Unverständnis die Gefahr potentieller Truppendezimierung beim Hantieren mit Gewehr und Granate ein steter Begleiter gewesen wäre.

Tom erzählte, dass Live Wire einmal in genau dieser Disko auftreten sollten und die Hälfte der benötigten Hardware fehlte. Das war eigentlich schwer vorstellbar, schließlich fanden da jede Woche mehrere Konzerte statt, aber Olf war der Mann, der das Unmögliche möglich machte. Nachdem die lokale Vorgruppe zurück in ihren Proberaum gefahren war, um fehlende Mikros, Kabel und Effektgeräte zu besorgen, standen sie vor dem nächsten Problem: Sobald einer der Musiker auf sein Fußeffektgerät trat oder den On-Schalter am Amp drückte, verabschiedete sich die Hauptsicherung im Gebäude. Totaler Blackout.

Genauso, aber zugleich auch ganz anders verhielt es sich dagegen beim Olf: Drückte man den Olf, konnte man sicher sein, dass rein gar nichts passierte. Er hatte überhaupt von nichts eine Ahnung, außer davon, wie man seine Dienstzeit damit verbringt, sich wie ein riesiger Embryo gekrümmt in einen angeschimmelten Sitzsack zu fläzen und dabei auf seinen Dreadlocks herumzukauen. Was er gelegentlich unterbrach, um nach draußen zu gehen und eine, wie er es nannte, »Athletenzigarette« zu rauchen. Das Wort untermalte er dabei mit einem Knick-Knack-Zwinkern, offenbar eine gestisch vermittelte Einladung an alle Umstehenden, die verrückte Welt des Olf zu betreten, in der Elektrizität fremdes Teufelswerk und Kiffen Sport war. Den Auftritt mussten Live Wire damals abblasen, weil der Olf nicht in der Lage war, die Telefonnummer vom Haustechniker zu finden.

Uns würde so etwas nicht passieren, denn wir waren gewappnet. Vorsichtshalber überließen wir die technischen Details diesmal nicht Gunnar, sondern nahmen sie selbst in die Hand. Nach einem Telefonat, in dem ich dem Olf knapp und – wie ich zumindest vermutete – auch verständlich geschildert hatte, wie unsere banalen Bühnenanforderungen lauteten, rief er schon bald zurück. Und zwar nicht etwa einmal, sondern insgesamt dreimal. Umsichtig, wie er war, wollte er sich jedes Mal in einem anderen Punkt vergewissern, ob er mich auch richtig verstanden hatte. Insgeheim wartete ich darauf, dass er ein viertes Mal anrief, um zu fragen, ob ich mit »Mikros« tatsächlich Mikrophone meine und ob der »Kanal« so ein Schieberegler am Mischpult ist. Um dem vorzubeugen, sagte ich nach einigen Minuten konfuser Nachfragerei im dritten Gespräch, was ich ihm schon längst vorher hätte sagen sollen: »Pass auf, Olf, wir kürzen die Sache jetzt ab. Ich schicke dir einfach den Technical Rider.«

Von diesem Moment an wurde der Olf plötzlich heikel. So etwas Dreistes hätte er ja noch nie erlebt! Er arbeite jetzt schon seit fast acht Monaten hier, aber in dieser Weise ...! Das müsse er sich jetzt aber gar nicht gefallen lassen, und warum in aller Welt ich ihm denn drohen würde? Ich beendete das Telefonat und brauchte Minuten, bis mir klar wurde, was da gerade passiert war. Olf hörte die Worte »Technical Rider« und sah vor seinem durch Fitnesskippen getrübten geistigen Auge offenbar einen in Leder und Adrenalin gekleideten Rächer auf einem flammenden Motorrad, der ihm den technisch unbegabten Ziviarsch mit der glühenden Faust innerhalb zweier Millisekunden auf links drehen würde. Er wähnte mich als Absender einer Figur von einem Judas-Priest-Plattencover, die ihn für seine Unzulänglichkeiten zur Rechenschaft ziehen sollte. Nun ja, man darf die Macht des Technical Rider nie unterschätzen, denn sie wirkte. Offenbar benötigte der Olf klare und schriftliche Anweisungen, die er Schritt für Schritt abarbeiten konnte. Denn unser Auftritt lief wie geschmiert.

In München waren wir seit dem Konzert im Nachtwerk zu kleinen Berühmtheiten geworden. Natürlich war es hilfreich, dass Silvia jedem, der es hören wollte, erzählte, wie scharf die bei der Ariola auf uns seien und dass es nur noch eine Frage weniger Monate sei, bis wir unseren Plattenvertrag bekämen. Seit wir regelmäßig auftraten, hatte auch Gröschl genug Geld, um mit uns auszugehen, so dass wir immer zu viert im »Finest« an der Bar standen, auf den Plätzen, die noch vor gar nicht so langer Zeit für Live Wire reserviert waren. Plötzlich kamen die anderen jungen Bands zu uns und erkundigten sich nach Tipps oder wollten, dass wir ihre Demotapes weiterleiten: »Wenn das von euch kommt, hören die sich das doch sicher an.« Die meisten von ihnen wollten aber bei uns im Vorprogramm auftreten. Christian und ich versuchten immer, zu jedem möglichst freundlich zu sein. Uns imponierte, wie nett sich Mark Platinum damals uns gegenüber verhalten hatte. Tom dagegen meinte, wir könnten ja sehen, was Mark das eingebracht hätte. Deshalb behandelte er jeden, den er nicht kannte, wie einen Zeugen Jehovas. Sein Repertoire reichte von einem fast neutralen »Da hinten sitzt mein Manager. Sprich mit dem« bis zu »Was kann *ich* denn dafür, dass ihr eine Scheißband seid?« Wir versuchten ihn zu überzeugen, dass wir wegen dieser Haltung bald in der kompletten Szene als arrogante Vollidioten verschrien sein würden. »Sei doch ein bisschen netter zu den Leuten. Du zerstörst ihnen doch ihr Selbstvertrauen«, bat ich ihn.

»Blödsinn. Es heißt doch *Selbst*vertrauen«, meinte er, »geht doch gar nicht, dass man das Selbstvertrauen von einem anderen zerstört. Das kann der nur selbst machen.«

Da seine Freundin Moni ihn bei seinen Allüren noch unterstützte, bissen wir auf Granit. »Ist doch ganz einfach: Tom ist der Star bei euch. Ohne ihn wärt ihr immer noch eine uninteressante Schülerband«, sagte sie Christian und mir allen Ernstes ins Gesicht. Die dumme Kuh. Und dann hatte sie auch noch recht.

Als wir in Nürnberg auftraten, spielten wir eigentlich ein super Konzert, alles lief glatt, bis zu dem Moment, in dem uns Tom mitten im Song aufforderte, abzubrechen. Ich wusste zunächst gar nicht, was los war, und dachte, dass er vielleicht von einem Bierbecher oder einem Feuerzeug getroffen worden war und für Ordnung sorgen wollte. Doch dann nahm er sein Mikrophon und sagte in die Stille: »Was haben wir denn da?« Dabei deutete er auf die linke Seite des Zuschauerraums, wo sich Moni der Bühne näherte. In ihrer Hand trug sie einen Strauß roter Rosen, den sie ihm theatralisch überreichte. »Vielen, vielen Dank!«, sagte er. »Vielen Dank!« Ich wollte mich auf der Stelle übergeben, Gröschl drehte sich um und ging zu seinem Verstärker, an dem er in einer Übersprunghandlung planlos Regler verstellte, Christian hatte sich aus lauter Fremdscham ein Handtuch über den Kopf gezogen. Wir waren in einer Mischung aus schmierigstem Bauerntheater und der ZDF-Hitparade gelandet. Ein Strauß Rosen für den Sänger! In einem Metal-Konzert!

»Tom, so geht das nicht weiter«, nahm ich ihn nach dem Auftritt ins Gebet. Ich hatte Gröschl und Christian beauftragt, Moni abzulenken und mir zehn Minuten mit ihm alleine zu verschaffen. Ich machte ihm klar, dass unsere größte Fangruppe Teenies waren. Die Mädchen, weil sie in ihn verliebt waren, und die Jungs, weil sie so sein wollten wie er, also ein Typ, in den alle Mädchen verliebt sind. Dazu passte keine Freundin, die wie eine Klette an einem klebt, und dazu passten auch keine Schlagersängerutensilien. »Du hast recht«, sagte er. »Von der Warte aus hab ich die Sache noch gar nicht betrachtet.« Ich hatte mit deutlich größerem Widerstand gerechnet.

In den darauffolgenden Wochen probten wir etwas weniger, weil wir drei uns auf die Abiturprüfungen vorbereiteten. Noch immer funktionierte die Schule bei Christian und mir nach dem Prinzip, mit so wenig Einsatz wie möglich gerade so durchzukommen. Wir hatten beide unsere Abifächer so gewählt, dass wir nur in einem davon tatsächlich lernen mussten. Deutsch, Englisch und Sport konnte man entweder, oder man konnte es nicht. Wir konnten. Gröschl in der Band zu haben war zu dieser Zeit ein doppelter Segen, denn er zehrte noch von dem angehäuften Wissen aus seiner Streberzeit. Dementsprechend war er in den naturwissenschaftlichen Fächern wesentlich begabter als wir und brachte uns innerhalb weniger Nachmittage zumindest auf Prüfungsniveau.

An dem Tag, als man uns dreien unser Abschlusszeugnis überreichen wollte, kamen wir um halb neun Uhr morgens übernächtigt vor der Schule an. Am Vorabend hatten wir in Hannover gespielt, nach dem Konzert im Akkord abgebaut und waren sofort aufgebrochen. Gunnar war die ganze Nacht lang erbarmungslos durchgefahren, unterbrochen nur von den Kaffee-Stopps an jeder einzelnen Raststätte. Wenn er während der Fahrt in seiner rechten Hand keinen Becher hatte, dann nur deshalb, weil er gerade beide Hände brauchte, um einen Schein zusammenzurollen.

»Halt mal das Lenkrad«, sagte er dann zu Tom, der auf dem Beifahrersitz um sein Leben fürchtete, beugte sich nach unten und schnupfte von der Mittelkonsole, ohne dabei vom Gas zu gehen. »So, jetzt bin ich für die nächsten Meter wieder frisch.«

»Bist du komplett verrückt, lass uns doch bitte abwechselnd fahren«, hatten wir ihn anfangs noch angefleht. Doch er wollte unter keinen Umständen einen von uns ans Steuer lassen. »Macht euch nicht ins Hemd, ich bin total fit«, behauptete er, während er die Nase hochzog, »und wem's nicht passt, der kann ja aussteigen und mit dem Zug weiterfahren.« Wir fügten uns widerstrebend und versuchten auf der restlichen Strecke, wenn schon nicht an Schlaf zu denken war, wenigstens die Augen geschlossen zu halten.

Die ganze Unternehmung war ausgemachter Irrsinn, aber Gunnar hatte schon im Vorfeld einige Entscheider von SPV zu dem Konzert eingeladen, einem Plattenlabel, das seinen Sitz in Hannover hatte. Er plante, uns auch dort ins Gespräch zu bringen, dadurch den Druck auf die Ariola zu erhöhen und unseren Preis hochzutreiben. Wir waren uns nicht besonders sicher, ob wir dort ins Repertoire passten, die grundsätzliche Ausrichtung bei SPV war deutlich härter als das, was wir machten. Gunnar meinte aber, dass wir genau deswegen gut zu ihnen passen würden. »So was wie euch haben die noch nicht. Da herrscht wirklich Nachholbedarf bei denen.«

Nach dem Konzert waren wir auch nicht wesentlich schlauer. Die SPV-Leute blieben zwar bis zum Ende und verabschiedeten sich auch höflich, aber niemand machte irgendwelche Zusagen oder Angebote oder äußerte sich überhaupt. Gut möglich, dass wir diese Tortur völlig vergebens auf uns genommen hatten. Normalerweise hätten wir wenigstens vor Ort übernachtet und wären am nächsten Tag in Ruhe nach Hause gefahren, doch der Tag, an dem das Abiturzeugnis übergeben wurde, war der wichtigste Tag im Leben unserer Eltern. Wir waren ihnen unsere Anwesenheit schuldig, selbst wenn wir dafür mehr als sechshundert Kilometer nackte Panik in Kauf nehmen mussten.

Nachdem Christian, Gröschl und ich es irgendwie bewerkstelligt hatten, die Zeugnisse unfallfrei entgegenzunehmen, beging niemand von uns den Fehler, ein Nickerchen zu machen. Wir wären wohl die nächsten vierundzwanzig Stunden nicht mehr aufgewacht. Stattdessen hielten wir tapfer durch und feierten im »Finest« vollkommen übernächtigt das Ende unserer Schullaufbahn. Obwohl

Tom als Einziger keinen konkreten Anlass zum Feiern hatte, war er mittendrin. Er nutzte die Gelegenheit, einmal ohne Moni auszugehen, und vertrug sich offenbar wieder mit dem Gitarristen von Live Wire. Nachdem sie sich zum Ende des langen Abends ein Wettsaufen an einem Jägermeister-Patronengurt geliefert hatten, schliefen sie jetzt selig wie zwei Babys nebeneinander mit den Köpfen in der Bassrutsche, aus der nach wie vor Metal in Diskothekenlautstärke brüllte. Ich war auch nicht mehr ganz nüchtern, als mich Silvia auf dem falschen Fuß erwischte. »Warum ziehst du eigentlich nicht bei mir ein?«, fragte sie, und weil sie wusste, wie sehr es mich nervte, steckte sie ihren Zeigefinger in den Mund und bohrte mir anschließend damit im Ohr herum.

»Hör bitte damit auf, ich hab Angst, dass mein Hirn nass wird«, schob ich ihre Hand zur Seite. Ohne weiter nachzudenken, plapperte ich drauflos. »Einziehen, ja, warum eigentlich nicht?«

»Klar, warum nicht?«, sagte sie. »Wir teilen uns die Miete, und du könntest kochen, dann hätte ich was Warmes, wenn ich von der Arbeit komme.«

»Wären wir dann zusammen? So richtig, meine ich.«

»Nein, Depp. Aber wir würden zusammen wohnen.«

»Okay. Ich kann aber nur Kaiserschmarren. Hat mir meine Mama beigebracht.«

»Gut. Dann machst du jeden Tag Kaiserschmarren.«

Ich dachte auf dem Heimweg und zu Hause lange darüber nach, wägte ab, rechnete Vor- und Nachteile gegeneinander auf, kam aber zu keinem zufriedenstellenden Resultat. Meine Eltern waren schließlich völlig in Ordnung, sie ließen mich im Prinzip in Ruhe, aber wenn ich ein Problem hatte, waren sie immer zur Stelle. Wir lebten in einer schönen Wohnung in einer guten Gegend, ich hatte es warm, und es gab zu essen, ohne dass ich etwas dafür tun musste. Andererseits, von wie vielen Rockstars wusste ich, dass sie noch bei Mama und Papa lebten?

Weil ich so unsicher war, beschloss ich, die Entscheidung meinen Eltern zu überlassen. Ich wollte ihnen mein Anliegen so vorsichtig wie möglich vermitteln und abwarten, wie sie darauf reagieren. Insgeheim spekulierte ich auf einen Zusammenbruch meiner Mutter, doch was sie sagte, war nur: »Ich dachte nicht, dass du gleich nach dem Abi gehst. Aber schaden kann's nicht, wenn du ab jetzt auf deinen eigenen Füßen stehst.« Ich bin der festen Meinung, das war ihr Weg, mir zu zeigen, wie sehr sie mich liebt.

Außerdem hatte sie einen Narren an Silvia gefressen, vielleicht auch nur an der Tatsache, dass ich mit einer Frau zusammenziehen wollte. Sie war der Meinung, »ein Mädchen, das ein bisschen älter ist, treibt dir die Flausen aus«. Es war nicht schlecht, auf so viel Verständnis zu stoßen, aber allmählich beschlich mich das ungute Gefühl, dass sich meine Eltern mehr über meinen Auszug freuten als ich selbst.

Ein paar Tage später war es so weit. Ich packte das Nötigste zusammen, also Bässe, Gitarren, Platten, Kleidung und Schminke, und war bereit für das Neue. Meine Mutter hatte mir hoch und heilig versprochen, meine Möbel und den restlichen Kram nicht zu verbrennen, sondern wenigstens noch ein paar Monate aufzubewahren, nur für alle Fälle. Obwohl Gunnar im Transporter vor der Tür schon unruhig wurde und anfing zu hupen, blieb ich noch eine Weile in meinem Zimmer. Nicht, weil ich mich nicht trennen konnte – ich wusste einfach nicht, wie ich mich verabschieden sollte. Erst nachdem mein Vater mit einer männlichen Umarmung das Eis brach, war ich in der Lage zu gehen.

»Endlich, Alter«, sagte Gunnar, als ich einstieg. »Merk dir diesen Moment gut. Du wirst ihn dein Leben lang verfluchen.«

## DER DEAL

Es ging um Gurken. Genauer gesagt, um eine einzige. Ich hatte mir vor der Probe eine große Portion Spaghetti bolognese gemacht und den Rest davon für Silvia im Topf gelassen. »Musst du nur aufwärmen!«, stand auf dem Zettel, den ich auf den Topfdeckel legte. Weil noch etwas Zeit übrig war, bevor ich aufbrechen musste, hatte ich eine Salatgurke gerieben und mit Essig und Öl angemacht. Gurkensalat, dachte ich, da wird sie sich freuen, auch mal was Gesundes mit Vitaminen drin. Als ich gegen Mitternacht wieder nach Hause kam, öffnete ich gut gelaunt und ahnungslos die Pforte zu einem Land, in dem Menschenrechte und Gerechtigkeit nur in den Köpfen hoffnungsloser Romantiker existierten.

»Du bist ja mit weitem Abstand Deutschlands Dümmster!«, wurde ich begrüßt. Noch ehe ich »Häh?« sagen konnte, flog mir der Salat samt Schüssel vor die Füße.

»Was soll das denn?«, fragte ich erschrocken, nachdem ich quietschend zur Seite gesprungen war, um dem auf den Fliesen zerberstenden Steingut auszuweichen.

»Du bist so unfähig«, schrie sie, »sieh dir die Scheiße doch mal an. Zu blöd, um die Gurke vor dem Reiben zu schälen. Glaubst du vielleicht, ich fresse die Schalen? Die sind bitter.«

Ich wollte sie fragen, warum sie denn nicht wenigstens drum herum gegessen hatte, da war doch wirklich genug schalenloses Gurkenfleisch, aber ich vermutete, in Wirklichkeit war die Schale gar nicht das eigentliche Problem.

»Aber ich hab's doch gut gemeint. Ich wollte doch nur …«

»Das ist genau dein Problem. Immer nur wollen, aber nichts können. Ich geh jetzt ins Bett.«

Nach dem Aufstehen fand ich auf dem Küchentisch einen Zettel, auf den sie einen kleinen Vogel gemalt hatte, der einen Zweig im Schnabel davontrug, an dem eine Sprechblase hing, in der »Sorry!« stand.

Diese Stimmungsschwankungen waren es, die mich wirklich auf die Palme brachten. Gerade noch ein Testosteron versprühender Wrestler, der brüllend meine bevorstehende Niederlage prophezeite, verfasste sie schon in der nächsten Sekunde einen Poesiebucheintrag, für den sich eine Sechsjährige geschämt hätte. Mir fehlten im Moment sowohl Lust als auch Zeit, mich damit auseinanderzusetzen. Gunnar hatte nämlich gerade eine Reihe von Konzerten für uns gebucht. Bald kam der Sommer, die Zeit der Open Airs brach an, und wir bereiteten uns darauf vor, an den kommenden Wochenenden auf Bikertreffen oder Sommerfesten der freiwilligen Feuerwehr aufzutreten.

»Warum spielen wir denn immer nur auf solchen Drecksveranstaltungen?«, fragte ich ihn.

»Weil die bezahlen«, antwortete er. »Glaubst du, die richtigen Festivals warten auf euch? Weil ihr so nett seid, oder was? Ohne Deal geht da gar nichts.« Eine einleuchtende Erklärung, aber war es nicht *er*, der uns schon seit Monaten versicherte, der Plattenvertrag wäre nur noch eine Formsache?

»Apropos Deal«, hakte ich nach. »Passiert da vielleicht auch mal was?«

»Ich bin dran, Alter, was glaubst du denn?«, fuhr er mich an. »Ich reiß mir für euch so was von den Arsch auf, das kannst du mir wirklich glauben! Jeden gottverdammten Tag sitz ich der Ariola im Nacken.«

Bislang hatte ich ihn nur für einen windigen Aufschneider gehalten, der uns die demütigenden Auftrittsanfragen und die daran anschließende Gagenfeilscherei abnahm, aber jetzt war ich mir sicher, dass er darüber hinaus auch noch ein Lügner war. Silvia hatte mir nämlich ein paar Tage zuvor eher beiläufig erzählt, dass man bei der Ariola auf einen Rückruf von ihm warte. Ich biss mir auf die Zunge, weil ich erst mit den anderen besprechen wollte, was wir deswegen unternehmen sollten.

Das tat ich bei nächster Gelegenheit. Tom war dafür, ihn sofort rauszuschmeißen. »Was macht der denn schon groß? Vögelt auf unsere Kosten rum und redet schlau daher. Das, was der macht, könnte die Moni locker.«

»Ich will aber nicht, dass die Moni auf unsere Kosten rumvögelt«, sagte Christian grinsend und kassierte dafür einen ansatzlosen Taekwondo-Schlag auf seinen Oberarm. Gröschl winkte hektisch, um anzudeuten, dass es etwas Wichtiges mitzuteilen gab, sobald er das Griebenschmalzbrot von der Brotzeitplatte hinuntergeschlungen hatte, die Frau Strasser am Nachmittag vorbeigebracht hatte. Sie wurde in letzter Zeit etwas wunderlich. Wer, außer Gröschl, der immer und alles essen konnte, hatte bei knapp dreißig Grad schon Lust auf pures Fett? Als er seinen Mund mit einem großen Schluck Cola durchgespült hatte, erzählte er, dass er sich schlaugemacht habe, wo wir in der nächsten Zeit auftreten würden. »Nur so Käffer mit -ingen am Ende«, sagte er. »Die reinste Hölle. Aber alles nicht so besonders weit von Stuttgart entfernt. Deshalb hab ich unser Demo und die Konzerttermine an die Intercord geschickt. Die sitzen da nämlich, und ich dachte mir, das kann ja nicht schaden.«

»*Du* hast daran gedacht, und der Gunnar kommt nicht auf so eine Idee?«, fragte Tom. »Also ich möchte ihn wirklich unbedingt rausschmeißen. Lassen wir die Moni übernehmen.«

»Erst möchte ich mal mit dem Gunnar reden«, sagte Christian. »Und ohne dir zu nahe treten zu wollen – die Moni ist eine Friseuse.«

»Friseurin«, sagte Tom. »Das heißt Friseurin.«

Am nächsten Tag erzählte uns Gunnar eine Geschichte, die sich in der Hauptsache darum drehte, dass er alles im Griff habe und jetzt gerade bei der Ariola die Urlaubszeit angebrochen sei, weswegen im Sommer sowieso keine Verträge gemacht werden könnten.

»Und warum bietest du uns nicht auch bei anderen Plattenfirmen an?«, bohrte Tom nach.

»Mach ich doch!«, schrie Gunnar. Er schien eine Menge Ärger angestaut zu haben, der jetzt aus ihm herausplatzte. »Muss ich euch jetzt über jedes ungelegte Ei Bericht erstatten? Wenn ihr wüsstet, wie viel Scheiße ich für euch fresse und wie wenig für mich dabei rausspringt, dann würdet ihr euch bei mir aber auch mal bedanken. Dann würdet ihr angekrochen kommen und sagen: ›Chateau, Gunnar, echt geile Arbeit, die du für uns ablieferst.‹ Ihr seid wirklich die undankbarsten Arschlöcher, die ich kenne. Wisst ihr was – macht euern Dreck doch alleine! Ich habe keinen Bock mehr.« Die Stille, die jetzt herrschte, klang nicht nach Frieden, sondern eher nach Nachladen. Ich räusperte mich, Tom und Gröschl waren komplett sprachlos, nur Christian wusste, was zu tun war. Wir hatten vier Flaschen Jack Daniel's gekauft, die wir mit Eistee füllen wollten, weil man damit auf der Bühne imagewahrend seinen Durst löschen konnte. Vorher musste der Whiskey natürlich aus den Flaschen raus, und jetzt war ein günstiger Zeitpunkt dafür. Christian öffnete die erste und drückte sie Gunnar in die Hand: »Genau, Gunnar. Chateau. Red keinen Blödsinn. Ohne uns wäre dir doch total langweilig. So viele Pornos, wie du dann anschauen würdest, gibt es doch gar nicht.« Zu Beginn der zweiten Flasche war Gunnar bereits wieder zu einer schulterklopfenden Verbrüderungsmaschine mutiert. Davon, uns zu kündigen, war längst keine Rede mehr, stattdessen wurden schon wieder größenwahnsinnige Pläne geschmiedet. Es war wirklich nicht leicht mit ihm, aber immerhin war er unterhaltsam.

Innerhalb eines Monats hatten wir alles gesehen, was die Landjugend auf ihren Treffen an Attraktionen zu bieten hatte. Bullriding, Traktor-Pulling, Burnout-Contests und Männer, die von armdicken Gummiseilen daran gehindert wurden, durch knietiefen Morast zu einem Stuhl zu gelangen, auf dem ein Oben-ohne-Mädchen saß, das einen Teller Schlagsahne zwischen seinen Beinen hatte. Es gab Armdrücken, Mister-Arsch-Wahlen und einen spannenden Wettbewerb zweier Tätowierer, bei dem es darum ging, wer innerhalb von zwanzig Minuten mehr Menschen ein flammendes Herz stechen konnte.

Unsere Auftritte lagen zeitlich meist zwischen einer »Wet and Wild«-Stripshow und dem Gig einer jener Rock-Coverbands, die ein buntes Potpourri aus Led Zeppelin, Bruce Springsteen und AC/DC spielten und Namen wie »Cover-Up« oder »UnderCover« trugen. Desillusionierte Beamtengesichter ohne Respekt für die Genialität der Künstler, die sie lieblos verhunzten. Und immer, wenn man dachte, schlimmer wird's nicht mehr, wurde der Grillstand geöffnet, der stets so positioniert war, dass die Rauchschwaden geradewegs auf die Bühne zogen und man nach dem Konzert roch wie ein Schaschlik.

In einem Punkt hatte Gunnar allerdings recht: Auf dem Land wurde gut bezahlt. An manchen Abenden trug jeder von uns 500 Mark nach Hause, selbst nachdem wir Gunnars Anteil abgezogen hatten. Weil wir so viele Auftritte hatten, blieb reichlich Geld hängen. Genug, um endlich ein Auto zu kaufen. Und so schlenderte ich mit 1500 Mark zu einem Gebrauchtwagenhändler in der Wasserburger Landstraße. Nachdem ich mich ein paar Minuten auf dem Gelände umgesehen hatte, kam ein Mann aus dem Holzverschlag, der das Büro darstellen sollte, um mich zu beraten. Er trug ein viel zu weit geöffnetes Hemd und ausgetretene weiße Mokassins ohne Socken. Ein windiger Typ, einer von der Sorte, der man keinen Gebrauchtwagen abkaufen würde, aber da biss sich die Katze letztendlich in den Schwanz.

»Du brauchst was mit ordentlich Fett unter der Haube«, diagnostizierte er.

»Mir ist eigentlich nur wichtig, dass meine Anlage reinpasst«, antwortete ich, »Fett ist optional.«

Wir durchstreiften gemeinsam die Reihen, bis ich ihn sah: einen acht Jahre alten Golf I, beige, der 1300 Mark kosten sollte. Wir feilschten noch ein wenig, und ich bekam ihn schließlich inklusive eines Benzinkanisters für 1300 Mark. Bei der Anmeldung in der Zulassungsstelle beantragte ich mein Wunschkennzeichen, M-LS 6969. LS stand für Löve

Stealer, und 6969 war meine vierte Wahl gewesen, nachdem die 666, die 69 und die 1 schon vergeben waren. Am darauffolgenden Wochenende fuhr ich zum ersten Mal in meinem eigenen Auto zu einem Konzert nach Irgendwasingen.

Wir hatten uns schon beinahe mit den fremden Riten, ungenießbaren Steaks und furchtbaren Dialekten angefreundet, als wir schlagartig aus unserer Lethargie gerissen wurden. Nach dem Auftritt saßen wir in einem kleinen Nebenzelt, das als Backstageraum genutzt wurde, vor unseren mit »Korea« gefüllten Maßkrügen – ein in der Gegend beliebtes, schlimmes Gemisch aus fuseligem Rotwein und Cola –, als sich zwei Männer zu uns setzten. Der eine stellte sich als Serge und der andere als Doktor Scholz vor. Sie kämen von der Intercord, erklärte Serge. Ich sah zu Gröschl, der still in sich hineingrinste, und fragte mich, was er wohl in seinem Brief geschrieben hatte, um zwei Manager einer großen Plattenfirma auf ein derart trauriges Provinzspektakel zu locken.

Serge, der einen hellen Leinenanzug trug, mit dem er in dieser Umgebung stärker auffiel, als wenn er lichterloh gebrannt hätte, redete schnell und viel. Er hörte gar nicht mehr auf, von unserem Demo zu schwärmen und davon, dass wir ihn live noch viel mehr überzeugt hätten. Ich bemühte mich, ihm aufmerksam zuzuhören, schließlich bekam man nicht täglich erklärt, wie großartig man war, doch ich war abgelenkt von Doktor Scholz. Serge redete mittlerweile seit einer knappen Viertelstunde ununterbrochen auf uns ein. In der ganzen Zeit hatte der Doktor noch kein einziges Wort gesagt. Er saß einfach nur da und musterte uns. Ich konnte meinen Blick kaum von ihm abwenden. Der Mann sah phantastisch aus. Er war sehr groß, hatte ein markantes Kinn und trug seine dunkelbraunen Haare, die an den Seiten schon leicht grau wurden, absolut korrekt gescheitelt. Er wirkte wie ein Hugo-Boss-Model. Ich schaute auf die feinen Nadelstreifen auf seinem perfekt sitzenden Anzug und wunderte mich darüber, dass er seit mindestens fünfzehn Minuten keinen Sex mehr gehabt hatte.

Währenddessen scherzte Serge, dass die einzige Musik, die er noch besser finde als unsere, von einer klingelnden Kasse komme. Und die höre er bei uns ganz deutlich. »Lasst uns nicht lange um den heißen Brei herumreden«, sagte er. »Wir sind der Meinung, ihr passt perfekt zu uns.« Zwar verstanden wir die Worte, die er sprach, aber trotzdem dauerte es eine Weile, bis ihr Sinn bei uns angekommen war. Diese trostlose Umgebung, unser lustloses Musizieren auf diesen Veranstaltungen, mit Geld als einziger Motivation – ich hätte hier mit vielem gerechnet, etwa damit, durch einen dummen Unfall beim Motorblockweitwurf ein Bein zu verlieren oder einfach an Langeweile zu sterben, aber hier einen Plattenvertrag angeboten zu bekommen war bizarr. Als wir uns von den beiden verabschiedeten, hatte Doktor Scholz noch immer kein Wort gesprochen. Stumm reichte er Tom seine Hand und offenbarte etwas sehr Verstörendes: Nagelpilz! Sämtliche Fingernägel waren unangenehm bräunlich gelb verfärbt, mindestens dreimal so dick wie normal und gewellt. »Mach irgendwas. Tu so, als würdest du es nicht bemerken«, redete ich mir zu. Doch das war gar nicht so einfach. In meiner Not umarmte ich Serge überschwänglich und hielt ihn so lange fest, bis Doktor Scholz zum Ausgang des Zeltes gegangen war, nur um die verpilzte Hand nicht schütteln zu müssen. Serge versprach, sich in Kürze bei uns zu melden, um den Vertrag unter Dach und Fach zu bringen, und folgte dem Doktor nach draußen.

Am nächsten Abend gingen wir zum Feiern ins »Finest«.
Erst hier bekamen wir zu spüren, was ein Plattenvertrag,
dieses leblose, von Anwälten ausformulierte Stück Papier,
in Wirklichkeit bedeutete: Aufmerksamkeit, Frauen und
Freibier. Noch nie schüttelte ich an einem Abend so viele
Hände, noch nie wurde mir so oft auf die Schulter geklopft,
und noch nie musste ich mit so vielen Menschen anstoßen.
Wenn es stimmte, dass in dieser Szene keine Band der anderen auch nur einen Hauch von Erfolg gönnt, so konnten
sie es zumindest gut verbergen. Wirklich alle schienen sich
mit uns zu freuen. Alle außer Silvia. Ich war euphorisch
nach Hause gekommen, hatte wie ein Wasserfall von Serge
und dem schönen Pilzdoktor erzählt, und sie sagte nur:
»Intercord, aha. Na dann, viel Glück.« Ich vermutete, dass
sie irgendwie beleidigt war, weil wir nicht auf die Ariola
gewartet hatten, aber da ging ja nichts voran, und wieso
nahm sie das überhaupt persönlich? Die Firma gehörte ihr
ja nicht.


Weil sich auch in den nächsten Tagen nichts an ihrer abwei-
senden Haltung änderte, blieb ich nicht zu Hause, bis sie
von der Arbeit kam, sondern brach zwei Stunden vor der
Probe auf und verbrachte die Wartezeit in »Pavel's Stüberl«.
In der letzten Zeit hatte ich das schon öfter gemacht. Pavel,
ein böhmischer Misanthrop, kannte keinen Spaß, wenn
es um die Ankurbelung des Umsatzes in dieser ranzigen
Kneipe ging, die er als Wirt betrieb. »Wennsd dich noch
a bissel länger an deim Wasserglasl festhältst, dann muss
ich a Aufenthaltsgebiehr von dir verlangen«, brummte er
mich mehr als einmal an. Das »Stüberl« hatte den alleinigen
Zweck, seiner Kundschaft die spärlichen Fünfmarkstücke

aus der Tasche direkt in die Geldspielautomaten zu ziehen. Im Gegenzug bekam man dafür von Pavel kostenlos eine Melange aus dem Geruch von Ernte 23 und dem Bratenfett aus der Küche in die Kleidung appliziert. Mein Kleingeld steckte ich in die Musikbox, um die immer gleiche Rotation aus »Paradise City« von Guns N' Roses und »Ballroom Blitz« von Sweet abzurufen, den einzigen halbwegs vernünftigen Nummern zwischen jeder Menge »Brother Louie« und »Pump up the Jam«. Die Gelegenheit dazu ergriff ich immer, wenn Pavel zum Bierzapfen hinter den Tresen musste. Wenn man nämlich einmal nicht aufpasste, kam er mit dem Schlüssel, der ihm die Macht über den Wurlitzer gab, und wählte sämtliche Tasten zwischen G2 und G14. Da lag seine akustische Heimat, die tschechische Volksmusik.

Der einzige Grund, sich überhaupt in dieser deprimierenden Vorhölle aufzuhalten, war die Nähe zum Proberaum und die Tatsache, dass selbst hier momentan eine angenehmere Stimmung herrschte als zu Hause.

Als ich gerade zur Probe aufbrechen wollte, sah ich draußen Gröschl vorbeigehen, der von der U-Bahn kam. Ich klopfte von innen gegen die Scheibe, winkte ihn herein und nutzte die Gelegenheit, mich einmal mit ihm allein zu unterhalten.

»Ich glaube, ich hab dir überhaupt noch nie gesagt, wie super ich es finde, dass du in der Band bist«, sagte ich.

»Kein Thema, ich bin ja auch wirklich gern dabei. Es ist echt unglaublich, was wir alles erreicht haben.«

»Ja, stimmt schon. Aber ich mein was anderes. Nämlich, unser Name, Löve Stealer – der war von dir. Die Künstlernamen abzulegen – deine Idee. Und dass die Intercord auf uns aufmerksam geworden ist, haben wir auch dir zu verdanken. Alles, was für die Band wirklich wichtig ist, kommt von dir.«

»Ach komm, das ist nur Zufall. Ich bin schon froh, dass ich bei euch mitspielen darf. Der Streber mit dem Cello.«

»Haha, ja. Und mit der Mörderakne«, sagte ich und schlug ihm dabei lachend auf den Oberschenkel.

»Das ist dir aufgefallen?«, fragte er peinlich berührt. Was dachte er denn? Die Dinger waren so groß wie Ventilkappen gewesen und hatten mitten in seinem Gesicht geglüht, als wären sie von innen beleuchtet.

»Hast es ja überstanden«, sagte ich beschwichtigend, während Pavel an unseren Tisch kam, um Gröschls Bestellung aufzunehmen.

»Danke, aber ich will gar nichts. Wir gehen gleich«, antwortete der.

»Herrschaftszeiten, mir san doch nicht a Wärmestuhm«, blaffte ihn Pavel an, doch bevor er sich weiter in seinen Zorn hineinsteigern konnte, legte sich eine beruhigende Hand auf seine Schulter. Sie gehörte Teresa, der Bedienung, die so etwas wie die gute Seele des Hauses war.

»Lass die Jungs in Frieden, Pavel«, sagte sie, »sei doch froh, dass du auch normale Gäste hast und nicht nur so was.« Sie deutete mit dem Kopf zum Ende des Tresens, wo ein Stammgast seit etwa einer halben Stunde ein bierbedingtes Nickerchen hielt.

»Wann ich nur solche Gäst hätt, könnt ich gleich zur Bahnhofsmission«, zeterte Pavel weiter, doch Teresa schaffte es mit nur einem Blick, ihn verstummen zu lassen. Sie führte ihn wieder an seinen Zapfhahn und blinzelte uns dabei hinter seinem Rücken aufmunternd zu. Wie sie es aushielt, für einen jähzornigen Despoten wie Pavel zu arbeiten, konnte ich zwar nicht nachvollziehen, aber sie hatte ihn offensichtlich durch ihren Charme ebenso im Griff wie die Gäste, deren zahlreiche billige Flirtversuche sie lächelnd an sich abprallen ließ.

»Die ist aber nett«, staunte Gröschl.

»Ja, sehr. Und hübsch. Aber sie ist auch bestimmt schon dreißig, für die sind wir junges Gemüse.«

Als wir aus der Stüberltür kamen, sahen wir den Leichenwagen, der gegenüber in der Hofeinfahrt parkte. »Scheiße«, sagte Gröschl, »bitte nicht das, was ich denke.« Auf dem Hof kamen uns zwei Männer entgegen, die eine Zinkwanne trugen, gefolgt von einer weinenden dunkelhaarigen Frau. »Das ist aber nicht die Frau Strasser?«, fragte Gröschl. Er konnte so sensibel sein. Die Frau nickte im Vorbeigehen stumm. Ich hatte schon den Schlüssel zum Proberaum in der Hand, als sie uns hinterherrief. Wir machten kehrt und gingen auf sie zu. »Sind Sie die Handwerker, die hier ihre Werkstatt haben?«, fragte sie.

»Also eigentlich sind wir ja …«, setzte Gröschl an, bevor ich ihm auf den Fuß stieg.

»Ja«, antwortete ich. »Mein Beileid.«

»Meine Mutter hat in letzter Zeit oft von Ihnen erzählt«, sagte sie, während sie in ihrer Handtasche nach einem Taschentuch suchte.

»Endlich seien wieder Handwerker im Hof, hat sie gesagt, und dass die Schmiede so lange leer gestanden habe, was doch schade sei. Und sie war sehr froh, dass keine Kanaken eingezogen sind oder sonst so ein Pack, sondern fleißige deutsche Burschen.«

»Ach so. Keine Kanaken. Deutsche Burschen. Ja, so was. Gut, Frau …, wir müssen dann mal. Die Arbeit ruft. Herzliches Beileid noch mal«, sagte ich, nickte zur Verabschiedung kurz und zog Gröschl am Ärmel in Richtung Proberaum.

»Die nette Frau Strasser«, sagte er. »Die hat den Goebbels sicher noch persönlich gekannt.«

Da mich Silvia auch weiterhin wie einen ungebetenen Gast behandelte, fuhr ich am nächsten Tag wieder vor der Probe ins »Stüberl«. Ich muss wohl sehr niedergeschlagen gewirkt haben, denn Teresas Begrüßung war: »Na, ist die Gitarre verstimmt?«

»Nein, ich.«

»Geht um ein Mädchen, oder?«

Ich nickte stumm, was sie – der Laden war fast leer und Pavel gerade nicht da – als Einladung nahm, sich zu mir zu setzen.

»Was hast du denn angestellt?«, fragte sie etwas ernster.

»Das haut nicht so richtig hin«, leitete ich ein und klagte ihr ausführlich mein Leid. Es tat gut, endlich mit jemandem sprechen zu können, auch wenn dieser Jemand mir noch vor wenigen Wochen völlig unbekannt gewesen war. Teresa hörte aufmerksam zu und nickte von Zeit zu Zeit verständig. Sie wedelte eine Schwade Zigarettenrauch beiseite. »Also, Andi, wie alt bist du? Neunzehn, zwanzig?«, fragte sie. Ich nickte.»In deinem Alter muss man Sachen ausprobieren. Auch mal Fehler machen, sonst lernt man ja nichts«, sagte sie. »Und das gilt für alles. Nicht nur für Beziehungen. Wer sich alles von anderen vorschreiben lässt, der kann gar keine eigenen Fehler machen.«

»Aber das funktioniert halt nicht immer.«

»Wieso denn? Du hast es doch selbst in der Hand.« Sie bot

mir eine ihrer Zigaretten an. Ich zündete sie an und hörte ihr weiter zu.

»Lass dich einfach nicht für blöd verkaufen. Frag dich immer: Was ist mir wirklich wichtig und welchen Preis will ich dafür bezahlen.«

Ich überlegte kurz, wie ihre Weisheiten zu der Tatsache passten, dass sie für einen Chef wie Pavel arbeitete, aber im selben Moment gingen mir die letzten Jahre durch den Kopf: Wie ich gesprungen war wie ein junger Hund nach einem Knochen, wann immer Silvia mich angerufen hatte. Die ungezählten, uns von Gunnar aufgedrückten Konzerte vor besoffenen Bauern. Wann hatte ich eigentlich zuletzt etwas gemacht, weil ich es wirklich wollte und nicht, weil es von mir erwartet wurde?

Die Stüberltür wurde aufgestoßen und Pavel trat ein. Sofort sprang Teresa auf und tat beschäftigt.

»Der hat zurzeit ganz üble Laune«, flüsterte sie im Gehen. »Letzte Woche war hier das Gesundheitsamt.« Sie verzog das Gesicht, als hätte sie auf Alufolie gebissen. »Keiner weiß, wie es jetzt weitergeht.« Dank dieser Information verzichtete ich darauf, mir noch ein halbes Hähnchen zu bestellen, und verabschiedete mich von ihr. »Danke, dass du mir zugehört hast«, sagte ich, »hast mir sehr geholfen.« Und das war keine Floskel.


Zwei Tage später fuhr die komplette Band nach Stuttgart, um den Vertrag zu unterschreiben. Noch im Zug hatten wir uns diesen Akt in all seiner Feierlichkeit ausgemalt. Wir sahen uns in einem reichverzierten Saal mit hohen Stuckdecken, wie man es aus den Nachrichten kannte, wenn irgendwo auf der Welt Friedensvereinbarungen oder Handelsabkommen geschlossen wurden, und stritten darüber, ob wir statt mit Blut, wie es Manowar getan hatten, lieber mit Lippenstift oder mit Kajal unterzeichnen sollten. Tatsächlich passten wir nicht alle auf einmal in die winzige Teeküche, in die wir ausweichen mussten, weil im Besprechungsraum der Plattenfirma gerade ein wichtiges Strategiemeeting stattfand.

Der Zeitplan, den man uns vorlegte, war unverhältnismäßig eng gehalten. Sie wollten, dass wir schon in zehn Tagen ins Studio gingen, wo zwei Wochen für die Aufnahmen veranschlagt waren. Zwei Wochen! So lange brauchte der Tontechniker von Def Leppard normalerweise, um den Sound der Snaredrum einzustellen. Mehr Zeit könnte man uns beim besten Willen nicht zugestehen, sagten sie, Anfang Herbst müsste die Platte in den Läden stehen.

»Das Zeitfenster ist verdammt klein, Jungs. Wir müssen uns ranhalten«, sagte Serge.

»Welches Fenster denn?«, wollte ich wissen.

»Eures. Wir müssen den Trend melken, bevor er *over* ist. Sonst müsst ihr gleich andere Musik machen.«

Andere Musik? Und welchen Trend meinte er? Hair-Metal war doch keine Modeerscheinung, sondern eine Lebenseinstellung. Mötley Crüe, Ratt und Poison gab es ja wohl schon seit einer Ewigkeit, und rein gar nichts deutete darauf hin, dass sie vorhatten, in nächster Zeit von der Bildfläche zu verschwinden. Diese blöde Bemerkung raubte mir beinahe die Lust, den Vertrag zu unterschreiben. Schon wieder jemand, der mir vorschreiben wollte, was ich wann zu machen hatte. Andererseits – wir würden schon in wenigen Tagen im Studio stehen. Seit Jahren hatten wir uns nichts anderes gewünscht, deshalb hielt ich meinen Mund und nahm mir vor, den Klugscheißer später eines Besseren zu belehren. Unser Album würde ihm schon zeigen, wohin er sich seinen Trend stecken konnte. Schlagartig war mir auch klar, wie wir das Album nennen würden. »Flame Of Rock«. Ein Supertitel: die Flamme des Rock, die ewig brennt. Wir waren bereit, sie in die weite Welt hinauszutragen und den Leuten zu verkünden: Lutscht an unserer Fackel, ihr Narren!

Das Tonstudio, in dem wir aufnehmen sollten, lag in einem trostlosen Industriegebiet in der Nähe von Ulm, gerade so weit von München entfernt, dass die Heimfahrt nach einem anstrengenden Tag zur Qual wurde. Ich war auch noch nicht so besonders routiniert am Steuer, als dass ich gerne übermüdet gefahren wäre. Nach zwei Tagen hatten wir auch keine Lust mehr, um sieben Uhr morgens aufzustehen, um pünktlich um zehn mit dem Aufnehmen beginnen zu können. Ich rief Serge an und erhielt die Erlaubnis, uns in einer Pension in der Nähe des Studios einzumieten. »Aber nur zwei Doppelzimmer, das geht alles von eurem Studiobudget ab.« Frau Schickel, die resolute Chefin des Hauses, das wir ab sofort »Fort Roxx« nannten, schloss uns von Beginn an in ihr Herz. »Du liebe Güte, ihr seht ja ganz verhungert aus«, begrüßte sie uns schon am Morgen des zweiten Tages und bekochte uns ab diesem Zeitpunkt zweimal täglich mit Spätzle in allen denkbaren Variationen.

Aus unserem Produzenten wurden wir auch nach mehreren Tagen, an denen wir bis zu zwanzig Stunden auf einer stark begrenzten Zahl an Quadratmetern miteinander verbrachten, nicht besonders schlau. Er hieß Phantom, englisch ausgesprochen, »einfach nur Fänntem, kein Nachname«, und sah aus wie ein Schwarzweißfoto. Weder seine komplett ausgewaschene Kleidung noch die Haare oder seine

Haut zeigten eine Spur von Farbe. Wir waren uns schnell einig, dass er vermutlich Thomas hieß, schlecht durchblutet war und sich einfach nur wichtigmachen wollte.

Doch wir irrten uns. Am Mischpult war der Mann ein Ereignis.

»Der ist nicht aus Gugelhupf«, musste auch Tom anerkennen. Phantom hatte fachlich einiges zu bieten und arbeitete schnell und exakt. Als uns Serge und der schöne Doktor Scholz nach der ersten Woche einen Kontrollbesuch abstatteten, waren bereits acht der zwölf geplanten Songs im Kasten. Serge schnalzte mit der Zunge, als er im Regieraum »Hot Hot Love« mit 150 Dezibel auf sein Ohr bekam. »Laut ist ja alles super«, sagte er. »Aber das würde bestimmt auch leise gut klingen.«

Anschließend bat er uns an den Tisch im Aufenthaltsraum. »Lasst uns mal übers Geschäft reden«, kam er zur Sache. »In der nächsten Zeit kommen eine ganze Menge Interviews auf euch zu. Wir haben die komplette Maschinerie angeworfen. *Metal Hammer*, *Metal Star*, *Metal Edge*, noch irgendwas mit Metal, *Rock Hard* und ein paar Frauenzeitschriften, denen könnt ihr eure Haarpflegetipps erzählen. Tom, möchtest du in ein Kampfsportmagazin?«

»Moment mal«, unterbrach ihn Christian, »Frauenzeitschriften, Kampfsportmagazine, was hat das denn mit Metal zu tun?«

»Ihr müsst in größeren Zusammenhängen denken. Wenn ihr die Tour mit Doro Pesch spielt, dann wird aus allen Rohren gefeuert. Die Leute dürfen keine Chance haben, euch zu entkommen. Hat einer von euch ein besonderes Hobby? Fliegenfischen? Häkeln? Ich bring euch überall unter.«

»Ich unterbrech dich nur ungern«, fiel ich ihm ins Wort,

»aber könntest du bitte wiederholen, was du gerade gesagt hast? Also den Teil vor dem Entkommen, das es zu verhindern gilt.«

»Was genau meinst du? Was hab ich denn gesagt? Die Tour mit Doro?«

»Ja, genau. Die Tour mit Doro. Wir wissen nichts von einer Tour mit Doro. Seit wann spielen wir denn eine Tour mit Doro?«

»Klar spielt ihr eine Tour mit Doro. Direkt nach der Veröffentlichung geht's los. Vier Shows in fünf Tagen. Dreitausender Hallen. Das haben wir gestern mit dem Dings, na, eurem Manager …«

»Gunnar«, warf Christian ein.

»… mit dem Gunnar und Doros Leuten fixiert. Und wenn das einigermaßen gut läuft, dann geht ihr Anfang nächsten Jahres auf die *Metal Hammer*-Roadshow.«

Ich konnte zwar nicht von mir behaupten, ein großer Fan von Doro zu sein, aber eine richtige Tour mit Konzerten vor dreitausend Menschen war besser als alles, was ich erhofft hatte. Ich fragte mich allerdings, wieso wir das von Serge erfahren mussten. Und weshalb sich Gunnar in letzter Zeit so außergewöhnlich rargemacht hatte. Nachdem wir in der Pension eine riesige Portion Schupfnudeln gegessen hatten, rief ich ihn an.

»Warum erzählst du uns denn nicht, dass wir eine Tour spielen? Das ist doch total geil.«

»Sorry, das hab ich ganz vergessen, bin gerade auf dem Sprung. Wir fahren nach Innsbruck. Die Barbee tritt im Musikantenstadl auf. Cool, oder?«, schwärmte er.

»Ja, ganz toll. Du bist aber schon noch unser Manager, oder kümmerst du dich jetzt nur noch um sie?«

»Jetzt reg dich bloß nicht auf, ich hab euch doch die Tour klargemacht.«

»Aber dann vergessen, es uns zu sagen.«

»Ich hab jetzt keine Zeit für deinen Scheiß. Der Moik ruft.«

»Weißt du was? Leck mich. Und viel Spaß mit den Volksmusikkaspern«, sagte ich und legte auf.

Am Abend fragten wir Frau Schickel, ob wir im Kreise ihrer Familie mit fernsehen dürften. Als sich ihre Verwunderung über unser enormes Volksmusikinteresse gelegt hatte, lud sie uns in ihre gute Stube ein. Da saßen wir dann, brav um den gefliesten Tisch angeordnet – die Pensionswirtin, ihr Mann, ein frühpensionierter Eisenbahner mit seinem fetten Rauhaardackel, der über den Tag verteilt mindestens zwei ganze Fleischwürste von seinem Herrchen zugesteckt bekam, und die Band, die bald die Welt erobern würde. Seit ihre Kinder aus dem Haus waren, seien nicht mehr so viele Menschen in ihrem Wohnzimmer gewesen, erzählte Frau Schickel. »Richtig schön ist es heute. So gemütlich.«

Wir quälten uns unter Schmerzen durch elende Darbietungen verschiedener strammer Burschen und fescher Madln. »Ich will da auch mal spielen«, flüsterte mir Christian zu, »alles sprengen, nur Pyros und Blitze und dann schauen, wie viele im Publikum das überleben.« Tom hielt es schon nach etwa zwanzig Minuten nicht mehr aus. Er verabschiedete sich unter einem Vorwand und ging auf sein Zimmer. Kurz vor Ende der Sendung war es dann endlich so weit. Moik kündigte »eine ganz neue Sängerin, die fesche Barbee aus München« an. »Der Hias hat schon ganz große Augen bekommen, gell, Hias?« Hias, Moiks Assistent, den sie in dieser Szene »das Urvieh« nannten, rollte lustig mit den Augen, die Musik startete, und die Kamera fuhr einen Haufen dümmlich grinsender Musikanten ab. »Das könnten wir sein, Alter, ohne Scheiß«, sagte ich schaudernd zu Christian. Dann kam Barbee ins Bild. »Um Got-tes-wil-len«, war alles, was Frau Schickel hervorbrachte, »wie so eine von der Reeperbahn.« Selbst bei gnädiger Betrachtung musste man zugeben, dass sie die Sache auf den Punkt gebracht hatte. Barbee trug eine Art Fetisch-Dirndl aus rotem Latex, das aus unerfindlichen Gründen etwa auf Hüfthöhe zu Ende war. Dazu hatte ihr der Maskenbildner links und rechts zwei lustige Zöpfe geflochten. Sie sah aus wie ein fünfundvierzigjähriger Päderastentraum. Der stimmte nun ein debiles »Kennst du den Weg, den Weg zu meinem Herzen?« an, und die rotwangige Menge im Saal klatschte brav auf eins und drei mit. Wir schämten uns dermaßen fremd, dass es weh tat und wir aufgeben mussten, bevor diese Gaudi ein Ende gefunden hatte. Wir bedankten uns ebenso artig wie hastig bei den Schickels und gingen in unsere Zimmer. »Wenn ich vierzig bin und Moik junior bei mir anruft, erschieß mich bitte«, sagte Christian.

»Ja. Mach ich«, sagte ich. »Ich würde mich nie für so einen lächerlichen Zirkus hergeben.«

## FRISUREN WIE ZUNDER

Die Diskussion ist vermutlich älter als die Frage »Beatles oder Stones«, aber ebenso zeitlos aktuell. Meiner Meinung nach ist es einfach wesentlich besser, in einer Band mit vier Mitgliedern zu spielen als in einer mit fünf. Das fängt bei der Gestaltung des Plattencovers an, wo man die Musiker zum Beispiel als Asse in allen vier Kartenfarben darstellen kann. Zu fünft ist man in diesem Fall komplett verarscht, denn dann muss einer der Joker mit der Schellenmütze sein, und schon ist der Streit vorprogrammiert. Man kann als Quartett auch mit verschiedenfarbigen Outfits experimentieren und die vier Elemente darstellen – Feuer, Wasser, Erde und Metall. Oder die vier Reiter der Apokalypse, die vier Jahreszeiten – die Möglichkeiten sind grenzenlos. Zu fünft kann man sich bestenfalls konzeptlos nebeneinander hinstellen und versuchen, dabei cool auszusehen. Guns N' Roses und Skid Row bekamen das einigermaßen gut hin, aber richtig überzeugend war es nicht. Ich war auch dann immer froh, nur zu viert zu sein, wenn nach einem Auftritt keine fünfte Hand nach der Gage griff.

Kiss waren den Weg der Beatles gegangen und hatten den Leadgesang zwischen dem Bassisten und einem Gitarristen aufgeteilt. Gegen dieses Modell lässt sich schlecht argumentieren, schließlich sind das zwei der erfolgreichsten Bands aller Zeiten. Ich persönlich fand es aber immer besser, wenn eine Band *einen* Sänger hat und der einfach nur singt, ohne dabei ein störendes Instrument bedienen zu müssen. Poison, White Lion, Van Halen, Mötley Crüe – jeweils vier Leute, jeder davon mit einem klaren Auftrag. Der Sänger kam höchstens einmal pro Konzert mit einer Akustikgitarre auf die Bühne. Dann war die Zeit der Powerballade gekommen, und man wusste, dass man nichts verpasst, wenn man zum Bierstand geht.

Löve Stealer waren ein klassisches Quartett mit eindeutig verteilten Aufgaben: Christian war zuständig fürs Stöckedrehen, Tom für Sprünge und Flammen, ich versuchte, so breitbeinig wie möglich zu bassen, und Gröschl war der Einzige, der wie verrückt übte. Wie alle Gitarristen zu dieser Zeit hatte er das Ziel, immer schneller zu werden. Das Tempo, mit dem man sein Griffbrett bearbeitete, wurde wichtiger als alles andere. Wer wirklich richtig schnell war, konnte sogar beschissen aussehen und trotzdem eine Band finden.

Im Monatstakt kamen neue Platten von immer neuen Wundergitarristen auf den Markt. Jason Becker, Vinnie Moore, Tony MacAlpine, Kuni, Masi, Michael Angelo, doch über allen stand wie ein Monolith der Geschwindigkeit der Schwede Yngwie Malmsteen. In jeder Kleinstadt gab es mindestens eine Band, in der sich ein veritabler Yngwie-Klon durch Paganinis Capricen hexte. In der Szene wurden sie zur besseren Unterscheidung nach dem Getränk benannt, das in ihrer Gegend heimisch war. Es gab einen Altbier-Yngwie, einen Kölsch-, Apfelwein-, Bocksbeutel- und einen Arschloch-Yngwie. Der kam aus Hannover, keiner wusste, was man da so trinkt. Und er war ein Arschloch.

Gröschl war zwar noch längst kein Weißbier-Yngwie, doch er wurde immer besser, und das konnte man auch deutlich auf unserem Album hören, das jetzt endlich der Öffentlichkeit vorgestellt werden sollte. Serge hatte für die Platten-Präsentation eine »Galamaßnahme der Extraklasse« versprochen, in Wirklichkeit aber die Variante für die nicht ganz so wichtigen Künstler gewählt. Eine zweitklassige Diskothek wurde angemietet und kalte Häppchen bestellt. Immerhin ging es den ganzen Abend einzig und allein um uns, und mehr konnten wir vermutlich zu diesem Zeitpunkt nicht verlangen. Unsere Platte lief in Dauerrotation, und es waren ausschließlich geladene Gäste anwesend, die mit Freigetränken zu guter Laune gezwungen wurden. Der einzige Nachteil für uns bestand darin, dass wir uns, im Gegensatz zum Rest der Anwesenden, nicht von Beginn an komplett abschießen konnten, denn im Laufe der Veranstaltung wurden auch Fotos gemacht, und darauf wollten wir nicht nur wie Menschen, sondern wie Rockstars aussehen. Außerdem sollten wir ein paar Stücke live spielen und anschließend Interviews geben.

»Meet and Greet« nannten sie das auf der Einladung, also grüßten wir nach allen Seiten und schleimten jeden voll, der sich uns in den Weg stellte. Und sie waren alle da: *Metal Hammer*, *Rock Hard* und die komplette Riege der abgebrühten Rockpresse-Profis, denen man, seit mehreren Jahrzehnten im Geschäft, nichts mehr vormachen konnte. Sie verfielen natürlich nicht in die von uns erwünschte Ekstase, als Tom später auf der Bühne den Funkenstrahl aus seiner Hose schoss. Dafür waren die Schreiberinnen der kleinen Fanzines zuständig, die noch begeisterungsfähig waren. Die meisten von ihnen traf man auch am Wochenende im »Finest«, wo man mit relativ wenig Geschick und zwei Erdbeerlimes die Weichen für zukünftige positive Rezensionen stellen konnte.

Es ging mir hervorragend, als der offizielle Teil des Abends vorbei war und sich der Rahmen auf ein überschaubares Maß verkleinert hatte. Ich stand mit einem Redakteur vom *Metal Hammer* vor der DJ-Kanzel und wurde Opfer eines Monologs. Anfänglich lieferte er noch scharfe Analysen über satanische Black-Metal-Bands, die in Norwegen Kirchen anzündeten, das schwarze Album von Metallica und die beiden gleichzeitig veröffentlichten Platten von Guns N' Roses. Danach ging er zum Persönlichen über. »Im Rockbusiness kommt's doch nur auf eins an: Wie viel pfeif ich mir oben rein, und wie viele pfeifen bei mir unten rein.« Er untermalte seine Freude mit einigen sanften Schlägen in meine Rippen. Nur wenige Herrengedecke später war er bereits völlig entmenscht und philosophierte frei. »Alexandra isjan Supername«, rülpste er, »aber passhalt nur su großen Frauen. Riesige Alte. Unn ich bin klisseklisseklein. Sooo klein mit Hut.« Er deutete mit Daumen und Zeigefinger seiner rechten Hand eine sehr geringe Länge an. Dann zog er ein Feuerzeug aus der Tasche und fuchtelte damit gefährlich nahe an meinen Haaren herum. »Abgefaan«, lallte er, »ihr habt ja Frisurn wie Sssunder.« Plötzlich wirkte er abgelenkt, stutzte einen Moment, als würde er einen neuen Gedanken fassen wollen, sagte dann: »Gleiwi da«, ging in Richtung Bühne, blieb auf halbem Weg stehen und reiherte in die offenstehende Objektivtasche des Fotografen vom *Metal Star.*

Auch die Schmarotzer von der Plattenfirma, die man grundsätzlich nur dann sah, wenn irgendwo auf der Welt ein Buffet aufgebaut wurde, hatten den letzten Funken ihrer Würde längst weggesoffen und machten sich vor den Pressefrauen lächerlich. »Könntest du dir vorstellen, unter mir zu arbeiten? Ich kann das ohne Probleme in die Wege leiten!«, waren die am häufigsten ausgesprochenen Sätze des Abends, meistens umfangreich gestisch untermalt. Der schöne Doktor Scholz stand alleine vor der Bühne und begnügte sich damit, umwerfend auszusehen. Nach drei Bieren wollte ich unbedingt herausfinden, wie seine Stimme klingt. »Hallo, Herr Scholz, toller Abend«, versuchte ich ein Gespräch zu beginnen, »hat es Ihnen gefallen?« Ich deutete auf die Bühne, um einen Bezug zu unserem Auftritt vor wenigen Minuten herzustellen, falls er begriffsstutzig wäre.

»Mein *Vater* ist Herr Scholz«, sagte er mit erstaunlich normaler Stimme, »ich bin *Doktor* Scholz.«

Und ein ziemlicher Unsympath bist du obendrein, dachte ich und verabschiedete mich schneller, als ich gekommen war.

An unserem Tisch hatte sich die Gesellschaft schon merklich gelichtet. Außer Barney und Filzer, unseren beiden neuen Roadies, die wir von Live Wire abgeworben hatten, saßen da nur noch Barbee, Moni und Silvia. Sie hatte immer noch üble Laune, die aber anscheinend nicht schlecht genug war, um deswegen auf eine Party zu verzichten.

Ich nahm Tom zur Seite, weil er seinen Einsatz bei »Lick My Stick« schon wieder versäumt hatte, obwohl wir genau diese Stelle im Soundcheck mindestens zehnmal durchgegangen waren. »Ist doch scheißegal, hast du die Lady da vorne gesehen?«, sagte er.

»Nein. Jetzt hör mir mal zu. So geht das nicht weiter«, versuchte ich seine Konzentration auf mich zu lenken. Er zog mich am Oberarm näher und zischte mir halblaut ins Ohr: »Wieso entspannst du dich nicht endlich mal? Den Leuten hat es doch gefallen. Denen ist wirklich total egal, ob ich meinen Einsatz mal verpasse. Ich bin Sänger, kein Beamter. Und jetzt schau dir endlich die Lady da vorne an.« Ich schaute.

»Ja, Respekt. Also ehrlich. Respekt.« Ich schaute genauer. Mein lieber Scholli, nicht nur die Figur, auch ihr Gesicht war auffallend schön. Ich fragte mich, wieso ich nie ein Fernglas dabeihatte. Auf Tour hätten wir das Mädchen wahrscheinlich gemeinsam angesprochen und gewartet, was passiert, aber Moni und Silvia saßen mit am Tisch, deshalb trat der Notfallplan in Kraft.

»Geweihwhisky-Lotto?«, flüsterte Tom in mein Ohr.

»Geweihwhisky-Lotto«, antwortete ich und bestellte. Auf den Bikertreffen hatten wir uns angewöhnt, Unklarheiten zu bereinigen, indem wir zwei Miniaturen Jägermeister bestellten, sie auf ex tranken und dann die auf den Flaschenboden geprägten Zahlen miteinander verglichen, wobei der mit der höheren gewann. Tom hatte diesmal Lottoglück, deshalb war ich gleichzeitig Ablenker und Schmieresteher, während er auf einem komplizierten Umweg über Zigarettenautomat und Toilette zum Zielobjekt vorstoßen durfte. Ich bestellte in der Zwischenzeit für Silvia und Moni zwei Tequilas und versuchte krampfhaft, sie in ein Gespräch zu verwickeln, als mich Gunnar rettete. »Ihr solltet, nein, halt, ihr müsst auch mal im Musikantenstadl spielen. Da liegt doch der Schlüssel«, rief er wie immer eine Spur zu laut. Er war mir schon in normalem Zustand oft zu hektisch, an diesem Abend aber, inmitten der Presse und der Leute von der Plattenfirma, war seine Zappeligkeit so unerträglich geworden, dass ich das Gefühl hatte, mich ständig kratzen zu müssen, wenn ich ihn nur ansah und er dabei von der bevorstehenden Weltherrschaft faselte.

»Von was für einem Schlüssel redest du denn jetzt schon wieder?«, fragte ihn Christian gelangweilt.

»Zu allem, Männer! Der Schlüssel zu allem«, lautete die kryptische Antwort, bevor er versuchte, uns konspirativ in den Vorraum der Toiletten zu bugsieren, um uns ungestört »etwas Sensationelles« mitzuteilen.

»Was habt ihr denn zu verbergen? Habt ihr vielleicht Geheimnisse?«, bellte Barbee. Seit ihrem Fernsehauftritt hatte sie deutlich an Oberwasser gewonnen. Sie lächelte nur über unser Album und die Tour, seit sie Hias dem Urvieh backstage die Hand geschüttelt hatte. »Wisst ihr, dass mich über zehn Millionen Leute gesehen haben?«, fragte sie, in der Hoffnung, wir würden uns vor ihr auf den Boden werfen und um Vergebung dafür bitten, damals ihr Angebot nicht sofort angenommen zu haben.

Logischerweise hassten Silvia und Moni sie, weil sie in ihren Augen eine Volksmusiknutte war, die es ihrer Meinung nach immer und mit jedem trieb, vor allem mit uns. Es hatte deshalb in der Vergangenheit schon unzählige Diskussionen gegeben. Tom hatte es daher mit einem Appell an ihre Vernunft versucht: »Schau mal, Moni, du vögelst ja auch nicht mit jedem Typen, der sich bei dir die Haare schneiden lässt.«

»Ich bin ja auch nicht Friseurin, weil ich so gerne vögle, sondern weil ich gut Haare schneide.«

»Und du glaubst, sie macht Volksmusik …«

»Klar, sonst könnte sie ja auch Haare schneiden.« Gegen eine Logik dieses Kalibers war schwer anzukommen, deshalb versuchten wir, wenn möglich, einfach nur dafür zu sorgen, dass die beiden und Barbee nicht zusammentrafen. Dass es sich diesmal nicht hatte vermeiden lassen, war Fluch und Segen zugleich. Silvia und Moni waren so stark davon beansprucht, sich ihre Genervtheit über Barbees Anwesenheit nicht anmerken zu lassen, dass sie gar nicht mitbekamen, wie Tom hinter ihrem Rücken mit einer Telefonnummer in der Hand an unseren Tisch zurücktänzelte. Bevor ich Details aus ihm herausholen konnte, winkte uns Gunnar hektisch in Richtung der Toilette.

»Erst mal müsst ihr mir versprechen, dass ihr mir auf der Doro-Tour keine Schande macht«, beschwor er uns.

»Was meinst du denn damit?«, fragte Christian. »Du bist doch dabei.«

Doch auch auf der Tour konnte Gunnar nicht dabei sein. Diesmal ging es um die »Neue-Deutsche-Welle-Allstars«, einen bunten Abend mit drittklassigen One-Hit-Wonders und dem Headliner Markus, dem Taschenlampen-Mongo aus den frühen achtziger Jahren. Absolut unverständlich, warum er dieses Desaster unserer Tournee vorzog.

»Das ist auch gar nicht wichtig«, fuhr er euphorisiert fort. »Ihr glaubt nicht, was ich gerade für euch an Land gezogen habe.« Er legte eine kleine Kunstpause ein. »ZDF. Hauptsendezeit. Nennt mich Gott. Übermorgen seid ihr zur Aufzeichnung im Studio in Unterföhring.«

»Wie, ZDF …?«, fragten wir unisono. »Was denn für eine Sendung?«

»Ich weiß auch nicht alle Details. Mehr gibt's morgen per Telefon. Ihr werdet riesig, Jungs. Ganz Deutschland wird euch sehen. Das ist der Durchbruch.«

Es klang fast zu gut, um wahr zu sein. Ein bundesweit ausgestrahlter Fernsehauftritt, zwei Tage später auf Tour mit Doro. Das konnte es wirklich sein. Wenn die Rezension im *Metal Hammer* auch noch positiv ausfallen würde, wären wir endgültig nicht mehr zu stoppen. Die Chancen dafür standen gut, schließlich war der Mann vom *Hammer* rechtschaffen besoffen nach Hause gegangen. Also entweder hatte er einen tollen Abend, oder er konnte sich nicht mehr daran erinnern, falls es ihm nicht gefallen hatte.

Jetzt, wo sich die Ereignisse überschlugen, wähnte ich den Zeitpunkt für geeignet, Christian endlich zu gestehen, was zwischen mir und Silvia lief. Ich wollte sämtliche potentiellen Konfliktpunkte ausräumen, bevor wir mit der Band durchstarteten. Ich nahm ihn beiseite, räusperte mich, setzte an, faselte irgendwas Zusammenhangloses, ohne auch nur in die Nähe des Gesprächsthemas zu geraten, räusperte mich wieder lautstark, weil Christian seine Augenbrauen inzwischen so hochgezogen hatte, als wären sie zum Trocknen aufgehängt, und versuchte einen Neustart.

»Meinst du das mir dir und Silvia?«, fiel er mir ins Wort. Ich sah ihn verblüfft an.

»Glaubst du vielleicht, sie kann irgendetwas vor mir geheim halten?«, fragte er rhetorisch. »Außerdem solltest du deine Bässe nicht offen in der Wohnung stehenlassen, wenn du nicht da bist. Da muss man kein Detektiv sein.«

»Ist das jetzt ein Problem für dich?«, fragte ich besorgt.

»Für mich? Wieso denn?«, lachte er. »Wie ich die Silvia kenne, ist das eher ein Problem für dich …«

Erleichtert hob ich mein Glas und stieß mit ihm an. Meine Hochstimmung verflog sofort, als wir an unseren Tisch zurückkehrten. Silvia hatte noch schlechtere Laune als zuvor. Sie wollte sofort gehen. Auf meinen Einwand mit der tollen Nachricht vom ZDF, die es zu feiern galt, erntete ich nur *den Blick*. Ich sah ein, dass weitere Gespräche zu nichts führen würden, gestikulierte entschuldigend in die Runde, hakte Silvia unter und ging.

»Willst du fahren?«, fragte ich sie vor der Tür, denn ich hatte mindestens vier Halbe getrunken.

»Spinnst du, ich hatte mindestens sechs Tequilas.«

Als ich losfuhr, begann ich mich unwohl zu fühlen, denn für die monatliche Grundsatzdiskussion hatte sie natürlich genau diesen Moment gewählt, in dem meine Aufmerksamkeit stark vermindert war. Ich musste durch das Fenster beobachten, ob mich die Polizei schon verfolgte, schließlich war die Probezeit meines Führerscheins noch nicht abgelaufen. Gleichzeitig freute ich mich auf den Auftritt im Fernsehen und die Tour. Schon nach wenigen Augenblicken fing Silvia an zu nerven: »Warum habe ich bei dir generell nie das Gefühl, dass du ...« Da! Das waren doch Zivilbullen in dem roten R4 hinter uns. Ich kaute auf meiner Unterlippe.

»Jetzt sag doch mal!«, bohrte sie weiter.

»Ja, kann schon sein.«

»Kann schon sein? Was ist denn das für eine blöde ...« Ich ertrug Silvias Gezeter kaum mehr. Eventuell sollte ich anfangen, Teresas Rat zu befolgen. Mich einfach um mich selbst kümmern. Welche Hose sollte ich im Fernsehen tragen? Ob der schwarze oder der rote Bass besser wirken würde?

Neben mir atmete Silvia gut hörbar durch die Nase ein und schlug mir mit der Faust auf den Brustkorb.

»Du bist so ein Arschloch. Und jetzt hör mir gefälligst mal zu!«

»Wieso denn Arschloch? Was habe ich denn gemacht?«

»Das kann ich dir genau sagen. Jedes Mal bringst du ...« Fuck! Drei Autos hinter uns war plötzlich ein richtiger Streifenwagen aufgetaucht. Vielleicht sollte ich irgendwo einparken und auf Zehenspitzen weglaufen.

»Okay, jetzt reicht's«, kreischte Silvia hysterisch. Sie nutzte die Rotphase der Ampel, an der wir gerade standen, um aus dem Wagen zu springen, beugte sich aber noch einmal herein, um die Handtasche mitzunehmen, die sie in der Hektik liegengelassen hatte.

»Willst du vielleicht die ganze Strecke zu Fuß weitergehen?«

»Leck mich, ich schlafe bei meinen Eltern«, keifte sie und stöckelte davon. Die Ampel sprang auf Grün, und ich sah durch die Heckscheibe, dass der Polizeiwagen nach rechts abbog.

In Unterföhring stellte sich zwei Tage später heraus, dass Gunnar ein kleines bisschen übertrieben hatte, als er von der Hauptsendezeit sprach. Die Sendung, um die es ging, hieß »Mattscheibe« und sollte am Samstagnachmittag um 15 Uhr laufen. Moderiert wurde sie von einem wahnsinnig sympathischen jungen Mann, den keiner von uns jemals zuvor irgendwo gesehen hatte. Er hieß Wolf, Dieter oder vielleicht auch Bernd. Jedenfalls sah er aus, als würde er so heißen.

Grob gesagt ging es in der Sendung darum, dass vier Kandidaten Fragen über Fernsehsendungen gestellt bekamen. Sie saßen dabei in einer Art schlechtgelauntem Zahnarztstuhl, der wie ein Abfallprodukt der Weltraumforschung wirkte. Konnte einer der Kandidaten die an ihn gerichtete Frage nicht zur Zufriedenheit von Wolf, Dieter oder vielleicht auch Bernd beantworten, erwachte der Stuhl zum Leben. Er vibrierte, drehte sich und schüttelte sich, als hätte er einen epileptischen Anfall. Nachdem er sich endlich wieder beruhigt hatte, rastete er in einer Position ein, die den hilf-

losen Kandidaten mit dem Gesicht zur Hallendecke zurückließ.

Doch jetzt wurde es erst richtig brenzlig. Beantwortete
derselbe Kandidat nämlich noch eine Frage unkorrekt – was
nicht unwahrscheinlich war, bekam er doch gerade minu-
tenlang von einem Amokstuhl einen Schlaganfall simuliert
und hatte vermutlich ganz andere Probleme als den Namen
von J. R. Ewings Erzfeind –, ergoss sich von der Hallendecke ein Fass mit grünem Schleim auf ihn. Doch damit
nicht genug: Ein zweites Fass hielt ein paar Zentner Federn
bereit, die unter dem Gejohle der rüstigen Rentnergruppen,
die man in Ermangelung zahlender Gäste mit Reisebussen
angekarrt hatte, dem Schleim hinterhergeschickt wurden.
Es folgte ein kurzes Licht-, Sound- und Nebelinferno, und
der irre Stuhl fuhr mit dem völlig gedemütigten Spielteil-
nehmer durch den Boden in den Keller. Alles in allem eine
Riesenscheiße.

Unser Auftritt war für die Pause zwischen den beiden
Spielrunden vorgesehen. Die Aufnahmeleiterin erklärte uns
in der Garderobe den Ablauf haargenau. »Euer Stichwort ist
›Rock‹«, sagte sie.

»Das ist schon mein ganzes Leben so, Baby«, flüsterte ich
Christian zu.

»Frag sie doch mal nach ihrem Stichwort«, kam es zurück.

»Also, wenn ihr hört, ›Flame Of Rock‹, dann startet das
Playback.« Wir nickten eifrig. »Danach schwenkt Kamera
eins langsam über den Chor auf das brennende Fass, zieht
weit auf, und da steht ihr im Nebel und seid schon am Spielen.«

»Entschuldigung, ich glaube, ich habe doch nicht alles

verstanden«, fragte ich nach. »Von was für einem Chor sprechen Sie denn?«

»Seht ihr gleich in der Probe.«

Was uns dann erwartete, war lächerlicher als alles, was wir uns hätten ausdenken können. In einer entlegenen Ecke des Studios war eine Kulisse aufgebaut, die aussah wie das Werk eines Zehnjährigen, dem man im Kunstunterricht die Hausaufgabe gestellt hatte: »Schau dir ›Mad Max 3‹ an und forme es aus Pappmaché nach!« Neben dem Schlagzeug lagen lose Bretter und Stacheldraht, und vor dem Gesangsmikro stand ein bunt besprühtes Ölfass, aus dem ein kleines Gasfeuer züngelte. All das hätte man gerade noch so eben akzeptieren können, aber auf der linken Seite hatten sie ein Podest aufgebaut, auf dem etwa zwanzig Grundschüler auf ihren großen Auftritt warteten. Sie alle trugen das Sweatshirt mit unserem Logo.

»Was wollen denn die Zwerge da? Soll das der Chor sein?«, rief Tom in die Richtung, in der er die Kabine der Aufnahmeleiterin vermutete.

»Die singen doch nicht wirklich. Kommt ja alles vom Band«, sagte eine Stimme aus dem Lautsprecher. Wir bekamen einen Probelauf, der in der Hauptsache klären sollte, ob wir in der Lage waren, auf unser Stichwort zu reagieren. Das Playback-Spielen hatte den unschätzbaren Vorteil, dass man dabei sein Instrument oder sich selbst herumwerfen konnte, wie man wollte, es klang immer unverändert. Während einer eingesprungenen Judorolle sah ich aus dem Augenwinkel, wie die Kinder mit voller Inbrunst den Refrain sangen, sich ehrlich freuten und dabei fleißig auf eins und drei klatschten. Wenigstens *die* haben ihren Spaß, dachte ich und wünschte mich auf den Kandidatenstuhl, der im Gegensatz zu mir wirklich im Boden versinken konnte.

Wir erzählten niemandem, wirklich niemandem von der Sendung und hofften, dass die Bundesliga gerade in eine besonders spannende Phase eintrat, wenn der Samstag der Ausstrahlung gekommen war.

## BAUSTEINE AM BAUCH

Fluchend kniete ich vor dem Koffer, den ich mir von meinem Opa extra für die Tour geliehen hatte. Es war vollkommen unmöglich, darin sämtliche Sachen unterzubringen, die ich auf einer derart langen Reise brauchen würde. Fünf Tage sind schließlich kein Wochenendausflug. Wenn ich mich vorne draufsetzte, um die beiden ausgeleierten Schnappverschlüsse in die Schlitze zu zwängen, knirschten die rückseitig angenieteten Scharniere bedenklich und gaben knisternd Flugrost frei.

Gunnar hatte uns eingeschärft, uns der Tourleitung gegenüber absolut diszipliniert zu verhalten. »Enttäuscht mich nicht«, hatte er gesagt. »Wenn ihr erst mal den Ruf habt, arrogante Wichser zu sein, dann nimmt euch keiner mehr auf irgendeine Tour mit. Haltet euch einfach an das, was in den Tourunterlagen steht.«

Und die waren in diesem Punkt unmissverständlich: Ein Gepäckstück pro Person, hieß es darin. Das »Ein« war sogar unterstrichen. Wieder und wieder sortierte ich meine Habseligkeiten, immer in der Hoffnung, auf etwas zu stoßen, was sich als überflüssig erwies: Das Publikum in Saarbrücken würde hoffentlich nicht ahnen, dass ich dieselbe Hose schon in Bremen getragen hatte. Der Entschluss, die Auftritte ohne Unterhose zu bestreiten, schaffte Platz für eine Dose Jim-Beam-Cola. Nur an den drei Kulturbeuteln gab es nichts zu rütteln. Einen für Duschen, Zähne, Haut, einen für die Haare und einen großen für das Make-up. Nach der schweren Entscheidung, nur drei statt fünf Paar Stiefel mitzunehmen, kehrte langsam Hoffnung ein. Ein doppelt so großer Koffer könnte reichen.

Christian hatte sich die Sony Handycam seiner Eltern ausgeliehen, ein monströses Teil, das mitsamt Zubehör mehr als die Hälfte seiner Reisetasche belegte. Dafür verzichtete er komplett darauf, normale Alltagskleidung mitzunehmen. Keine Jeans, kein Pullover, keine T-Shirts oder Hemden. Er hatte vor, in der kompletten Tourwoche auch tagsüber ausschließlich wechselnde Bühnenoutfits zu tragen, und war nicht davon zu überzeugen, dass er mit pinkfarbenen Stiefeln und strassbesetzter Latexhose beim Hotelfrühstück in irgendeiner Weise auffallen könnte.

»So schlimm wird es schon nicht werden. Die Bolero-Lederjacke kann ich ja zumachen, wenn ich nichts drunter trage, und ich schminke mich zum Frühstück ja auch noch nicht. Aber ich will die Kamera unbedingt dabeihaben. Videotagebuch, für später mal.«

Am Abend vor der Abfahrt fragte ich mich ernsthaft, welcher Patient diesen Tourplan verbrochen hatte. Als Gunnar erzählte, in welchen Städten wir auftreten sollten, hatte ich mir keine Gedanken darüber gemacht, wie das in der Realität aussehen würde. Es war die Hölle. Wir fuhren von München nach Bremen, dann nach Offenbach und von dort über Berlin nach Saarbrücken. Die Route sah aus wie ein Kinderrätsel, bei dem man alle Zahlen der Reihe nach mit Geraden verbinden musste, damit am Ende der Eiffelturm entstand. Wofür stieg man denn im Hotel ab, wenn man frühestens um vier ins Bett kam und um neun wieder losfahren musste?

Schon beim Proberaum, wo uns der Bus abholen sollte, entstanden erste Unstimmigkeiten. Während Christian, Gröschl und ich uns sehr streng an die Ein-Gepäckstück-pro-Person-Regel gehalten hatten, hob Tom völlig ab. Er hatte mehrere Klafter Ytongsteine dabei, die Moni vom Notsitz und aus dem Kofferraum ihres Ford Scorpio anschleppte. Jeder einzelne davon war knappe sechs Kilo schwer. Keiner von uns half ihr dabei, denn weder verstanden wir, was da gerade passierte, noch wollten wir irgendetwas damit zu tun haben. »Ich lege mir bei jedem Auftritt drei davon übereinander auf den Bauch, und der Gröschl zerschlägt sie dann mit der Gitarre. Richtig geile Taekwondo-Action«, freute sich Tom.

»Hast du jetzt total ein Ei am Kreisen?«, fragte ihn Gröschl. »Ich schlag doch nicht mit meiner Tausend-Mark-Gitarre auf Felsen rum.« Nachdem Moni den letzten Stein ausgeladen hatte, zog Tom eine billige E-Gitarre hinter den Sitzen hervor.

»Stuntgitarre«, grinste er.

»Alter, bist du eigentlich wahnsinnig? Ich hab genau mitgezählt, das sind fünfundzwanzig Steine«, schimpfte Christian und deutete auf seine Reisetasche. »Ich habe sogar die Q-Tips rationiert, damit ich das Ding zukriege, und du bringst eine halbe Baustelle mit. Es müssen *immer* Extrawürste bei dir sein. Was werden die uns wohl erzählen? *Ein* Gepäckstück pro Person ist die Ansage.« Die zweihundert klappernden Schnallen der Bühnenlederjacke untermalten seine Empörung. Als der Tourbus mit der Crew ankam, stellte sich heraus, dass nicht nur die Steine in dem riesigen Laderaum beinahe verschwanden, nein, es war auch noch Platz für etwa zwanzig weitere Koffer. Christian filmte fassungslos in die Leere und verdammte dabei Gunnar und die diktatorischen Koffergesetze.

Der Bus war keiner von den typischen Rockstar-Nightlinern mit Betten oder Swimmingpool, sondern ein ziemlich normaler Reisebus. Hinten gab es einfache Sitzbänke und vorne, etwas abgetrennt, einen Bereich mit Tischen und einem Fernseher samt Videorekorder. Mit uns reisten diverse Licht- und Tontechniker, die sich uns zwar vorstellten, deren Namen ich aber sofort wieder vergaß. Nicht weil sie mich nicht interessiert hätten, sondern weil ich mir einfach keine Namen merken kann. Wenn mir jemand vorgestellt wird, muss ich ihn umgehend mehrmals aggressiv ansprechen, dann geht es einigermaßen: »Oh, du bist Peter. Hallo, Peter. Wie geht es dir, Peter? Peter! Peter.« Die Schattenseite davon ist allerdings, dass viele Leute auf diese Weise ganz leicht einen falschen Eindruck von einem bekommen.

Der Chef der Crew nannte sich Lemmy, ein gut zwei Meter großer, massiver niedersächsischer Bauernschrank. Er stellte sich als »Backliner« vor, das ist ein etwas besserer Ausdruck für »Roadie«. Vermutlich wollen niedersächsische Bauern auch bald nur noch »Pflugbegleiter« genannt werden. Er war hauptsächlich für unsere Instrumente zuständig, sorgte dafür, dass sie sauber gestimmt waren und immer frische Batterien hatten. Der Boss der gesamten Unternehmung war unsere Tourmanagerin Tanja. Ich sah auf den ersten Blick, dass sie genau die richtige Frau für uns war, zumindest schien sie sich mit Schminke auszukennen. Sie trug nämlich weitaus mehr Make-up als nötig, verwendete es wie Tipp-Ex, als wäre sie der Meinung, der liebe Gott hätte sich verschrieben, als es um ihr Gesicht ging. Überhaupt demonstrierte ihre komplette Erscheinung eine gewisse Unentschlossenheit. Während ihr graues Kostüm über der hellblauen Bluse »Business« schrie, signalisierte die kleine tätowierte Rose über ihrem rechten Knöchel den unbedingten Willen zu Partys, die außer Kontrolle geraten.

Nachdem der Bus auf die Autobahn eingebogen war, versammelte ich die Band in den beiden hintersten Reihen. »Eines darf auf keinen Fall passieren«, schwor ich sie ein. »Wir dürfen nicht *zu* gut sein. Das hat es schon oft gegeben. Die Vorgruppe bläst den Hauptact von der Bühne und fliegt deshalb raus aus der Tour. Gekränkte Eitelkeiten. Also Vorsicht, wenn ihr merkt, dass es zu geil wird, lieber eine Nummer zurückstecken. Denkt an den Gig mit Live Wire.« Tom sah mich zweifelnd an. Ich ahnte, was er sagen wollte, und kam ihm zuvor. »Ich mein jetzt nicht, dass wir absichtlich schlecht spielen sollen, aber lassen wir uns lieber am Anfang noch ein bisschen Spielraum für die letzten beiden Konzerte. Dann können sie uns nicht mehr rausschmeißen.« Alle stimmten zu, wir legten die Hände aufeinander, wie wir es von amerikanischen Sportteams kannten, und riefen: »Löve Stealer!«

Jemandem, der noch nie in einem Tourbus mitgefahren ist, mag der Gedanke daran aufregend, exotisch oder wenigstens interessant erscheinen. In Wahrheit aber sind busfahrende Musiker an Tristesse kaum zu überbieten. Christian legte sich sofort schlafen, um die lange Fahrt nach Bremen zu überbrücken, während sich Tom irgendwelche drittklassigen Actionfilme anschaute. Gröschl und ich wollten die Crew näher kennenlernen. Bei denen lernt man fürs Leben, dachten wir uns. Vierzigjährige Männer, die schon alles gesehen hatten, mit fragwürdigen Dentalkonstrukten.

Genau genommen hatten sie seit Jahren vor allem Busse und Stadthallen von innen gesehen. Frauen eher nicht, was vor allem daran liegen mochte, dass nur eine sehr kleine Zielgruppe auf Männer ansprach, die zwanzig Tage am Stück das gleiche T-Shirt trugen, auf dem stand: »If it's dry, smoke it! If it's wet, drink it! If it moves, fuck it! If it doesn't move, stick it on the truck!«

Das problematische Äußere täuschte den ungeübten Betrachter nur allzu leicht darüber hinweg, dass er es hier mit hochprofessionellen Experten zu tun hatte, Koryphäen auf den Gebieten Akustik, Statik und Onanie. Letzteres war insbesondere an den in unserem Bus verstreut herumliegenden Videos leicht zu erkennen.

Jörg, ein etwa fünfzigjähriger Moving-Light-Operator, hatte laut eigener Aussage den siebten Dan im Wichsen und den brennenden Wunsch, die Geheimnisse seiner Kunst an die nächste Generation weiterzugeben. Gröschl und ich hatten uns zu ihm gesetzt, spielten mit ihm Skat und ließen ihn reden. Anfangs verriet er nur einfache Onanisten-Grundregeln wie: »Schnäuze dich niemals in ein Taschentuch, das aussieht, als hättest du dich schon einmal hineingeschnäuzt!« Doch bald schon folgten konkrete Tipps. Er deutete auf seinen Schoß und fragte uns: »Wie nennt ihr ihn eigentlich?«

»Den Schwanz?«, fragte ich.

Er nickte.

»Ich nenne den Schwanz Schwanz«, sagte ich. Gröschl nickte ebenfalls. »Schwanz. Klar«, sagte er.

Jörg bereitete unterdessen einen Witz vor und presste schon im Vorfeld vor lauter Glück den Atem stoßweise durch die Nüstern. »Ich …«, sagte er und zögerte unsere Erwartung noch ein wenig hinaus, »also ich …«, wieder lachte er fast lautlos durch die Nase, »ich nenne ihn: Hulk Hoden!«

Gröschl und ich täuschten Begeisterung vor, und Jörg amüsierte sich königlich über seinen Spaß, mit dem er in der Vergangenheit sicher schon so manchen Stammtisch zum Kochen gebracht hatte.

Dann kamen die Wichstipps, wie etwa der, sich volle Kanne mit einem Fleischklopfer auf die rechte Hand zu schlagen, und wenn der Schmerz anfängt nachzulassen, noch einmal draufzuhauen. »Danach führst du die gelähmte rechte Hand mit der linken und schnalzt den Piephahn ordentlich durch. Das fühlt sich an, als ob es eine fremde Hand wäre, außerdem zögern die gewaltigen Schmerzen den Orgasmus amtlich hinaus. Viel geiler geht's nicht mehr.«

Wenig später wähnte er schließlich den Zeitpunkt gekommen, uns mit dem Allerheiligsten vertraut zu machen. Eine Masturbationstechnik, die seit Generationen von Senior-Moving-Light-Director zu Junior-Light-Trainee weitergegeben wurde. »Jetzt erzähl ich euch mal, wie man sich in der Wanne so richtig einen schüttelt!« Dazu müsse man sich in der mit wohlig warmem Wasser prall gefüllten Badewanne »erst einmal sauber den Lurch massieren«. Dann solle man sich eine im Badezimmer herumirrende Stubenfliege fangen.

»Es muss dabei unbedingt gewährleistet sein, dass das Insekt den Fang lebend übersteht«, sagte er. »Dann macht man Folgendes:

– Der Fliege die Flügel ausrupfen.

– Den Hammer so aufstellen, dass nur die Eichelspitze aus dem Wasser schaut.

– Die Fliege auf die Eichel setzen.«

Glaubte man Jörg, dann entsteht beim nunmehr zum Fußgänger degradierten Tier umgehend ein sehr starker Fluchtreflex, der sich aber durch die Anwesenheit von Wasser rund um die kleine Insel, auf der es abgesetzt wurde, zu einem ziellosen Hin- und Hergetaumel auswächst, was ultimativ zu einer starken Stimulation des Organs führt, woraufhin schlussendlich »der Aal Schleim spuckt wie ein Weltmeister«. Wir saßen ihm mit offenen Mündern gegenüber, während er überlegen einen Mundwinkel nach oben zog und den Pott für ein Kreuzsolo einstrich.

»Was für ein Prolet«, flüsterte ich Gröschl zu, als wir auf dem Weg ins Heck des Busses waren.

»In meinem Bad gibt es gar keine Fliegen«, flüsterte er zurück.

Kurz vor dem Ziel ging Tanja durch die Reihen und drückte jedem von uns einen detaillierten Tour Rider in die Hand. Darin verzeichnet waren sämtliche Daten zu allen Hotels und Hallen, mit denen wir es in den nächsten Tagen zu tun bekamen, alle Ansprechpartner, Telefonnummern und Ankunfts- und Abfahrtszeiten. Sie ließ keinen Zweifel darüber aufkommen, dass diese neun kopierten DIN-A4-Seiten in den kommenden Tagen unser Gesetz darstellen würden und sie keinen Verstoß dagegen duldete. »Was macht sie wohl, wenn wir morgens nicht pünktlich am Bus sind?«, fragte ich Christian.

»Vielleicht ruft sie deine Mutter an«, mutmaßte er mit todernster Miene.

»Sie könnte mich auch gerne übers Knie legen«, sagte ich und sprang auf, weil wir angekommen waren. Um Tanja gleich zu zeigen, dass sie es mit echten Gentlemen zu tun

hatte, riss ich ihr den kleinen Koffer aus der Hand, dessen
Trageriemen sie sich gerade über die Schulter legen wollte.
»Das kann ich doch tragen«, lächelte ich sie an und merkte
erst, als ich es in der Hand hielt, wie schwer das Teil war.
»Was hast du denn da drin?«, fragte ich.

»Tragbares Telefon«, sagte sie und grinste, als sie sah, wie
sehr ich mich anstrengen musste, um mir die Anstrengung
nicht anmerken zu lassen. »Ganz schön schwer, gell? Und
dabei ist der blöde Akku dauernd leer, ich brauchte einen
viel größeren.«

Das Catering in der Halle war an sämtlichen Tagen nur
für Doro und ihre Band vorgesehen, uns schickte Tanja nach
dem kurzen Soundcheck in eine benachbarte Pizzeria.

Als das Licht ausging, standen in der Halle, die laut Rider
2500 Leute fasste, mindestens 3000 Menschen. Sie waren
bereits während der lokalen Vorband lauter, als wir es jemals gehört hatten.

»So was hab ich noch nie erlebt«, sagte Gröschl voller Ehr-
furcht. Und wenn ich ehrlich war, ich auch nicht. Das letzte
Mal, dass ich so einen Aufruhr mitbekommen hatte, war, als
ich von meinem Vater 1964 in seinem Hodensack in das Be-
atles-Konzert im Zirkus Krone geschmuggelt worden war.

Während unser Intro lief, kauerte Christian schon hinter
dem Schlagzeugpodest. Wir standen hinter dem Vorhang,
bereit, auf das Stichwort »… a night you'll never forget!«
nach vorne zu stürmen. Nach etwa dreißig Sekunden bemerkten wir das stotternde Geräusch der hängenden CD
und sahen uns dumm an. »Raus jetzt, ihr Pfeifen!«, schrie
uns Lemmy an. Wir rannten aufgescheucht auf unsere Posi-
tionen und standen dort hilflos herum, weil Christian noch
immer hinter seinem Podest auf das Ende des Intros wartete.

Nach endlosen Sekunden merkte auch er, dass er handeln musste, und zählte ein. Unser Opener »We Are Löve Stealer!« lief sauber durch, aber schon bei »Lick My Stick« vergeigte Tom zum tausendsten Mal seinen Einsatz. Wie oft sollten wir das noch üben? Dafür war seine Ansage danach extralang. Er vergaß weder, das freundliche Personal des Hotels zu erwähnen, noch die exzellente Küche der Pizzeria, in der wir zu Mittag gegessen hatten. Das Publikum in Bremen verzieh ihm sogar, abwechselnd mit »Hello, Offenbach Rock City!« und »You motherfuckers in Berlin are the fucking best!« angesprochen zu werden.

Als Christian und ich uns zunickten, um gemeinsam unseren nächsten Song, »Lady Of The Night«, anzufangen, begann Tom, das Publikum zu teilen und ein Wettsingen zu veranstalten. Zuerst ließ er die linke Seite gegen die rechte antreten, danach »Boys gegen Girls«. Als er mit »vorne gegen hinten« anfing, waren nur noch achtzehn von unseren fünfunddreißig Minuten Spielzeit übrig. Christian verlor die Geduld und fing einfach an, wir stiegen ein und ernteten dafür böse Sängerblicke. Schon nach der nächsten Nummer »Ride Me Through The Night« hatte Tom ein neues Mätzchen vorbereitet. Lemmy trug, wie er es mit Tom vereinbart hatte, zwei Stühle auf die Bühne. In einer zähen Prozedur, die Christian und ich mit einer Improvisation im Viervierteltakt untermalten, zog sich unser Sänger seine Jacke aus. Großes Gekreische brandete auf. Gröschl kam zu mir gerockt, grinste dabei ins Publikum und deutete mit dem Daumen nach oben. In mein Ohr brüllte er: »Wenn das Arschloch sich noch länger Zeit lässt, dann dresche ich ihm die Gitarre auf den Kopf statt auf die Scheißsteine.« Ich legte meine linke Hand spähend an die Stirn, spielte mit der rechten weiter und gab dem Publikum mimisch zu verstehen, dass es die Nummer eins in meinem Herzen ist. »Hau sie ihm in die Eier!«, brüllte ich zurück. Mittlerweile hatte sich Tom mit den Fersen auf dem einen und dem Hinterkopf auf dem anderen Stuhl in Position gelegt. Egal, wie dumm man diese Aktion auch finden mochte, seine Körperbeherrschung war erstaunlich. Lemmy legte ihm drei Ytongsteine übereinander auf den Oberkörper. Eigentlich sollte Gröschl an dieser Stelle ein Riesenbrimborium veranstalten und mehrfach antäuschen, bevor zusammen mit dem wirklichen Schlag ein Bühnenblitz explodierte. Doch nach einem erneuten Blick auf die Uhr war er so geladen, dass er humorlos und ohne weiteres Herumgetue voll durchzog und die Steine so unspektakulär wie möglich zerteilte.

Tom bekam einen kleinen Brösel ins Auge, musste sich aber erst umständlich aus dem Geröll befreien. Er rannte hinter den Vorhang und rieb fluchend an seinem Auge herum, während mehrere lokale Helfer Ytongbrocken und -bröckchen von der Bühne räumten. Als Tom zurück war, hatten wir noch acht Minuten Zeit und fünf Lieder übrig. Wir hasteten durch unsere Ballade »Loving You So Much«, verbeugten uns und gingen ab. Wir warteten nicht mal die in Rockerkreisen vorgeschriebenen vierzig Sekunden, bevor wir zur Zugabe wieder auf die Bühne kamen. Wir verzichteten sogar auf den demütig-überraschten Gesichtsausdruck, der sagen soll: »Was? Ihr wollt wirklich, dass wir *noch* ein Stück spielen? Das ist nicht euer Ernst. Wow, danke schön, Bremen!« Stattdessen bretterten wir grußlos durch »Power Power«, ohne Gefangene zu nehmen.

Die folgende Umbaupause dauerte fast doppelt so lange wie geplant, weil sich der Ytongschutt hartnäckig gegen die

Besenkommandos wehrte. Eine aufgebrachte Tanja kam in unsere Umkleide. »Doros Manager hat mir gerade total den Arsch aufgerissen. Wenn sie mit ihren Stilettos auf so einen Stein steigt und umknickt, ist die Hölle los.« Tom deutete auf seine Stiefel. »Die Absätze sind höher als die von der Doro, und mir ist auch nichts passiert«, sagte er. Es war nicht das, was Tanja hören wollte. »Das ist mir vollkommen egal. Die Steine kommen mir jedenfalls nicht mehr auf die Bühne, kapiert? Sonst seid ihr schneller wieder zu Hause, als euch lieb ist.« Tom schnappte noch etwas nach Luft, während ich mich mit Gröschl hinter seinem Rücken abklatschte.

Nachdem wir in Offenbach versehentlich die Bespannung einer Monitorbox in Flammen gesetzt hatten, wurden uns ab sofort auch die Pyros verboten. Dabei war es wirklich nicht unsere Schuld gewesen, man möchte ja glauben, dass Dinge, die auf einer Rockbühne herumstehen, weniger zimperlich konstruiert sind. Lemmy meinte allerdings, hätte der Monitor nicht im Weg gestanden, dann hätten große Teile der ersten Reihe vermutlich ihre Augenbrauen verloren, so wie Tom seinen Flammenpenis in die Menge gehalten habe. Ich war gar nicht böse darüber, dass wir ohne das ganze Drumherum auftreten mussten, denn erstens schafften wir es so, in Berlin endlich einmal unser komplettes Programm durchzuspielen, und zweitens, dachte ich, konnte sich das Publikum dann vollkommen auf unsere Musik konzentrieren. Selten lag ich so daneben.

Nach dem Refrain von »Chicks, Bikes and Chicks«, an der Stelle, an der Gröschls langes Solo kommen sollte, sprang Tom mal wieder von hinten im Spagat über das Schlagzeug. Doch dieses Mal kam er nicht hoch genug. Er blieb mit einem Fuß leicht hängen, riss einen Beckenständer um und strauchelte bei der Landung. Christian versuchte noch, das Schlimmste zu verhindern. Er sprang auf, um den Ständer abzufangen, schaffte es aber nicht, deshalb machte er das Beste daraus und spielte im Stehen weiter. Auch Tom wollte seinen Sturz wie eine geplante Aktion wirken lassen. Er blieb auf den Knien, legte seinen Oberkörper nach hinten und rockte wie Robert Plant oder Roger Daltrey. Gröschl und ich reagierten blitzschnell und stellten uns direkt hinter ihn, wo wir das Maschinengewehr auspackten und die ersten zehn Zuschauerreihen damit pantomimisch niedermähten. Das wiederum stachelte Tom dazu an, noch mehr geben zu wollen. Er versuchte aufzustehen, doch er schaffte es nicht. »Ihr blöden Arschlöcher«, schrie er uns von unten an. Mittlerweile hatte eine neue Strophe begonnen. »Was ist denn los?«, schrie ich nach unten, wo Tom immer noch im Liegen sang und in unsere Richtung fuchtelte. »Ihr Arschgeigen steht auf meinen Haaren«, schrie er in der nächsten Gesangspause zurück.

In diesem Moment, der auf der Bühne zu einer Ewigkeit gefror, lag unfassbar viel Symbolik verborgen: Hinter mir mein bester Freund – verzweifelt versucht er zu retten, was nicht mehr zu retten ist. Der treue Kumpan neben mir im Schützengraben – sein Gewehr tapfer im Anschlag, bereit, mit mir bis zum Letzten zu gehen. Unter mir der Held – gestrauchelt, doch beileibe nicht besiegt.

Ein begabter Regisseur würde daraus ein Happy End zimmern, bei dem man hinterher das Kino trockenlegen müsste. In Wirklichkeit war es einfach nur wahnsinnig peinlich. Wir waren wie einer jener Autounfälle, bei denen man *nicht* heimlich durch die Finger hinsehen will.

Während wir auf der Bühne waren, hatte jemand eine druckfrische Ausgabe des *Metal Hammer* in unsere Garderobe gelegt. Wir stürzten uns alle gleichzeitig darauf, bis Christian laut »Obacht!« rief. »Ihr zerreißt das ja, bevor wir überhaupt unsere Kritik lesen können.« Er nahm das Heft an sich, suchte die Seite mit den Rezensionen und fing an zu lesen. »Fünf von sieben möglichen Punkten«, vermeldete er.

»Das ist doch gar nicht schlecht«, freute sich Tom.

»Da steht: ›Mit Löve Stealer präsentiert sich endlich wieder eine hoffnungsvolle neue Band aus Deutschland … Frischer Wind aus dem Süden … Absoluter Bombensound und Songs amerikanischen Zuschnitts … Stadionkompatible Killerhymnen … Nur wenige Totalausfälle …‹ Das hört sich doch gut an«, sagte Christian. Wir waren in der Monatsrangliste zwar nicht ganz oben, aber immerhin im vorderen Mittelfeld. Damit konnten wir wirklich zufrieden sein.

Auf der Fahrt nach Saarbrücken lag Christian mit seinem Diskman in der letzten Sitzreihe. Er war vor der Abfahrt in Berlin extra in einen Plattenladen gegangen, um sich wie immer das Album des Monats aus dem *Metal Hammer*-Soundcheck zu kaufen. Die Band, die in der Rangliste auf Platz eins lag, hieß Nirvana, und ihre Platte »Nevermind« war laut Rezension »göttlich« und von »unübertroffener Reinheit«. Mehr ratlos als angewidert gab er mir den Kopfhörer. »Hör dir den Scheiß an«, sagte er. »Ich meine, ich bin ja tolerant, aber das ist …« Er rang nach Worten. »Ach, ich weiß auch nicht. Hör's dir einfach an.«

Ich startete den ersten Song, schaffte es aber beim besten Willen nicht bis zum Ende. Es war nicht zu fassen: Bevor wir »Flame Of Rock« aufgenommen hatten, saß Gröschl wochenlang an jedem seiner Soli, das Solo von »Too Cruel For

School« wurde sogar noch im Studio komplett umarrangiert, weil er gerade rechtzeitig ein neues Lehrvideo bekommen hatte. Es war »Speed Soloing« von Chris Impellitteri, dem Gitarristen, der auf sein 1988 erschienenes Album »Stand In Line« neben den üblichen Credits und Dankeschöns folgenden Satz drucken ließ: »I promise that my guitar solos will only get faster.« Und jetzt kam dieser Kasper von Nirvana und spielte in seinem Solo einfach nur die Melodie der Strophe nach. In der Zeit, die er dafür benötigte, spielte Impellitteri das Gesamtwerk von Paganini und machte sich anschließend noch ein Frühstück nach Ratsherrenart. Diese Typen gaben sich ganz offenbar nicht für fünf Pfennig Mühe. Schlampige Schrammelgitarren und dazu dieses elende Genöle. »Here we are now, entertain us …«, sprach ich den Text angeekelt mit, »die haben ja wirklich nichts verstanden. *Die* sollen doch *uns* unterhalten.«

Manchmal schrie der Sänger zwar rum, aber er *screamte* nicht und kam auch nicht besonders hoch. Beim *Metal Hammer* hatten sie sich ja schon öfter getäuscht, aber so sehr wie diesmal hatten sie noch nie danebengelegen.

»Unübertroffene Reinheit? Dass ich nicht lache.« Wer sollte das denn kaufen? Die Leute wollten positive Messages, Typen, die geil aussahen und ihre Instrumente richtig beherrschten, und keine depressiven Dilettanten. Ich nahm die CD aus dem Diskman, fragte Christian: »Darf ich?«, und als er nickte, warf ich sie aus dem Busfenster.

## HOME SWEET HOME

Was war ich froh, als wir endlich wieder zu Hause waren. Auf der ganzen Tournee hatten wir kein einziges Wort mit Doro oder ihrer Band gewechselt, unsere Gesprächspartner waren entweder versaute Techniker oder Tanja, die uns zur Sau machte. Deshalb freute ich mich sogar darauf, Silvia wiederzusehen. Als ich in die Wohnung kam, bemerkte ich jedoch schnell, dass diese Freude eher einseitiger Natur war. »Ach, ist die Woche schon vorbei?«, begrüßte sie mich desinteressiert. Kein »Und, wie war's, wie war's?«, kein »Los, erzähl, ich will ALLES hören!«, nicht mal ein »Wie geht's dir?«.

Es hatte sich nichts verändert. Ich murmelte ein kurzes Hallo und ging an ihr vorbei zum Schlafzimmer, um dort meinen Koffer abzustellen. Doch der fiel mir vor Schreck aus der Hand, als ich die Tür aufmachte. Auf dem Bett, auf *unserem* Bett, lag einer. Ein Spasti mit Ziegenbart hatte es sich auf meiner Seite bequem gemacht. Er sah von seinem Buch auf, musterte mich kurz und las weiter, ohne ein Wort zu sagen. Silvia stand plötzlich hinter mir und stellte ihn vor, doch ich hatte seinen Namen natürlich sofort wieder vergessen. Unter anderem aus Protest. »Er wohnt jetzt hier«, sagte sie einfach nur.

Ich hatte überhaupt kein Interesse an einer blöden und sinnlosen Auseinandersetzung, zumal mir sowieso klar war, dass ich da rausmusste. Ich rief mir Teresas Rat ins Gedächtnis. Ich würde mich nicht mehr für blöd verkaufen lassen und ab jetzt das tun, worauf *ich* Lust hatte. Mein nächster Schritt ins Erwachsenenleben. Ein kleiner Schritt für die Menschheit, aber ein großer Schritt für mich.

»Okay, phantastisch«, sagte ich und suchte meine Sachen zusammen. »Kommt mir sehr gelegen.«

Der Golf fasste mit Mühe alle Kisten, die ich zurück zu meinen Eltern transportieren musste. Ich hatte zum Glück zwischenzeitlich fast keine davon ausgepackt, so ging zumindest der Auszug zügig voran. Meine Mutter war erstaunlich aufgekratzt, als ich überraschend und mit vollen Händen vor ihrer Tür stand. »Komm rein«, sagte sie. »Ist noch alles so, wie du es verlassen hast.« Kaum war ich in der Wohnung, stand auch schon ein Teller mit richtigem, selbstgekochtem Essen auf dem Tisch. Wie sehr hatte ich das vermisst.

»Hast du schon gesehen, oder?«, fragte sie und deutete auf die *Bild am Sonntag*.

»Nein, was denn?«

Sie schlug die Zeitung gezielt knapp hinter der Mitte auf, als hätte sie es schon Hunderte Male gemacht. Wahrscheinlich war es auch so. »Karate Kid rockt sich an die Spitze«, stand da über einem Foto, das Tom mit freiem Oberkörper auf einer Harley zeigte. Dabei hatte er nicht einmal einen Motorradführerschein. Der komplette Artikel war ein abgeschriebener Pressetext unserer Plattenfirma, trotzdem schafften sie es, meinen Namen falsch zu schreiben. »Hölzinger«, lachte ich. »Möchtest du so heißen?«

»Ich hab gleich drei davon gekauft«, sagte meine Mutter. »Eine bekommt die Oma.« Sie zeigte auf einen Stapel Zeitschriften, die alle innerhalb der letzten beiden Wochen erschienen waren. »Hier, hab ich alle aufgehoben.« Außer dem *Metal Hammer* und der *BRAVO*, die eine Gitarre von uns verloste, hatten wir nichts davon mitbekommen. Serge hatte nicht übertrieben.

Vor der *Metal-Hammer*-Roadshow hatten wir noch ein großes Ziel. Wie damals Live Wire veranstalteten auch wir unser eigenes Konzert im Nachtwerk. Im Gegensatz zu ihnen waren wir allerdings schlau genug, auf eine Vorgruppe zu verzichten. Das Publikum sollte nur uns sehen, Löve Stealer pur, zwei Stunden lang. Der Auftritt war gedacht als ein Dankeschön an München. Nach dem Album und der Tour wollten wir der Stadt, der wir so viel zu verdanken hatten, etwas zurückgeben. Die Menschen, unsere Freunde, sollten die Gelegenheit bekommen, uns einen Abend lang ganz nah zu sein. Wir bereiteten uns intensiv darauf vor, schließlich spielten wir fast doppelt so viele Songs wie auf der Tour.

Eine Woche vor dem Auftritt im Nachtwerk fielen uns in der ganzen Stadt die Plakate für ein Konzert in der Rudi-Sedlmayer-Halle auf. »Pearl Jam«, stand da in übergroßen Lettern. Das sollte wohl so was Ähnliches wie Nirvana sein. Mich ärgerte nicht, dass es am selben Tag stattfinden würde wie unseres, denn unsere Zielgruppe war ja eine völlig andere. Aber sie hatten dreist einfach unsere Plakate überklebt. In der Kürze der Zeit schafften wir es nicht mehr, neue nachzudrucken. Stattdessen gingen wir in den Copyshop und kopierten Flyer, wie wir es schon jahrelang nicht mehr gemacht hatten. Doch egal, wem wir sie in die Hand zu drücken versuchten, die Antwort war immer die gleiche: »Ach, das ist ja schade, an dem Tag gehe ich schon zu Pearl Jam.« Deshalb möchte ich an dieser Stelle allen, außer den dreiundsechzig zahlenden Zuschauern, die ins Nachtwerk kamen, sagen: Selbst schuld, ihr habt ein wirklich tolles Konzert verpasst, vielleicht sogar das beste, das wir jemals gespielt haben. Und ihr habt einen historischen Moment verpasst: unseren definitiv allerletzten Gig. Denn während sich Eddie Vedder darüber freute, »Alive« zu sein, trugen wir keine fünf Kilometer weiter Löve Stealer zu Grabe. Wie einst Frau Strasser stand ein paar Wochen später unvermittelt Gunnar im Proberaum.

»Jungs, wir müssen reden«, sagte er und machte ein besorgtes Gesicht. »Ich habe heute sehr lange mit Doktor Scholz telefoniert. Wir, also ich weiß jetzt nicht, wie ich es am besten sagen soll, wir sind also übereingekommen, dass es also für beide Seiten das Beste wäre, wenn sich also die Wege trennen würden«, stotterte er.

»Die schmeißen uns raus«, sagte Christian.

»Wenn ich ehrlich sein soll: Ja.«

»Aber wieso denn? Es lief doch alles gut?«

»Sie haben gesagt, das Fenster wäre zugegangen. Nirvana haben letzte Woche schon Gold bekommen. In der gleichen Zeit habt ihr gerade mal 1850 Platten verkauft. Es sind andere Zeiten jetzt. So was wie ihr ist gerade nicht mehr angesagt.«

»Und die Roadshow?«, fragte ich.

»Auch abgesagt. Die Hälfte der Bands, die dabei sein sollten, hat sich sowieso schon aufgelöst. Tut mir leid, Jungs.«

Es standen sehr viele Fragen im Raum, aber keinem von uns war danach zumute, sie zu stellen. Wir wussten ja, dass niemand eine Antwort darauf hatte.

## ZULETZT

Wir waren schon einige Zeit nicht mehr im »Finest« gewesen, und es hatte sich ziemlich verändert. Nicht nur die
Musik war anders, auch die Leute sahen seltsam aus. Teilweise waren es dieselben Menschen, aber die meisten hatten andere Frisuren und trugen karierte Hemden und
Springerstiefel. An seinem alten Platz an der Bar entdeckten wir Mark Platinum, wieder umringt von einer ganzen Schar Adabeis. Auch er war kaum wiederzuerkennen.
Seine Haare trug er jetzt nur noch schulterlang und mittel-
braun, aus dem Kinn wuchs ihm ein Ziegenbart. Ich drän-
gelte mich zu ihm durch, um hallo zu sagen. »Hey, Meister
Platinum!«, begrüßte ich ihn. »Hast dich ja ganz schön verändert.«

»Ja, des kann ma sagen. I hoaß jetz a gar nimmer Platinum. I bin jetzt da Mark Lithium«, sagte er. »Kennst scho
mei neie Band?« Er deutete auf ein paar der umstehenden
Flanellhemdenträger, die mich aber nicht weiter beachte-
ten. Ich winkte in die Runde und ging wieder zurück zu meinen Jungs, die vor der Treppe zum Ausgang standen. Als ich
von dort aus über die Menge schaute, wie sie in ihren neuen
Uniformen feierte, überkam mich plötzlich das gleiche ungute Gefühl wie vor Jahren auf dem Pausenhof: dass alle
anderen uns für Freaks hielten und nicht sich selbst, was
eigentlich viel logischer gewesen wäre. Im Gegensatz zu

251

ihnen waren unsere Haare richtig lang, und wir wussten mittlerweile auch in der Praxis ziemlich gut Bescheid darüber, wie man sich als Rockstar verhalten musste.

Als ich im Herbst mit dem Studium begann, traf ich in der Mensa Dirk, der die Zeit im Internat offenbar dazu genutzt hatte, seine finstere Seite zu erforschen. Er trug unzählige Piercings im Gesicht und hatte sich einen schwarzen Totenkopf in einen seiner Eckzähne ätzen lassen.

»Na, was macht das Rockstarleben?«, fragte er mich. »Ich hab viel über euch gelesen.«

»Weißt du, ohne dich war es nicht mehr dasselbe«, sagte ich und brachte ihn auf den neuesten Stand.

Tom hatte ich an dem Abend im »Finest« zum letzten Mal gesehen. Er holte seine Gesangsanlage aus dem Proberaum, als ich nicht da war, und verschwand, ohne sich zu verabschieden. Wenn man Gunnar glauben kann, dann ist er wieder dorthin zurückgezogen, wo er herkam, und unterrichtet Kinder in der Kunst des Taekwondo. Als Gröschl die Einberufung zur Bundeswehr bekam, dachte er sich, dass er ohne Band sowieso keine Haare mehr brauchte, und verpflichtete sich für zwölf Jahre.

Christian und ich hatten immer noch einen gültigen Pakt. Wir brauchten nur etwas Zeit, bis wir wieder Lust auf eine Band bekamen. Als es dann so weit war, wählten wir für die Taufe unserer neuen Band ein historisches Datum: den ersten Jahrestag von Kurt Cobains Selbstmord. Wir transportierten Dirks Gesangsanlage in den Proberaum und gründeten Stolen Love, eine lupenreine Grungeband. Nach der ersten Probe gingen wir in das wiedereröffnete »Pavel's Stüberl«, das jetzt »Goldene's Prag« hieß, aber exakt so aussah wie vorher. Christian nahm die Bierdeckel aus ihrem Stän-

der und ordnete sie so an, dass die Seiten mit dem Löwen-
bräu-Aufdruck alle in die gleiche Richtung zeigten.

»Sag mal, mit der Band …«, richtete er sich an mich, »sind
wir damit nicht wieder zu spät dran?«

»Ja, vermutlich«, antwortete ich. »Aber es wird auch
dieses Mal eine Menge Spaß machen. Etwas Besseres als
Radiopop finden wir überall.«

Daniel Haas

## Desperado

Abenteuer eines Glückssuchers
Originalausgabe

ISBN 978-3-548-26928-3
www.ullstein-buchverlage.de

In einem Jahr 40 – der Countdown des Schreckens läuft. Klar, dass für den urbanen Single und Medienprofi Martin bis zum Stichtag die drängenden Fragen geklärt werden müssen: Wie will ich leben? Welche Werte zählen in Liebe, Freundschaft, Sex, Beruf? Und wie kann ich die heimlich geliebte, tolle Kollegin erobern? Martin stürzt sich ins Leben. Selbst ist der moderne Mann – und zwar immer wieder ein anderer. Von Naturliebhaber bis Zocker, von Purist bis Tierfreund. In einem Modell muss ja der Schlüssel zum Glück liegen.

Das Buch zur neuen Kolumne auf *SPIEGEL ONLINE*!

UB514

Matthias Sachau
# Schief gewickelt

Roman

ISBN 978-3-548-26984-9
www.ullstein-buchverlage.de

Markus ist hauptberuflich Vater. Während er seinem Sohn die Windeln wechselt, macht seine Freundin Karriere. Aber auch das Leben als »Superpapa« hat es in sich, denn der kleine Sonnenschein lässt keine Gelegenheit aus, Markus' Puls auf 180 zu jagen.

Schonungslos ehrlich und extrem lustig: Wer Kinder kriegt, ohne vorher dieses Buch gelesen zu haben, ist selber schuld!

»Saumäßig komisch!« *Jürgen von der Lippe*

# JETZT NEU

 Aktuelle Titel |  Login/Registrieren |  Über Bücher diskutieren

Jede Woche vorab in einen brandaktuellen Top-Titel reinlesen, ...

... Leseeindruck verfassen, Kritiker werden und eins von **100** Vorab-Exemplaren gratis erhalten.

 **vorablesen.de**